孔雀东南飞探析十七题

赵世康——著

西北大学出版社
·西安·

图书在版编目（CIP）数据

《孔雀东南飞》探析十七题 / 赵世康著. -- 西安：西北大学出版社，2024.12. -- ISBN 978-7-5604-5569-3

I. I207.226

中国国家版本馆CIP数据核字2024D91Q61号

《孔雀东南飞》探析十七题

KONGQUE DONGNAN FEI TANXI SHIQI TI

赵世康 著

出版发行 / 西北大学出版社
地址 / 西安市太白北路229号
邮编 / 710069 电话 / 029-88302275
经销 / 全国新华书店
印装 / 西安日报社印务中心
开本 / 787毫米×1092毫米 1/16
印张 / 13.25 字数 / 165千字
版次 / 2024年12月第1版 2024年12月第1次印刷
书号 / ISBN 978-7-5604-5569-3
定价 / 58.00元

如有印装质量问题，请与本社联系调换，电话029-88302966。

自 序

约1800年前，东汉献帝建安年间，一对相爱至深的小夫妻在庐江郡（今安徽怀宁、潜山一带）双双自杀了。他们是为捍卫自己的爱情、婚姻和尊严而死。此事让伤感的民间诗人难以释怀，于是就有了《孔雀东南飞》这首长诗。诗中，殉情小夫妻名叫焦仲卿、刘兰芝。

这首诗问世后，解读者甚众，其中自然不乏实事求是而得其真谛的胜解妙见，但也有一些解读明显偏离了实事求是的原则，可说是强拉古人赶时髦。比如此诗所写之悲剧，本是严重违背礼教的焦母和刘兄造成的，但自"五四"以来，最盛行的观点却是：造成焦仲卿、刘兰芝悲剧的罪魁祸首是礼教，《孔雀东南飞》的价值和意义就在于揭露和控诉礼教吃人的本质。近20年来，人们的解读虽然异说纷起，但上述观点依然流行。除此之外，在诗中人物、情节和相关事物的认知上，在诗篇文本的具体把握上，等等，一些通行的解读也不无可商之处。有鉴于此，我当尽一点读书人的责任，将自己长期的研究所得整理成探析之文十七题呈献给读者，冀能有助于读者洞察真伪。

我的探析主要在客观准确地把握文本、把握时代上下功夫，在不诬不妄地看待礼教文化上下功夫，在冲破偏见和陋见的束缚上下功夫。整个探析分为上、下篇，其内容梗概如下：

上篇——

一、焦仲卿、刘兰芝的悲剧有可能在东汉发生吗？

焦仲卿、刘兰芝这样的悲剧，从事理逻辑的角度看，需要如下的引发因素和推动因素：一是妇女易于无辜被休弃——无休弃就没有整个的事件；二是妇女被休弃的事件并非完全不可逆转——这促使被拆散的夫妻仍抱复合之望并为之努力；三是贵要人家娶妇并不在意女方门第及是否为弃妇——这才会有贵要人家的提亲及利益攸关方的动心起意；四是遭遇婚变的妇女易于被逼嫁——这阻断了夫妻复合之路，使之在绝望中萌生死志；五是重情重义、生死不离的夫妻往往少有——没有最深重的情义就没有最终的悲剧结局。而上述种种因素，在焦仲卿、刘兰芝所处的东汉时代，都是土壤一样的客观存在。它们共同构成了当时在个人婚姻存废绝续问题上的基本社会环境。在这样的社会环境里，焦仲卿、刘兰芝悲剧的发生是完全可能的。

二、东汉时代的人会视礼教为罪恶而予以控诉和反对吗？

在焦仲卿、刘兰芝和歌诵其悲剧故事的诗人们生活的东汉时代，即使是最具批判精神的思想家王充，狂言要"叛散五经，灭弃风雅"的仲长统，因相信"苍天已死，黄天当立"而给东汉王朝以致命一击的太平道教众，以及写信诘难班昭之《女诫》的才女曹丰生，声称"但遣将于河上北向读《孝经》，贼（指黄巾军）自当消灭"的名士向栩，等等，都是信从礼教的。全社会没有人把礼教视为罪恶而予以控诉和反对，他们没那个"觉悟"。

三、《孔雀东南飞》要后人"戒之慎勿忘"的究竟是什么？

歌诵焦仲卿、刘兰芝悲剧故事的诗人们，并不具备现当代一些人所想象的那种认知和立场。他们在诗篇中指斥的不是什么礼教之恶，恰恰相反，是违礼之害。具体而言，就是曝光焦母和刘兄种种违背礼教的行径，揭示了正是这些违礼行径一步步把焦仲卿和刘兰芝逼上了绝路，毁了两个家庭。诗篇要后人"戒之慎勿忘"的，乃是这千古莫赎的违礼之害。

四、焦母为什么如此狂谬？

焦母之所以如此狂谬，其原因当有多种可能，但从文本中可以确知的是，她太过无知。她有眼无珠，视兰芝为稗草、为寇仇，这叫不知人；她自我膨胀，妄自尊大，这叫不自知；而且，她也不理解儿子，根本不懂儿子的感受和意愿，除了满足其极度膨胀的、作威作福的欲望而外，她不知世上还有别的东西。

五、怎样认识刘母这一形象？

刘母是一位有礼仪修养的慈母，同时又是在家中处于无权地位的弱者。兰芝被休弃，她没有去向焦家讨说法；兰芝坚守与仲卿的誓约，她也给予了支持。但她并不真正理解兰芝，骨子里倾向于通过将兰芝嫁给体面人家来向焦家示威，因而最终竟成了悲剧制造者的帮凶。刘母这个形象衬托出焦母的偏执狂妄和刘兄的自私强横，更加衬托出兰芝的坚贞倔强和仲卿的忠贞不渝，其价值是不容忽视的。

六、怎样认识焦仲卿这一形象？

焦仲卿勇敢地为妻子兰芝辩护，毫不含糊地判定错在母亲，他是非分明；他堂上谏母别母，始终不为母亲的劝诱所动，他心中只有兰芝；最后，他决然地"自挂东南枝"，把与兰芝"黄泉下相见"的誓言化作了实际的行动。他是真正为情而死的华夏第一男，称他为"千古情圣"亦不为过。

七、张萱对刘兰芝的看法能成立吗？

明代学者张萱对刘兰芝完全持否定态度，他对兰芝的看法与诗篇文本严重不符。他有此失，显然是由于没有认真阅读诗篇文本，对诗篇的写法没能给予必要的关注和揣摩。这个教训，特别值得今人记取。

下篇——

八、《孔雀东南飞》的原题是什么？

此诗乃民间诗人作品，原本无题。"古诗无名人为焦仲卿妻作"应是《玉台新咏》编者在筛选整理作品时所加按语的开头语，诗篇正式入编《玉台新咏》时，这个开头语被用作诗题。后来，人们又按照"首句标其目"的传统，以"孔雀东南飞"为其篇名。

九、《孔雀东南飞》作于何时？

这首诗原本应是早已流传于民间的比较单纯的汉代织妇的怨歌。建安中，庐江郡发生了青年夫妻为捍卫其爱情、婚姻和尊严而双双自杀的悲剧，民间诗人们遂在原来的织妇怨歌的基础上创作出了这个长篇。这个长篇从初创到被收入《玉台新咏》是一个漫长的过程，其间应该有许多民间诗人相继参与了对它的增删、拼合、润饰和传播，因此，它不仅有处在演变发展中的文本，而且还带着些南朝印痕。

十、《孔雀东南飞》还有没有别的流传本？

种种迹象表明，这首诗除《玉台新咏》本之外，可能还有一些别的内容有异的流传本，其中，王世贞所赞文本的情节和主旨与《玉台新咏》本明显不同，这尤其值得关注。至于《玉台新咏》本中某些纷乱费解之处，则可能是不同流传本相互掺混留下的痕迹。

十一、《孔雀东南飞》是乐府诗吗？

这首诗被《玉台新咏》题作"古诗"，按通常的理解，它应该是一首徒诗。但南北朝人所称的"古诗"并不是清一色的徒诗，我们不能以此为据而判定《孔雀东南飞》不是乐府诗。事实上，《孔雀东南飞》有着明显的乐府诗特征，且又被《乐府诗集》等权威的乐府诗专集相继收录，毋庸置疑，它就是乐府诗。至于其具体的合乐形式，则由于"声辞不具"，现在已不能确知。推之，当有"弹唱""说唱"和戏剧性"演唱"等多种可能。

十二、"孔雀东南飞，五里一徘徊"两句该怎样理解？

"孔雀东南飞，五里一徘徊"当是从《古艳歌》和《艳歌何尝行》综合取象而成的佳句，是对旧有"套语"和"程式"的泾渭合流式的创造性袭用，其功能是"兴"。它以美丽的形象和感伤的情调，引出全篇而又笼罩全篇，暗示和象征着在家庭受到极不公正对待和极严重伤害的一对夫妻不甘屈服而又无以自救，终为摆脱现实世界的压迫而相伴相携奔向另一世界。

十三、焦仲卿、刘兰芝死后，他们的魂灵为什么是化作鸳鸯而不是化作孔雀？

很可能是由于当时诗人们手中没有魂化孔雀的现成"套语"和"程

式",却有魂化鸳鸯的现成"套语"和"程式"。

十四、焦仲卿、刘兰芝魂灵所化的鸳鸯是今之鸳鸯吗？

焦仲卿、刘兰芝魂灵所化的鸳鸯是古鸳鸯而不是今鸳鸯。古鸳鸯俗称黄鸭，学名赤麻鸭，白头黄身，是真正忠于爱情的鸳鸯。今人眼中的鸳鸯，在古代叫䴋鶒，其雄鸟五彩斑斓，头戴羽冠，翅端有羽如舵，十分美丽，但并不忠于爱情，我们不可错认。

十五、"上九"还是"下九"？

史上并无专为妇女设立"下九"这样一个节日，通行的注释以伪典小说《琅嬛记》所杜撰的《采兰杂志》为据而作解，不妥。汉末魏晋之际，有被称为"上九"的节日，即我们所熟知的重阳节。这个节日有各种各样的娱乐性活动，妇女亦可参与其中。刘兰芝所指，当是此日。故原注宜改为："'下九'，疑为'上九'之误。"

十六、刘兰芝的织作效率当真是"三日断五匹"吗？

当时的织机性能和织工技术无法实现"三日断五匹"，"三日断五匹"是以夸张之辞强调刘兰芝的织作效率之高。

十七、焦仲卿、刘兰芝悲剧的发生地是庐江郡何处？

关于焦仲卿、刘兰芝悲剧到底发生在庐江郡何处的说法并不一致，而涉及发生地的相关记载又很晚才出现，无法排除附会《孔雀东南飞》的嫌疑。因此，比较合理的说法应该是：根据《孔雀东南飞》诗序所说，这悲剧发生在庐江郡，至于具体是庐江郡何处，则有待考定。

上篇中，第一、二两题探析诗篇所产生和反映的东汉时代的社会特点，第三至七题探析诗篇的主旨与人物。下篇中，第八至十一题分别探析诗篇的生成、流传本和诗体特征，第十二至十六题探析诗篇文本中的几处词句，第十七题探析诗篇本事的发生地。所有这些探析，均以诗篇文本和相关文献资料为据，不作凿空之论。

为帮助读者研读，我又为《孔雀东南飞》作了补注和汇评。补注是对少许有遗漏和错误的通行字词解释予以补正，汇评则是提供古今名家、大家在诗篇整体把握和局部理解上的真知灼见。此外，我还选了《孔雀东南飞》历代被用作典故加以咏叹、改写和仿写的二十三件作品，为这些作品作了注解，加了分析评说性的按语。这几项工作都是迄今还不曾有人做过的，目的是与我的探析相配合，帮助读者多角度、多层面地阅读和思考。

书中文献资料多有比较生僻或易于误解的典故及字词，为免读者翻查工具书之累，特予随文加注。如有读者觉得碍眼，祈谅！

2013年3月1日，习近平同志在中央党校建校80周年庆祝大会暨2013年春季学期开学典礼上的讲话中曾指出："中国传统文化博大精深，学习和掌握其中的各种思想精华，对树立正确的世界观、人生观、价值观很有益处。"2016年11月30日，习近平同志在中国文学艺术界联合会第十次全国代表大会、中国作家协会第九次全国代表大会开幕式上的讲话中又指出："历史是一面镜子，从历史中，我们能够更好看清世界、参透生活、认识自己；历史也是一位智者，同历史对话，我们能够更好认识过去、把握当下、面向未来。"2018年8月21日至22日，习近平同志在全国宣传思想工作会议上的讲话中强调："中华优秀传统文化是中华民族的文化根脉，其蕴含的思想观念、人文精神、道德规范，不仅是我们中国人思想和精神的内核，对解决人类问题也有重要价值。"他的话，令人感奋。我这本书就是围绕《孔雀东南飞》的诗作解读去尝试"同历史对话"；就是向不顾文本和时代的实际而把今人的认知和立场强加于古人的做法说"不"，向以贴标签代替实事求是的具体分析的做法说"不"，向盲目轻率地全盘否定礼教、否定传统伦理和传统道德规范，如泼洗澡水时连同其中的婴儿也一同泼掉的做法说"不"；就是致力于正本清源，还《孔雀东南飞》本来面目。

书中倘有谬误，敬请读者批评指正。

赵世康

2024年6月于汉中

上 篇

一、焦仲卿、刘兰芝的悲剧有可能在东汉发生吗？/ 2

二、东汉时代的人会视礼教为罪恶而予以控诉和反对吗？/ 19

三、《孔雀东南飞》要后人"戒之慎勿忘"的究竟是什么？/ 32

四、焦母为什么如此狂谬？/ 48

五、怎样认识刘母这一形象？/ 58

六、怎样认识焦仲卿这一形象？/ 60

七、张萱对刘兰芝的看法能成立吗？/ 68

下 篇

八、《孔雀东南飞》的原题是什么？/ 80

九、《孔雀东南飞》作于何时？/ 84

十、《孔雀东南飞》还有没有别的流传本？/ 89

十一、《孔雀东南飞》是乐府诗吗？/ 93

十二、"孔雀东南飞，五里一徘徊"两句该怎样理解？/ 99

十三、焦仲卿、刘兰芝死后，他们的魂灵为什么是化作鸳鸯而不是化作孔雀？/ 104

十四、焦仲卿、刘兰芝魂灵所化的鸳鸯是今之鸳鸯吗？/ 107

十五、"上九"还是"下九"？/ 113

十六、刘兰芝的织作效率当真是"三日断五匹"吗？/ 119

十七、焦仲卿、刘兰芝悲剧的发生地是庐江郡何处？/ 122

- 《孔雀东南飞》补注和汇评
- 《孔雀东南飞》历代被用为典故及加以咏叹、改写和仿写的作品选读

　　一、用为典故类 / 148

　　　　咏中妇织流黄（南朝　梁　萧纲）/ 148

　　　　鸳鸯赋（南朝　梁　徐陵）/ 149

　　　　赋得婀娜当轩织（南朝　陈　萧诠）/ 150

　　　　杂曲歌辞定情篇（唐　乔知之）/ 151

　　　　庐江主人妇（唐　李白）/ 154

　　　　寒女吟（唐　李白）/ 154

　　　　野人献菊，碧色，每丛作双鸟并立，名鸳鸯菊。为之赋
　　　　　　诗（明　王鏊）/ 155

　　　　长干行（明　王世贞）/ 156

　　　　书怀寄夫子（清　潘孟齐）/ 157

　　　　秋胡曲（清　王采薇）/ 158

　　二、咏叹类 / 159

　　　　焦仲卿妻（元　杨维桢）/ 159

　　　　小姑贤祠（元　宋聚）/ 160

　　　　论诗（清　管世铭）/ 160

　　　　仿元遗山论诗绝句六十首第九（清　张晋）/ 161

　　　　兰茗馆论诗之六（清　许奉恩）/ 161

　　三、改写类 / 162

　　　　庐江小吏妻（南宋　刘克庄）/ 162

　　　　焦仲卿妇辞（元末明初　胡奎）/ 163

　　　　孔雀东南飞（明末清初　彭孙贻）/ 163

戏作焦仲卿妻诗补并序(清初 陈祚明)/165
兰芝曲(清 王采薇)/174

四、仿写类/175
袁江流钤山冈当《庐江小吏行》(明 王世贞)/175
邯郸才人嫁为厮养卒妇(明 杨慎)/184
双鸩篇(清 姚燮)/193

上篇

一 焦仲卿、刘兰芝的悲剧有可能在东汉发生吗？

《孔雀东南飞》诗序告诉我们，焦仲卿、刘兰芝的悲剧故事发生在"汉末建安中"，"汉末建安中"属东汉时代。那么，东汉时代有可能发生焦仲卿、刘兰芝这样的悲剧吗？

焦仲卿、刘兰芝这样的悲剧，从事理逻辑的角度看，需要如下的引发因素和推动因素：一是妇女易于无辜被休弃——无休弃就没有整个的事件；二是妇女被休弃的事件并非完全不可逆转——这促使被拆散的夫妻仍抱复合之望并为之努力；三是贵要人家娶妇并不在意女方门第及是否为弃妇——这才会有贵要人家的提亲及利益攸关方的动心起意；四是遭遇婚变的妇女易于被逼嫁——这阻断了夫妻复合之路，使之在绝望中萌生死志；五是重情重义、生死不离的夫妻往往少有——没有最深重的情义就没有最终的悲剧结局。

而上述种种因素，在焦仲卿、刘兰芝所处的东汉时代，都是土壤一样的客观存在。它们共同构成了当时在个人婚姻存废绝续问题上的基本社会环境。在这样的社会环境里，焦仲卿、刘兰芝悲剧的发生是完全可能的。

（一）妇女易于无辜被休弃

《史记·张仪列传》载，弃楚投秦的陈轸被诬通楚，他自我辩诬时有言："昔子胥（伍子胥，名员，楚人，后为吴大夫，因忠直而被迫自杀）忠于其君而天下争以为臣，曾参（字子舆，孔子的学生，孔门四圣之一，著名的孝子）孝于其亲（父母）而天下愿以为子。故卖仆妾不出闾巷（里巷，乡里）而售者，良仆妾也；出妇（被丈夫休弃的妇女）嫁于乡曲（家乡，故里）者，良妇也。"这里的"出妇嫁于乡曲者，良妇也"显然是民间的经验之谈，而这条经验之谈则从一个特别的角度告诉我们，妇女无辜被休弃是屡屡发生、由来已久的事情。

东汉社会把孝道推向极端,不仅使孝行变质变味,成了一些人沽名钓誉、谋官谋利的不二法门,同时也使家庭关系变质变味,一些做父母公婆、做丈夫或做兄长的竟成了家庭暴君,专横跋扈、不可一世,而处在最弱势地位的媳妇们则成了他们任意虐害的对象。妇女易于无辜被休弃,就是这种虐害的表现之一。

《后汉书·应奉传》注引杜预《汝南记》:"南康邓元义,父伯考,为尚书(官名,本为掌管文书章奏之职,汉代成为协助皇帝处理政务的朝廷核心成员)仆射(pú yè,官名,尚书副职之称),元义还乡里,妻留事姑(元义的妻子没有跟着回乡,而是留下来侍奉婆婆。姑,婆婆),甚谨。姑憎之,幽闭空室,节其饮食,羸露(瘦弱,病弱),日困,终无怨言。时伯考怪而问之,元义子朗,时方数岁,言:'母不病,但苦饥耳。'伯考流涕曰:'何意(岂料,没想到)亲姑反为此祸(亲,爱,亲爱,此指尽心侍奉。此句是说媳妇尽心侍奉婆婆,反而遭婆婆虐害,太不应该了)!'遣归家。更嫁,为华仲(应奉的曾祖父应顺字华仲)妻。仲为将作大匠(掌管皇家宫室、宗庙、陵寝及其他土木建造事务的官员),妻乘朝车(供朝廷官员乘坐的车)出,元义于路旁观之,谓人曰:'此我故妇,非有他过,家夫人遇之实酷(严酷,酷虐)。'"这位儿媳无端遭到婆婆的憎恶和虐待,几乎被活活饿死,所幸的是,她被"遣归家"反倒让她交了好运。

《后汉书·班超传》:"李邑(他奉汉章帝之命,护送乌孙国使者回国)始到于寘(于阗,古西域国名,其地为今新疆和田一带),而值(遇到,碰上)龟兹(qiū cí,古西域大国,其地为今新疆库车、沙雅一带)攻疏勒(古西域国名,其地为今新疆喀什一带),恐惧不敢前,因上书陈(陈述)西域之功不可成,又盛毁(大肆诋毁)超拥爱妻,抱爱子,安乐外国,无内顾(谓顾念汉家朝廷)心。超闻之,叹曰:'身非曾参而有三至之谗(有谣言说曾参杀了人,曾母始闻而不信,继续从容织布,至第三次听到这一谣言,不由得扔下梭子翻墙而逃。此谓谣言之可怕。事见《战国策·秦策二》),恐见疑(被怀疑)于当时矣。'遂去其妻。"班超之妻显然毫无过错,但受到逸言攻击的班超为了证明自己并未沉溺于夫妇之爱而忘记汉家使命,便有了"去妻"之举。

《后汉书·列女传》:"广汉姜诗妻者,同郡庞盛之女也。诗事母至孝,妻奉顺(恭顺侍奉)尤笃(尤其踏实认真)。母好饮江水,水去舍六七里,妻常溯流而汲。后值风,不时(不能按时)得还,母渴,诗责而遣之。"这位儿媳仅仅因遇风受阻而到家晚了一些,让婆婆多受了点渴,便遭到"责而遣之"的命运。

《艺文类聚》卷三十《人部·别下》:"后汉窦玄,形貌绝异,天子以公主妻之,旧妻与玄书别曰:'弃妻斥(被驱逐)女,敬白(禀告,告诉)窦生,卑贱鄙陋,不如贵人(指公主),妾日已远,彼日已亲,何所(哪里,什么地方)告诉(申诉),仰呼苍天,悲哉窦生,衣不厌新,人不厌故,悲不可忍,怨不自去,彼独何人,而居我处。'"《古诗源》卷三载有窦玄妻《古怨歌》:"茕茕(qióng qióng,孤零貌)白兔,东走西顾。衣不如新,人不如故。"沈德潜按云:"玄状貌绝异,天子使出其妻,妻以公主。妻悲怨,寄书及歌与玄,时人怜之。"窦玄的妻子才情高华而又毫无过错,只因皇帝要把公主嫁给窦玄,就令窦玄休弃了她。

汉乐府《上山采蘼芜》:"上山采蘼芜,下山逢故夫。长跪问故夫,新人复何如?新人虽言好,未若故人姝。颜色类相似,手爪不相如。新人从门入,故人从阁(侧门,小门。注意,不是"阁")去。新人工(擅长,善于)织缣(jiān,浅黄色细绢),故人工织素(白色生绢)。织缣日一匹,织素五丈余。将缣来比素,新人不如故。"诗中的"故人"就是被"故夫"休弃的妻子。从诗中所述可知,这位妻子美丽而能干,并没有犯下什么过错,然而,就是这样一位妇女,却落了个被休弃的下场。

刘兰芝也和这几位一样,完全是无辜被休弃。

（二）妇女被休弃的事件并非完全不可逆转

妇女被夫家休弃，并不是完全不可逆转之事。

《礼记·丧服小记》："妇当丧（指为公公或婆婆服丧）而出，则除之（脱去丧服，不再服丧）。为父母（指娘家父母）丧，未练（父母去世满一周年的小祥祭，此时孝子可以穿练过——将生丝煮熟，使之柔软洁白——的布帛，故小祥之祭也称"练"）而出，则三年；既练而出则已（停止服丧）；未练而反（返）则期（满一年），既练而反则遂（完成，指服满三年）之。"这是说，妇女在为公公或婆婆服丧期间被夫家逐出，就不再服丧。已出嫁的妇女为娘家父母服丧，按照礼的规定是服满一年即止。如果为娘家父母服丧还未满一年而被夫家逐出，就随自己的兄弟服丧三年；如果已服满一年而被逐出，就不再服丧；如果被逐出后未服满一年又返回夫家的，就服丧一年；如果已服满一年又返回夫家的，就服满三年之丧。《礼记》有此规定，说明当时妇女被夫家休弃和休弃后又重回夫家都是常有的事情。

《汉书·蒯通传》及《韩诗外传》卷七都讲过一个"束缊请火（用乱麻搓成引火绳到邻家讨火。缊，yùn）"的故事："里（乡里，乡间）妇夜亡（丢失）肉，姑以为盗（婆婆认为是媳妇偷走了），怒而逐之。妇晨去，过（拜访）所善诸母（诸母，庶母；与父亲同辈或年龄相近的妇女；伯母、叔母），语以事而谢（告辞）之。里母曰：'女（汝）安行，我今令而（你）家追女（汝）矣。'即束缊请火于亡肉家，曰：'昨暮夜，犬得肉，争斗相杀，请火治之。'亡肉家遽（jù，赶快，疾速）追呼其妇。"

《汉书·王吉传》："始吉少时学问（求学问），居长安。东家有大枣树垂吉庭中，吉妇取枣以啖（dàn，给……吃，喂）吉。吉后知之，乃去妇。东家闻而欲伐其树，邻里共止之，因固（一再，执意）请吉令还（使……返回）妇。里中为之语曰：'东家有树，王阳（王吉字子阳）去妇；东家枣完（枣树完好，此指得到保全），去妇复还。'"

这是发生在西汉的事情，类似的事情在东汉和三国也有。

上举姜诗遣妻一事，后文云："妻乃寄止邻舍，昼夜纺绩（绩，将棉麻毛等捻接成线以供纺织），市（购买）珍羞，使邻母以意自遗（以表达自己作为邻居的一份情意的名义出手赠送。遗，wèi，赠予）其姑。如是者久之，姑怪问邻母，邻母具（尽，完全）对（回答）。姑感惭呼还……"姜诗妻子虽被休弃，却未回娘家，而是躲在了邻居家里，靠昼夜纺织所得，买来好吃好喝，让邻居老妈妈送给姜诗母亲享用。日子久了，姜诗母亲觉得奇怪，就询问邻居老妈妈，邻居老妈妈便道出了实情。姜诗母亲感动之余，不禁为自己粗暴赶走儿媳的做法感到惭愧，于是将儿媳又重新叫了回来。

《三国志·魏书·后妃传》裴松之注引《魏略》："太祖（指曹操）始有丁夫人，又刘夫人生子修及清河长公主。刘早终，丁养子修。子修亡于穰（当为宛，围张绣于穰是次年的事），丁常言：'将我儿杀之，都不复念！'遂哭泣无节。太祖忿之，遣归家，欲其意折。后太祖就（靠近，此指到丁家）见之，夫人方织，外人传云'公至'，夫人踞机如故。太祖到，抚其背曰：'顾（等，等待）我共载归乎？'夫人不顾（回头，回看），又不应。太祖却（退）行，立于户外，复云：'得无尚可邪（yé，句末疑问助词）？'遂（终，竟）不应，太祖曰：'真诀（通"决"。割断，断绝）矣。'遂与绝。"建安二年，曹操收降张绣于宛城，却纳张绣族叔张济遗孀邹夫人为妾，又与张绣部将胡车儿结交，张绣恼恨，降而复反，突袭曹操，曹操大败，长子曹昂为掩护曹操而阵亡。曹昂字子修，是曹操刘夫人所生，刘早死，曹昂成为丁夫人养子，同时也成为她此后的依靠。丁夫人无法接受曹昂阵亡的事实，认为是曹操害死了曹昂。她终日哭泣埋怨曹操，曹操怒而将其休弃。后又亲自前去召其回来，结果被拒。这是建安初年的事情。

《世说新语·方正》："郭淮作关中都督，甚得民情，亦屡有战庸（功）。淮妻，太尉王凌之妹，坐（因）凌事（王凌不满司马懿挟持懦弱的魏帝曹芳，欲另立楚王曹彪为帝以削夺司马懿的权力，事败被杀）当并诛。使者征摄（缉捕）甚急，淮使戒装（准备行装），克日（按规定日期）当发。州府文武及百姓劝淮举兵，淮不许。至期，遣妻，百姓号泣追呼者数万人。行数十里，淮乃命左右追夫人还，于是文武奔驰，如徇身首之急（像挽救自家性命一般急切。徇，谋求，引申为救护。身，自身。身首即自身性命）。既至，淮与宣帝（指司马懿，时任太傅，他儿子司马昭进封晋王后，追尊他为宣王，他孙子司马炎受禅建立晋朝后，追尊他为宣帝）书曰：'五子哀恋，思念其母，其母既亡，则无五子。五子若殒，亦复无淮。'宣帝乃表（上奏表），特原（原谅，宽恕）淮妻。"曹魏大臣郭淮之妻是太尉王凌的妹妹，王凌欲另立魏帝，失败被诛，郭淮妻亦连坐当诛。郭淮为求自保而出妻，部属和治下民众不平。淮在舆论呼吁下追回妻子，然后上书朝中实权人物司马懿，终获谅解。这是建安后约三十年的事情。

这些事例说明，当时妇女被休弃之后，只要具有决定权的一方改变主意，弃妇复还就不是不可能的事情。刘兰芝被休弃之时，焦仲卿一再表示随后要重新接她回来，而她也终于燃起了希望，并与仲卿立下了磐石蒲苇之誓，除了爱的动力而外，就因为这种逆转的可能性在支撑着他俩。

（三）贵要人家娶妻并不在意女方门第及是否为弃妇

王汝弼先生曾很疑惑地问道："（《焦仲卿妻》中，）县令和郡守……为子求婚，多少门当户对的贵族小姐都看不到眼里，单独属意于一个乡村被休的贫家少妇，这在现实生活中是可能的吗？"（见王汝弼《乐府散论》，陕西人民出版社，1984年版，第153页）

他似乎忘了，西汉人的信条是："女不必贵种（不一定要出身显贵人家），要之贞好（关键是要贞洁而美丽）。"（《史记·外戚世家》）东汉承续西汉遗风，婚姻方面同样不太计较门第，这和盛行于东晋及南朝的极其看重门第的做派是很不相同的。

《大戴礼记·本命》："女有五不取：逆（叛逆）家子不取，乱（人伦败坏）家子不取，世（家世，先代）有刑人不取，世有恶疾不取，丧妇（父丧其妇，即女丧其母）长子不取。逆家子者，为其逆德也；乱家子者，为其乱人伦也；世有刑人者，为其弃于人也；世有恶疾者，为其弃于天也；丧妇长子者，为其无所受命（无从接受命令教诲。古时女子的教育责任主要由母亲承担，故云）也。"这个"五不取"，后来在东汉章帝主持的白虎观"讲议五经同异"的会议上再次被确认，所以班固整理的《白虎通义·嫁娶》云："有五不娶：乱家之子不娶；逆家之子不娶；世有刑人、恶疾，丧妇长子，此不娶也。"这个规定，实际就是统治者在婚姻问题上设定的门第底线，它并未把出身低贱及被休弃的妇女纳入"不娶"的行列。

《后汉书·皇后纪·灵思何皇后》："灵思何皇后讳某，南阳宛人。家本屠者（屠户，以屠宰猪羊等为业的人家），以选（因皇帝选妃）入掖庭（皇宫中妃嫔所居之地）。"

《三国志·魏书·后妃传》："武宣卞皇后，琅邪（láng yá）开阳人，文帝母也。本倡家（倡户，以歌舞表演挣钱糊口的人家），年二十，太祖于谯（qiáo，地名，曹操家乡）纳（娶）后（指卞皇后）为妾。"

《华阳国志·犍为士女》："姬（阳姬），武阳人也。生自寒微。父坐事闭狱。杨涣始为尚书郎，告归，郡县敬重之。姬为处女，乃邀道（拦道）扣（拉住）涣马，讼（申辩）父罪，言辞慷慨，涕泣摧感。涣愍（mǐn，怜悯，同情）之，告郡县，为出其父；因奇其才，为子文方聘之（为儿子杨文方聘作媳妇）。"

这几个例子就是娶不避贱的明证。

至于弃妇，那也是贵要之家娶而不避的。《白虎通义·谏诤》提到了曾子因"藜（lí，一种野菜）蒸不熟"而去妻之事，有人问："妇有七出，不蒸亦预（参与，引申为在其中）乎？"礼规定了休妻的七种理由，这七种理由中难道有"野菜蒸不熟"这一条吗？曾子的回答是："吾闻

之也,绝交令可友,弃妻令可嫁也。黎蒸不熟而已,何问其故?"曾子之意,是说他之所以要用"黎蒸不熟"这样不在"七出"之内的小"罪名"作为休妻的理由,是为了不影响她随后再嫁他人。这"弃妻令可嫁"五个字,及前引陈轸所举"出妇嫁于乡曲者,良妇也"的民间经验之谈,都明白无误地告诉我们,被休弃的妇女是可以再嫁的。而前举乐府诗《上山采蘼芜》中,那位被"故夫"遣出的"故人"是在"上山采蘼芜"返回途中遇见"故夫"的,古人认为蘼芜可以使人多子,既然这位"故人"要专门"上山采蘼芜"以求多子,就说明她已经再嫁他人,若是尚未再嫁,她去采蘼芜就是一个笑话了。又,前举邓元义妻被遣归家后,"更嫁,为华仲妻。仲为将作大匠"这更证明,妇女被休弃之后,不仅可再嫁,而且可嫁高官。反过来说,也就是贵要之家并不会拒娶弃妇。

此外,《后汉书·列女传》载,蔡邕之女蔡文姬被南匈奴左贤王抢去做了妃子,历十二年,育有两子,然后又被曹操以金璧赎回而改嫁给董祀。她被赎回,实际上就成了左贤王之弃妇;而她随后所嫁的这位董祀,当时为曹魏政权的屯田都尉,即大规模集中军人或民众垦荒种田地区的最高军政长官。《三国志·魏书·后妃传》载,曾经很受曹丕宠爱的甄妃,原是占据幽、并、青、冀四州的袁绍的二儿媳。袁绍二儿名叫袁熙,建安四年,袁熙奉父命出任幽州刺史,甄氏则留在冀州的邺城侍奉公婆刘氏;建安九年,曹操攻占邺城,甄氏便成了曹丕的妃子。袁熙一去五年不归,甄氏已形同被弃,而当曹丕入邺,甄氏成为俘虏,亦不见袁熙有何反应,则甄氏更已实际沦为弃妇,而她却一转身成了挟天子以令诸侯的超级权豪曹操的儿媳妇。她和蔡文姬的人生遭际也折射出当时贵要之家娶妻不避弃妇这一特点。

刘兰芝生活在这样一个时代,所以在被遣归娘家后,很快就有县令和太守家既不嫌她出身小民之家,也不嫌她本人是刚被休弃之妇,而先后派人前来提亲。这在一般人眼里,自是无上荣光之事,但对于与焦仲卿相爱至深的兰芝来说，却是在阻断其重回爱人身边的一线希望。于是，家人的逼嫁与她的抗拒就成为必然之事。

（四）遭遇婚变的妇女易于被逼嫁

东汉时代，丧偶或遭休弃的妇女被逼嫁是概率很高的事情。

东汉思想家王符《潜夫论·断讼》对此有专门的揭露和声讨："不仁世叔［世父和叔父。《尔雅·释亲》："父之晜（昆，兄也）弟先生为世父，后生为叔父。"世父，即伯父］，无义兄弟，或利其娉币，或贪其财贿，或私其儿子（起私心想夺占她的儿子），则强中（中，中人，媒人）欺嫁，处（当为"遽"，立即）迫胁遣送，人有自缢房中，饮药车上，绝命丧躯，孤捐童孩（孤苦无助地抛弃了幼小的孩子。捐，弃也）。此犹迫胁人命自杀也。或后夫多设人客，威力胁载，守将抱执，连日乃缓，与强掠人为妻无异。妇人软弱，猥（同"委"，委屈）为众强所扶与（当作"异"，yú，举，抬）执迫，幽轭（谓拘禁，囚禁。轭，è，套在牛马肩头以便其发力拉车拉犁的挽具，这里引申为控制，拘押）连日，后虽欲复修本志，（亦唯）婴绢（用绢帛绕颈自缢，即上吊。婴，缠绕）吞药。"他绝没有夸大事实。翻检相关史籍，此种现象可谓在在皆是。如《华阳国志》就记有很多逼嫁事例：蜀郡有五例，广汉郡有七例，犍为郡有四例，梓潼郡有一例。出手逼嫁的，则主要是父母兄弟，此外，还有公婆、叔父、新夫婿，乃至官府等。

《后汉书·列女传·荀采传》："南阳阴瑜妻者，颍川荀爽之女也，名采，字女荀。聪敏有才艺。年十七，适阴氏。十九产一女，而瑜卒。采时尚丰少（年轻美丽。丰，美），常虑为家所逼，自防御甚固。后同郡郭奕丧妻，爽以采许之（荀爽就把女儿荀采许配给了郭奕），因诈称病笃（dǔ，厚，此指病重），召采。既不得已而归，怀刃自誓。爽令傅婢（侍女）执夺其刃，扶抱载之……"这说的是当父亲的，而且是一位经学大师和礼教名人，用骗用强逼女儿改嫁。

《太平御览》卷四百四十一《人事部》八十二《贞女下》引杜预

《女记》:"(徐)淑丧夫守寡,兄弟将嫁之,誓而不许,为书(《为誓书与兄弟》)曰:'盖闻君子导人以德,矫(纠正,匡正)俗以礼,是以列士有不移之志,贞女无回二(改变心志,此指改嫁)之行。淑虽妇人,窃慕杀身成义,死而后已。夙(sù,早,早年)遘(gòu,遭遇)祸罚,丧其所天(失去了丈夫。《仪礼·丧服》:"夫者,妻之天也。"),男弱未冠(古代男子二十岁视为已成年,为之举行加冠礼,叫作冠。未冠,即未成年),女幼未笄(古代女子十五岁视为已成年,为之举行加笄礼,叫作笄。笄,jī,簪子。未笄,即未成年),是以僶俛(mǐn miǎn,亦作"僶勉",勤奋努力,这里是强自振作的意思)求生,将欲长育(养育,使之长大。语出《诗·小雅·蓼莪》:"拊我畜我,长我育我。"长,zhǎng)二子,上奉祖宗之嗣,下继祖祢(nǐ,父亲去世,神主入庙后称祢。祖祢,这里指祭祀先祖先父)之礼,然后觐(jìn,见,此指与丈夫会见)于黄泉,永无惭色。仁兄德弟,既不能厉("砺"的古字,勉励,砥砺)高节于弱志[志向不坚定(的人),此为徐淑自谦],发明(启发开导使聪明)于暗昧[愚昧昏庸(的人),此仍为徐淑自谦],许我他人(把我许给他人),逼我干上(干,冒犯。上,长辈,当指家长族长之类。兄弟逼嫁,必有家长族长支持,徐淑不答应改嫁,自是对家长族长的冒犯。而徐淑本无意冒犯长上,这完全是被兄弟们逼迫所致。故云"逼我干上"),乃命(告,奉告)官人(官吏),讼之简书。夫智者不可惑以事,仁者不可胁以德,晏婴不以白刃临颈改正直之辞(晏婴是春秋时齐国灵公、庄公、景公三朝的上大夫。公元前548年,齐庄公与大夫崔杼的妻子私通,崔杼怒杀庄公立景公,自任右相,其盟友庆封为左相,崔杼和庆封以兵刃相逼,要晏婴与之结盟,晏婴毫不动摇。参见《左传·襄公二十五年》),梁寡不以毁形之痛忘执节之义。(梁国国君欲娶一美貌寡妇,寡妇割鼻毁容,坚决不从。事见刘向《列女传·贞顺传·梁寡高行》。)高山景行(高山大道,比喻崇高的德行。景,大。行,háng,指道路),岂不思齐?计(虑,虑及)兄弟不能匡（匡正，指导）我以道，博我以文（用礼义条文来使我广博通晓行事规范。文，此指礼义条文），虽曰既学（有学问。既，表已然），吾谓之未也。'"这封书信披露出，做兄弟的为逼寡姐（妹）改嫁，甚至动用诉讼手段，闹上了公堂。

《后汉书·列女传·皇甫规妻》："安定皇甫规（东汉名将，学者，凉州安定郡朝那县——今宁夏彭阳县人）妻者，不知何氏女也。……及规卒时，妻年犹盛而容色美。后董卓为相国，承（接受，这里引申为听闻，得知）其名，娉以軿辎（píng zī，軿是有帷有盖的轻车，辎是有帷有盖的载重车）百乘，马二十匹，奴婢钱帛充路（布满道路）。妻乃轻服（常服，便服，这里指没穿结婚礼服）诣（yì，前往）卓门（董卓府上），跪自陈情，辞甚酸怆（凄楚哀伤）。卓使傅奴（家奴）侍者悉拔刀围之，而谓曰：'孤之威教（指刑法和教化），欲令四海风靡，何有不行于一妇人乎？'妻知不免，乃立骂卓曰：'君羌胡之种〔董卓，汉末军阀，权臣，陇西郡临洮县（今甘肃岷县）人，早年与羌人交好，但他不是羌人，也不是胡人〕，毒害天下，犹未足邪！妾之先人，清听（清正高洁的声誉）奕世（累世，一代又一代）。皇甫氏文武上才，为汉忠臣。君亲（你父亲。指董卓的父亲董君雅，他所任最高官职是颍川郡轮氏县尉，属低级武官）非其趣（驱）使走吏乎（皇甫规父亲皇甫旗官至扶风都尉，是高级武官，所以称董卓父亲为受其驱使的奔走之吏）？敢欲行非礼于尔君夫人邪（董卓曾在护匈奴中郎将张奂部下任军司马，而张奂是皇甫规举荐自带的，按这层关系来说，董卓也相当于皇甫规的属下，所以皇甫规妻子在董卓面前便自称是"你的主君夫人"）！卓乃引车庭中，以其头县轭（xuán è，"县"同"悬"，悬挂。此句是指侮辱性地用车轭套在皇甫规妻子的脖颈处，将其悬吊起来），鞭扑交下（鞭子和捶杖齐下）。妻谓持杖者曰：'何不重乎？速尽为惠（从速打死我就是给我的恩惠）。'遂死车下。"这是权臣逼嫁——逼其嫁给自己。当遭到女方拒绝后，竟命人将其活活打死。凶狠残忍到如此地步，真是令人发指。

《后汉书·桥玄传》：桥玄任汉阳郡太守时，"郡人上邽姜岐，守道隐居，名闻西州。玄召以为吏，（姜岐）称疾不就。玄怒，来（使之来，召）督邮（郡守的重要属吏，代表郡守督察县乡，宣达教令，兼司狱讼捕亡）尹益逼致之（逼姜岐应召为吏），曰：'岐若不至，趣嫁其母。'益固争（极力谏诤）不能得，遽晓譬岐（赶紧将桥玄的意思明白地告知姜岐）。岐坚卧不起（坚定地继续睡卧，称病不起）。郡内士大夫亦竞往谏，玄乃止。"这个桥太守，为了逼姜岐出来在他手下做吏，竟使出了"趣嫁其母"的毒招。"趣"即"促"，也就是逼。姜岐的母亲显然是高年寡居状态，桥玄竟要对她实施羞辱性的"趣嫁"，可谓丧心病狂，骇人听闻。

《后汉书·皇后纪》："唐姬，颍川人也。王（指刘辩。汉灵帝刘宏去世，庶子刘辩立，是为汉少帝，四个月后即被董卓废为弘农王）薨（hōng，诸侯去世叫薨。刘辩废为弘农王半年后，被董卓毒死，享年十五岁），归乡里。父会稽太守瑁（mào，指唐姬的父亲唐瑁）欲嫁之，姬誓不许。及李傕（jué。李傕本为董卓部将，董卓死后，他伙同董卓的其他几个部将占领长安，把持朝政）破长安，遣兵钞（搜索抢夺）关东（函谷关和潼关以东地区），略（夺取，掳掠）得姬。傕因欲妻之，（唐姬）固不听，而终不自名（说出自己的姓名与身份）。尚书贾诩（曾为董卓部将，后为曹操谋臣，乃汉末至三国时期军事战略家、曹魏开国功臣）知之，以状白献帝（把唐姬的遭遇奏告献帝。献帝，即刘协，他继刘辩而即位，是汉代最后一位皇帝）。帝闻，感怆，乃下诏迎姬，置园中，使侍中（官名，乃皇帝的侍从官员）持节（拿着可以证明其为皇帝使者身份的符节）拜为弘农王妃。"汉少帝被董卓废为弘农王，接着又被董卓毒死，他唯一的妃子唐姬先是遭到父亲的逼嫁，接着又遭到军阀李傕的逼嫁——逼其为妻而几乎不免。

《后汉书·梁冀（汉顺帝顺烈皇后梁妠和汉桓帝懿献皇后梁女莹的哥哥，汉末著名权臣）传》："初，父商（梁冀的父亲梁商）献美人友通期于顺帝，通期有微过，帝以归商，商不敢留而出嫁之，冀即遣客盗还通期。会商薨，冀行服（穿着孝服守孝），于城西私与之居。寿（梁冀之妻孙寿）伺冀出（窥探到梁冀已外出），（孙寿）多从（使跟从，率领）仓头（即苍头，奴仆，因以青巾裹头，故称苍头），篡（cuàn，强夺）取通期归，截发刮面，笞掠（拷打）之，欲上书告其事。冀大恐，顿首请于寿母，寿亦不得已而止。冀犹复与私通，生子伯玉，匿不敢出。寿寻（不久）知之，使子胤（yìn，梁冀的儿子梁胤）诛灭友氏。"这个友通期，她因犯小过错而被汉顺帝休弃后，先是被梁商改嫁，后又被梁冀霸占。梁冀倚仗权势，使友通期成为他的别室，这当然也是一种逼嫁。而他这种无耻的行径，给友通期带来的，则是被残酷地羞辱、毒打，乃至诛灭。

凡此种种，说明东汉社会不仅普遍存在着对妇女的逼嫁恶行，而且逼嫁者几乎是毫无顾忌。忠于爱情的刘兰芝生活在这样的社会，她的命运还能有个好吗？

（五）夫妻情深义重、生死不离

《玉台新咏》卷一："人生譬朝露，居世多屯蹇（zhūn jiǎn，《易经》中屯卦和蹇卦的并称，艰难不顺之意）。忧艰（指居父母之丧）常早至，欢会常苦晚。念当奉时役，去尔日遥远。遣车迎子还，空往复空返。省书（看信）情凄怆，临食不能饭。独坐空房中，谁与相劝勉。长夜不能眠，伏枕独展转。忧来如寻环（循环往复不止），匪席不可卷（《诗·邶风·柏舟》："我心匪石，不可转也。我心匪席，不可卷也。"这里借用其句，言忧愁深广，不能像滚石头一样将其挪走，也不能像卷席一样将其卷走）。""妾身兮不令（善，安好），婴（缠绕，此指被缠绕）疾兮来归（"来归"本指妇女被夫家所弃而回到娘家，此指回娘家养病）。沈（沉）滞兮家门，历时兮不差（chài，痊愈）。旷废兮侍觐（侍候，伴随。觐，jìn，见），情敬兮有违。君今兮奉命，远适（去，往）兮京师。悠悠兮离别，无因兮叙怀。瞻望兮踊跃（跳跃，此写瞻望时的急迫心情),伫立兮徘徊。思君兮感结,梦想兮容辉。君发兮引迈(启程,上路),去我兮日乖(背离,此指远隔)。恨无兮羽翼,高飞兮相追。长吟兮永叹,泪下兮沾衣。"东汉桓帝时,陇西(今甘肃通渭县)有秦嘉徐淑夫妇。秦嘉为郡吏,岁终奉命赴京都洛阳报告本郡境内户口、赋税、盗贼、狱讼等多项事务,被任为黄门郎。后病死于洛阳津乡亭。秦嘉赴洛阳时,徐淑正在娘家养病,夫妻俩未能面别。秦嘉客死他乡后,徐淑之兄弟逼徐淑改嫁,她毁形不从,前引杜预《女记》所载《为誓书与兄弟》即作于此时。这里所录,是秦嘉的一首《赠妇诗》和徐淑的《答夫诗》,仅此赠答,已足见彼此感情之深笃。

《后汉书·独行传·范冉传》:"遭党人禁锢(指东汉末年,反对宦官的士大夫、精英等数百人被宦官列入"党人"名单而遭到杀戮、流放、禁止做官或参与政治活动),遂推鹿车(小车,因其车厢狭小仅容一鹿而得名),载妻子,捃(jùn,捡拾)拾自资,或寓息客庐,或依宿树荫。如此十余年,乃结草室而居焉。所止单陋(简陋),有时粮粒尽,穷居自若,言貌无改,闾里歌之曰:'甑(zèng,陶制蒸具)中生尘范史云,釜中生鱼(锅里都生虫了,极言断炊之久。鱼,此指蠹鱼一类小爬虫)范莱芜。'"范冉字史云,是一代大儒马融的学生,平生与忠臣李固相善,曾当过莱芜长,乃一代名士。他在遭遇党锢之祸时,于艰难竭蹶之中,亲自推车,载着妻儿流浪十余年,每天仅靠于田野捡拾来维持生计,虽穷饿无助而心气不改。他不仅在政治上守正不苟,对妻儿的那份关爱呵护与不离不弃,虽今人亦多有不及。

《后汉书·列女传·王霸妻》:"太原王霸妻者,不知何氏之女也。霸少立高节,光武时连征(召,召其为官),不仕。霸已见《逸人传》(即《后汉书·逸民传》),妻亦美志行。初,霸与同郡令狐子伯为友,后子伯为楚相,而其子为郡功曹(郡守所聘主要掌管人事的属员)。子伯乃令子奉书于霸,车马服从,雍容如(显得华贵有威仪。如,然……的样子,形容词后缀)也。霸子时方耕于野,闻宾至,投耒而归,见令狐子，沮怍（jǔ zuò，沮丧惭愧）不能仰视。霸目（看见）之，有愧容，客去而久卧不起。妻怪问其故，始不肯告，妻请罪，而后言曰：'吾与子伯素不相若（相同），向（刚才，此前）见其子容服甚光，举措有适（节制），而我儿曹（儿辈，儿子们）蓬发历（稀疏不齐）齿，未知礼则，见客而有惭色。父子恩深，不觉自失（内心若有所失）耳。'妻曰：'君少修清节，不顾荣禄。今子伯之贵孰与君之高？奈何忘宿志而惭儿女子乎！'霸屈起而笑曰：'有是哉！'遂共终身隐遁。"王霸不愿出仕，妻子给予充分的理解和支持。在王霸思想上出现波动之时，妻子能给予及时的开导和抚慰，而王霸也能虚心听取妻子的意见而坚定素志，于是夫妻俩欣然终身共同隐居。如此志同道合，如此相互欣赏和尊重，而且生死不改、生死不离，这种境界，从古到今都不多。

《后汉书·酷吏传·黄昌传》："朝廷举能（选拔贤能），（黄昌）迁（升任）蜀郡太守。……初，昌为州书佐（主办文书的佐吏），其妇归宁（回娘家看望父母）于家，遇贼被获，遂流转入蜀为人妻。其子犯事，乃诣昌（到黄昌的公堂）自讼（替自己申诉辩冤）。昌疑母不类（类似，像）蜀人，因问所由。对曰：'妾本会稽余姚戴次公女，州书佐黄昌妻也。妾尝归家，为贼所略（抢掠），遂至于此。'昌惊，呼前谓曰：'何以识黄昌邪？'对曰：'昌左足心有黑子，常自言当为二千石（郡守。汉制，郡守俸禄为二千石。世因称郡守为二千石）。'昌乃出足示之。因相持悲泣，还为夫妇。"女遭难而沦为他人妻，男以能而迁为郡太守，双方竟在公堂相认而重为夫妇，并不计较什么失身的问题，这份情义，天下还有什么比它更重？这般胸襟，天下还有什么比它更坦荡？

《后汉书·列女传》："犍为（郡名）盛道妻者，同郡赵氏之女也，字媛姜。建安五年，益部（益州）乱，道聚众起兵，事败，夫妻执系（被捕），当死。媛姜夜中告道曰：'法有常刑，必无生望。君可速潜逃，建立门户，妾自留狱，代君塞咎。'道依违（迟疑）未从。媛姜便解道桎梏（枷锁），为赍（jī，持，带）粮货。子翔（儿子盛翔）时年五岁，

使道携持而走。媛姜代道持(支撑,应付)夜,应对不失。度(估计)道已远,乃以实告吏,应时(即刻)见杀。道父子会(适逢,恰逢)赦得归。道感其义,终身不娶焉。"丈夫以终身不娶来报答因掩护他携子逃命而死的妻子,实亦另类之生死不离。

《世说新语·惑溺》:"荀奉倩与妇(曹操堂弟曹洪的女儿)至笃(感情极深厚),冬月妇病热,乃出中庭自取冷(让身体挨冻变冷),还以身熨(贴,偎)之。妇亡,奉倩后少时亦卒。"荀奉倩名粲,他为妻子降温的方式堪称空前绝后,那是无边的爱怜使然。他在妻子病殁后不久便伤心而亡,那实际就是不愿独活而以身殉情。

这就是东汉时代。这是当爱的权利遭到不仁不义的违情悖礼者的践踏时,很难受到尊重和保护的时代。这又是许多人不满足于单纯传宗接代的婚姻而追求心灵相系、生死与共的婚姻的时代。是回响着"愿为双鸿鹄,奋翅起高飞"(《古诗十九首·西北有高楼》)、"同心而离居,忧伤以终老"(《古诗十九首·涉江采芙蓉》)、"思为莞(guān,俗名水葱、席子草)蒻(ruò,嫩香蒲草)席,在下蔽匡床(方床)。愿为罗(稀疏而轻软的丝织品)衾帱(qīn chóu 被子和帐子),在上卫风霜"(张衡《同声歌》)、"与我期(约会)何所?乃期东山隅(yú,角落)。日旰(gàn,晚,迟)兮不来,谷风吹我襦(rú,短衣、短袄)。远望无所见,涕泣起踟蹰(chí chú,徘徊)。与我期何所?乃期山南阳。日中兮不来,飘风吹我裳。逍遥(缓步行走貌)莫谁睹,望君愁我肠。与我期何所?乃期西山侧。日夕兮不来,跱踽(zhí zhú,徘徊)长叹息。远望凉风至,俯仰正衣服。与我期何所?乃期山北岑(cén,山峰)。日暮兮不来,凄风吹我襟。望君不能坐,悲苦愁我心"(繁钦《定情诗》)、"蒙冒(愚暗冒昧,此指若有知若无知失魂落魄的样子)蒙冒,思不可排。停停(亭亭,此指亭亭而立)沟侧,噭噭(哭声)青衣(指所思恋的那位婢女)。我思(此字无义,起凑足音节的作用,下同)远逝(远去),尔思来追。……非彼牛女(牵牛星和织女星),隔于河维(此字无义，起凑足音节的作用）。思尔念尔，愁（nì，忧思伤痛）焉且饥"（蔡邕《青衣赋》）等等执着于爱的诗句的时代。老翁溺死河中后，其妻殉情投河前所唱《公无渡河》曲呜咽在这个时代，①牛郎织女顶着压力苦苦相恋的故事成型于这个时代，②韩凭夫妇不屈于宋康王而相互为情而死的故事盛传于这个时代。③

这样的时代，这样的社会环境，焦仲卿、刘兰芝悲剧的发生的确是完全可能的。

注释：

① 蔡邕《琴操》卷上："《箜篌引》者，朝鲜津卒霍里子高所作也。子高晨刺（划，撑）船而濯（zhuó，洗涤），有一狂夫，被（披）发提壶，涉河而渡。其妻追止之，不及，堕河而死。乃号天嘘唏，鼓箜篌而歌曰：'公无渡河，公竟渡河，公堕河死，当奈公何！'曲终，自投河而死。子高闻而悲之，乃援琴而鼓之，作《箜篌引》以象其声，所谓《公无渡河》曲也。"见《续修四库全书·子部·艺术类》，上海古籍出版社，2002年，第1092册，第151页。

② 参见刘晓红《牛郎织女神话传说的演变》，《徐州教育学院学报》第18卷第4期（2003年12月）；王帝《牛郎织女神话传说及其演变》，《贵州文史丛刊》，2006年第1期；王悦《牛郎织女故事的过去与现在：民间传说的话语重构与记忆变迁》，安徽大学硕士学位论文，完成于2019年5月。

③ 参见姜生《韩凭故事考》，《安徽史学》，2015年第6期；陈秀慧《汉代贞夫故事图像再论》，《南方文物》，2017年第6期；刘雯《韩朋故事的微观演变及历史学考察》，《中南民族大学学报》（人文社会科学版），2019年第1期。

二 东汉时代的人会视礼教①为罪恶而予以控诉和反对吗？

《孔雀东南飞》长期被视为控诉礼教之作，即认为造成焦仲卿、刘兰芝悲剧的罪魁祸首是礼教。②直到如今，这种观点仍然流行，③但这种观点严重缺乏时代和文本的依据，是不能成立的。

若说《孔雀东南飞》是控诉礼教之作，那就意味着：（一）礼教的本质是恶的；（二）东汉时代的人已经认识到礼教之恶并加以控诉和反对。然而，这都不是事实。

礼教的本质是恶的吗？否。礼教包括礼仪和教化两个方面，其中，礼仪是以"仁义"为核心和灵魂的一整套人伦规范与礼节仪式细则，是施行教化的内容和标准。这套人伦规范和礼仪细则有其过于繁缛、苛刻、僵硬和过于"贵贵尊尊"（《礼记·丧服四制》）而严重压制非贵非尊方的明显不公的一面。特别是由于两汉统治者都推行"以孝治国"，刻意强调一个"孝"字，遂使孝文化逐渐走向极端和病态，这是毋庸讳言的。前举邓元义妻一类事件之所以发生，其根子就在这里。但汉代礼教并不是被后儒作了某些不当解释和不当发挥的礼教，更不是"五四"以来被武断认定的"吃人"的礼教。事实上，包括汉代礼教和被后儒作了某些不当解释和不当发挥的礼教在内，整个礼教的核心和灵魂是"仁义"二字，是要求人们乐于仁而勇于义，至少是不做不仁不义之事，用今天的话说，就是要节制欲望，涤除兽性，趋美向善，提升个体生命境界，达成和维护公序良俗。因此，它的本质是善而不是恶，其价值是不该也不容抹杀的。我们向来自诩曰："我中华乃数千年文明礼仪之邦！"然而，我们同时又将塑造这文明礼仪之邦的礼教完全抹倒，甚至以"吃人"二字来为其定性，这显然是说不过去的。实际上，"吃人"的从来都是人——是违背礼教、妄言妄为的人，而不是礼教。所以戴震只说是"后儒以理杀人"（《与某书》。此所谓理，就是宋明时代的礼教），而不说"理杀人"。礼教苛刻不公的一面固然应该反对和批判，但绝不能无视其居于主导地位的健康合理的一面，不能"记短则兼折其长，贬恶则并伐其善"（东汉朱穆语，见《后汉书》卷四十三《朱乐何列传》所载朱穆《崇厚论》），不能在泼洗澡水时连同其中的婴儿也一起泼掉。

东汉时代的人真会视礼教为罪恶而予以控诉和反对吗？不会。他们没那个"觉悟"。即使是王充那样说出"夫妇合气，非当时欲得生子，情欲动而合，合而生子矣"（《论衡·物势》）的大实话，具有强烈批判精神的思想家，他也高举"礼义"大旗，称："国之所以存者，礼义也。""以旧礼为无补而去之，必有乱患。"（《论衡·非韩》）即使是仲长统那样的"狂生"，他早年在其《见志诗》中曾无比向往老庄超脱一切的人生态度，宣称要"寄愁天上，埋忧地下。叛散五经，灭弃风雅。百家杂碎，请用从火"（见逯钦立《先秦汉魏晋南北朝诗》之《汉诗》卷六）。然而，这不过是一时之狂言而已，他的真实态度，在后来所作《昌言》中有很清楚的表达："教化以礼义为宗，礼义以典籍为本。常道行于百世，权宜用于一时，所不可得而易者也。高辛（黄帝的曾孙高辛氏，即帝喾，kù）已往，则闻其人，不见其书；唐（尧）、虞（舜）、夏、殷，则见其书，不详其事；周氏已来，载籍具矣，所不可得而易（轻视）者也。"（见孙启治《昌言校注·阙题一》，《政论校注 昌言校注》，中华书局，2012年，第321页）原来，他不仅不会反叛儒家礼教和毁弃儒家经典，反而对之极其看重和尊崇。再看，即使是东汉末年张角兄弟领导太平道教众掀起的黄巾风暴，其目标也只在改朝换代，所谓"苍天已死，黄天当立"是也。至于人伦规范方面，他们的信条是："令人父慈、母爱、子孝、妻顺、兄良、弟恭，邻里悉思乐为善，无复阴贼好窃相灾害。""子不孝，则不能尽力养其亲；弟子不顺，则不能尽力修明其师道；臣不忠，则不能尽力共（恭）敬事其君。为此三行而不善，罪名不可除也。天地憎之，鬼神害之，人共恶（wù，厌恶、憎恶）之，死尚有余责于地下，名为三行不顺善之子也。""故人生之时，为子当

孝,为臣当忠,为弟子当顺;孝、忠、顺不离其身,然后死,魂魄神精不见对(不被对质问罪)也。"(见王明《太平经合校》卷九十六,中华书局,1960年,第408—409页)他们的人伦规范与礼教高度一致,而且由于有天地鬼神的"介入",其号召力和践行效度实比儒家更甚。

或许有人要问,《后汉书·列女传》载录班昭《女诫》后,称"昭女妹曹丰生,亦有才惠(慧),为书以难(诘难,辩难)之,辞有可观",此事该如何看待?班昭小姑子曹丰生的书信虽已佚失,其具体内容不得而知,但它毕竟是对班昭礼教名篇《女诫》的诘难之作,这是不是意味着诘难者是一位反礼教人士呢?答曰:非也。《后汉书》对曹丰生那封书信只说"辞有可观",并没有给出立场态度及思想倾向方面的判语,亦即没有提这封书信在思想观点上,在对礼教的认识和态度上与《女诫》有何立场性和原则性的分歧或对立。我们可以设想一下,曹丰生若真是一位反礼教人士,那她与班昭这位名重朝野的礼教名人同在一个屋檐下,彼此之间必会产生不同寻常的冲突,必有令人瞩目的故事发生和传播。然而遍查史籍文献,这一切均付阙如。这就只能有一个解释,即,曹丰生和她的嫂子班昭之间,在礼教问题上并无立场性和原则性的分歧或对立。那么,她的"为书以难之"究竟会是怎样一种情形呢?想来,这大概是因为班昭的《女诫》是重病之中害怕她的女儿们(班昭写《女诫》是在嫁到夫家四十多年之后,她的亲生女儿应该多已出嫁,这里所指,当主要是她丈夫的妾所生而以她为嫡母的女儿们)"失容它门,取耻宗族"(班昭《女诫·序》)而作,其中夹杂了严重的私心和机心,故有不少瑕疵。比如,在"敬慎"一节中有这样一段话:"夫敬非它,持久之谓也。夫顺非它,宽裕之谓也。持久者,知止足也。宽裕者,尚恭下(以恭谨谦卑为尚)也。""夫敬非它",这意味着下句要解释"敬"的含义,然而下句却是"持久之谓也",说的是"敬"的注意事项,即"敬"要长期坚持,不可时"敬"时不"敬"。"夫顺非它",意味着下句要解释"顺"的含义,然而下句却是"宽裕之谓也",说的是要做到"顺"所必须具备的条件,即必须心胸开阔,大度能容。接下来,"持久者,知止足也;宽裕者,尚恭下也"也是上句摆出解释"持久"和"宽裕"之义的架势,下句讲的却是能否"持久"的关键所在和心胸"宽裕"者应有的外在表现。这样牛头不对马嘴的表述,显然是病中昏昏才有的现象。这且罢了,最出格的还在于:她在"敬慎"一章中一面高扬"义以和亲(以道义来使夫妇间和睦亲爱)"的目标,一面又反对夫妇间争辩是非曲直,把道义撇在了一边。沿着这个路子,随后她又专设"曲从"一章,要求女儿们对公婆曲意顺从,宣称:"姑云不尔(如此,这样)而是,固宜从令;姑云尔而非,犹宜顺命。勿得违戾是非,争分曲直。"婆婆认为错的,实际却是对的,固然要跟着婆婆把对的说成错的,绝不要跟婆婆唱反调或争辩什么是非曲直。显然,班昭在这里完全被私心所左右,为了女儿们在公婆家能够平安度日,她竟直接教唆女儿们不问是非,只管迎合讨好就是,这与她兄长班固在《汉书·陈万年传》中所刻意揭露的陈万年教子以谄(chǎn,讨好,献媚)的做派有何区别?

东汉顺帝刘保死后,两岁的刘炳继位,是为冲帝,半年后病亡。此后,大将军梁冀为长久把持朝政,便坚持立幼儿为帝,先是立八岁的刘缵(zuǎn),是为质帝,半年后,梁冀畏其聪明有识见而将其毒死。接着,又欲立十五岁的刘志(即后来的汉桓帝)。太尉李固联合司徒胡广、司空赵戒等与之相争,而胡、赵二人却在关键时刻慑于梁冀淫威而作了"唯大将军令"的表态,为此,李固在被梁冀诛杀前致信胡、赵二人,曰:"固受国厚恩,是以竭其股肱(腿和胳膊,此指自身全部的力量),不顾死亡,志欲扶持王室,比隆文、宣(想要再现汉文帝汉宣帝时代那样的兴盛局面。比,并列,等同)。何图一朝梁氏迷谬,公等曲从,以吉为凶,成事为败乎?汉家衰微,从此始矣。公等受主厚禄,颠(跌倒)而不扶,倾覆大事,后之良史,岂有所私(私心,指出于私心而不如实记载)?"(《后汉书·李固传》)如果班昭地下有知,面对李固这封永垂千古的痛斥"曲从"的书信，恐怕是会羞惭无地的吧！

《论语·子路》："君子和（指是非明确，不苟同于人，而与人相济相成）而不同（指不问是非，一味赞同，一味迎合），小人同而不和。"《孟子·公孙丑上》："无是非之心，非人也。"《礼记·曲礼》："夫礼者，所以定亲疏、决嫌疑、别同异、明是非也。"《孝经·谏诤章》："父有争（争辩，谏诤）子，则身不陷于不义。故当不义，则子不可以不争于父，臣不可以不争于君。故当不义则争之，从父之令，又焉得为孝乎？"《礼记·祭义》："君子之所为孝者，先意承志（提前明白父母之意志），谕（告白，使知晓）父母于道（道义）。"王符《潜夫论·贤难》："孝子之行，非徒（不只）吮痈（吮吸脓液以疗疮）而已也，必有驳（反驳，驳正）焉。"仲长统《昌言》："父母怨咎（怨恨，责备）人不以正（正道，正义），已审其不然，可违而不报（报复被父母所怨恨的人）也；父母欲与人以官位爵禄，而才实不可，可违而不从也；父母欲为奢泰侈靡，以适心快意，可违而不许也；父母不好学问，疾（痛恨）子孙之为之，可违而学也；父母不好善士，恶（厌恶，反对）子孙友之（与之为友），可违而友也；士友有患故（灾难），待己而济，父母不欲其行，可违而往也。故不可违而违，非孝也；可违而不违，亦非孝也；好不违，非孝也；好违，亦非孝也。其得义（符合道义）而已也。"（孙启治，《昌言校注·阙题八》，《政论校注 昌言校注》，中华书局，2012年，第386页）《孟子·离娄上》"不孝有三"句下，汉末赵歧注："于礼有不孝者三事，谓阿（ē，迎合）意曲从，陷亲不义，一不孝也……"《礼记·王制》更规定："行伪而坚，言伪而辩，学非而博，顺非而泽（润泽，粉饰），以疑众，杀……不以听（审察，审理）。"对附和错误言行且加以粉饰来迷惑民众的人，不用审理就可直接杀头。礼教何曾垂青过"曲从"二字？

以班昭曾为之作注的刘向《列女传》④而论，其中就有楚庄樊姬、齐相御妻、陶荅子妻等很多在国君、丈夫和公婆面前诚实无欺地申论是非的妇女——陶苔子妻对苔子无端暴富的情况质疑和批评,并主动请求带儿子离开丈夫,以致触怒公婆而"被弃",她和《后汉书·列女传》中那位丈夫有错就规劝丈夫、婆婆有错就规劝婆婆的乐羊子妻尤其给人以深刻印象。她们是恪守礼教、是非分明的女子楷模,恰与受一点可怜的私心和机心驱使的班昭形成鲜明对照。

"亦有才惠"的曹丰生很可能看出了班昭的私心和机心,再加上班昭在《女诫》中又特设"和叔妹"一章,宣称:"夫嫂妹者,体敌(身份相称)而尊,恩疏而义亲。若淑媛谦顺之人,则能依义以笃好,崇恩以结援,使徽(美善)美显章(彰,显明),而瑕过(缺点和过错)隐塞(遮掩,此指得到遮掩),舅姑矜(jīn,夸奖)善,而夫主嘉美,声誉曜于邑邻,休(美德,美好)光延于父母。"于是,作为班昭小姑的她,便从小姑的角度"为书以难之"。比如,她或许会问嫂子:你在"和叔妹"一章中声称要与小姑"依义以笃好,崇恩以结援",这里的"义"与"恩"如果不能兼顾怎么办?你在"敬慎"一章中主张夫妇之间不能争辩是非曲直,那么"义以和亲"之"义"还有位置吗?你在"曲从"一章中嘲笑"以义自破(因坚持道义而导致自己婚姻破裂)"者而让你的女儿们对公婆"曲从",又在"和叔妹"一章中让你的女儿们为了能够"徽美显章""瑕过隐塞"而巴结小姑,这是不是弃义趋利而教女以谄、教女以伪?如此,等等。总之,她可能会针对嫂子论述中的漏洞和暴露出来的私心来与嫂子展开商榷或对嫂子加以调侃,但绝不会有反对礼教的倾向,恰恰相反,她很可能是要剔除班昭夹带的私货以维护礼教的真谛,这恐怕才是事情的真相。

或许又有人问,《后汉书·独行传·向栩传》载,黄巾蜂起之际,身为侍中的向栩竟向灵帝进言道:"但遣将于河上北向读《孝经》,贼自当消灭。"汉代以孝治国,《孝经》是当时极受朝野看重的礼教经典,而按向栩的主意办事,《孝经》就成了一场荒唐儿戏中的道具,这不是对《孝经》的大不敬吗?他是不是有意侮辱《孝经》?他算不算是一位反礼教人士？答曰：不算。《向栩传》告诉我们，向栩的目的是"讥刺左右，不欲国家兴兵"。这里所说的左右，是指蒙蔽灵帝、乱政虐民的宦官集团。这个宦官集团在黄巾军问题上是何立场与作为？《后汉书·宦者列传》是这样记载的：

是时让（张让）、忠（赵忠）及夏恽、郭胜、孙璋、毕岚、栗嵩、段珪、高望、张恭、韩悝、宋典十二人，皆为中常侍，封侯贵宠，父兄子弟布列州郡，所在贪残，为人蠹害。黄巾既作，盗贼糜沸（如糜粥之沸于釜中，比喻盗贼此起彼伏），郎中中山张钧上书曰："窃惟（私下认为）张角所以能兴兵作乱，万人所以乐附之者，其源皆由十常侍多放父兄、子弟、婚亲、宾客典据（掌管，占据）州郡，辜榷（搜刮，聚敛）财利，侵掠百姓，百姓之冤无所告诉，故谋议不轨，聚为盗贼。宜斩十常侍，悬头南郊，以谢百姓，又遣使者布告天下，可不须师旅，而大寇自消。"天子以钧章（张钧的奏章）示让等（给张让等人看），皆（指张让等人）免冠徒跣（xiǎn，赤足）顿首（磕头），乞（请求）自致（自至）洛阳诏狱（关押钦犯的牢狱），并出家财以助军费。有诏皆冠履视事如故（皇帝下诏，让十常侍照旧穿戴官服处理事务，即对他们不作追究）。帝怒钧（对张钧的说法感到愤怒）曰："此真狂子也。十常侍固当（总该）有一人善者不？"钧复重上（再上奏章），犹如前章，（张让等人）辄寝（隐瞒）不报。诏使廷尉（掌管刑狱的官员）、侍御史（执行监察职责的官员）考为张角道者（刑讯张钧，将其说成是张角的道教徒），御史承让等旨（秉承张让等人的意旨），遂诬奏钧学黄巾道，收掠（收捕拷打）死狱中。而让等实多与张角交通（交往，勾结）。后中常侍封谞、徐奉事独发觉坐诛（封谞和徐奉是太平道信徒，与太平道首领马元义约为内应，事发被杀），帝因怒诘让等（愤怒质问张让等人）曰："汝曹（你们这伙人）常言党人欲为不轨，皆令禁锢，或有伏诛。今党人更（轮番，纷纷）为国用，汝曹反与张角通，为可斩未？"皆叩头云：

"故中常侍王甫、侯览（此二人是制造"党人"冤案的罪魁祸首）所为。"帝乃止。

黄巾之乱，是因灵帝昏庸悖谬，宦官们滥权贪酷，民不聊生而起，事发后，宦官们为了自保，不仅伙同灵帝杀害了主张除奸抚民的郎中张钧，还与黄巾暗通，企图两头取利。而向栩的主意虽然迂腐荒唐，但其用意毕竟是阻止战争，保全百姓，使宦官集团的如意算盘落空，可谓用心良苦。所以宦官们便视向栩为眼中钉、肉中刺，必欲除之而后快。本传云，当向栩作了那番进言之后，"中常侍张让谗栩不欲令国家命将出师，疑与角（张角）同心，欲为内应。收送黄门北寺狱（东汉黄门署属下的监狱。主要拘禁将相大臣。因署在皇宫北面，故名。寺，官署），杀之"。

向栩，是入了《后汉书·独行传》的一代名士。此传序言告诉我们，凡入此传者，都是在某方面特别有可取之处的"偏至"之士，都是具有"狂狷"（志向高远，性格耿介，不循常规）特点的"风轨（气度，风范）有足怀者"。据向栩本传讲，他"性卓诡（高超奇异）不伦（不同常人）""如学道（像学太平道的人），似狂生"，在穿着和待人接物上多有怪异之处。其中，特别引人注目的是两点：一是"或骑驴入市，乞丐于人。或悉要（尽数邀请）诸乞儿俱归止宿，为设酒食"。二是用孔子门人的名字"颜渊""子贡""季路""冉有"等来命名自己的弟子。他给自己的弟子冠以孔子门人之名，实即以当代孔子自居。这固然有点狂，但也同时表明他不是儒家的反对派，不是礼教的反对派。他亲自体验乞丐生活，与乞丐们打成一片的举动，则表明他崇奉儒家"四海之内皆兄弟"（《论语·颜渊》）的信条，有着很不一般的仁爱情怀。他不愿朝廷出兵讨伐黄巾军，希望用和平手段平息黄巾之乱，从而使黄巾军成员和广大百姓免遭涂炭，应该就是出于这种仁爱情怀。因此，我们只可以说他不切实际、不通世务、冒傻气，而绝不可以说他是在侮辱《孝经》、反礼教，恰恰相反，他倒是极端笃信礼教，极想实现礼教的核

心价值,极想创造礼教奇迹。况且,连宦官们都没有给向栩加上侮辱《孝经》、反礼教的罪名,而是像对付张钧那样,诬之为内奸而杀了他。这也从反面说明,向栩并非反礼教人士。

总之,东汉社会并不存在反礼教的土壤。范晔甚至说,东汉社会是"人识君臣父子之纲,家知违邪归正之路"(《后汉书·儒林传论》)的具有礼教自觉意识的社会,顾炎武更称:"三代(夏、商、周)以下风俗之美,无尚于东京(东汉都城洛阳,代指东汉)者。"(《日知录》卷十三"两汉风俗"条)但这并不是说东汉时就没有人偏离和违背礼教。事实是,那些昏庸的皇帝,那些争权夺利的宦官和外戚,那些大大小小的权贵、军阀和贪官污吏,以及平民中那些为非作歹之徒,他们都是违背和败坏礼教的人。除他们外,一般人在私心驱动下,在利益诱惑下,在外力逼迫下,偏离和违背礼教的现象也绝不少见。比如班昭,她作为一位名重朝野的礼教导师,尚且有教女以谄、教女以伪这类违背礼教的情况存在,遑论其余。而到了东汉后期,这种情形就更是愈演愈烈。崔寔《政论》:"自汉兴以来,三百五十余岁矣。政令垢玩(不清明,不严肃,污浊混乱),上下怠懈,风俗雕敝(衰落破败),人庶(民众)巧伪(虚伪不实),百姓嚣然(扰攘不宁貌。嚣,这里读áo)。"(见孙启治《政论校注·阙题一》,《政论校注 昌言校注》,中华书局,第38页)仲长统《昌言·阙题四》:"凡贪淫放纵,僭凌(超越职权,不守本分)横恣(强横放肆),挠乱内外,螫噬(shì shì,像毒虫一样地刺,像野兽一样地咬。比喻对……加以败坏)民化(指经长期教化所形成的公序良俗),隆(兴盛)自顺桓(汉顺帝和汉桓帝)之时,盛极孝灵(汉灵帝)之世,前后五十余年。"(同上书,第341页)《三国志·魏书·王肃传》裴松之注引《魏略·儒宗传序》:"从初平之元,至建安之末,(初平、建安都是东汉最后一帝汉献帝的年号,从初平元年到建安末年,共31年)天下分崩,人怀苟且,纲纪既衰,儒道尤甚。"从这些记载来看,汉末近百年间,偏离乃至背弃儒家仁义之道的违礼现象的确已很严重。

但是，这并不意味着仁义之道已被抛弃，更不意味着人们已有反礼教的"觉悟"。恰恰相反，礼教规范仍然是社会所公认的行事准则和是非标准。所以，凡有不合礼教的人和事，总是会引起一定程度的关注，引发相应的批评和制止的行动。

上引《昌言》《政论》《儒宗传序》的言论，就是批评违礼行径，就是呼吁遵循和维护礼教。再看：

《后汉书·循吏传·仇览传》唐李贤注引谢承《后汉书》："览（仇览）为县（考城县）阳遂亭长，好行教化。人羊元（有个名叫羊元的人）凶恶不孝，其母诣览言元（到仇览那里讲述羊元的过错）。览呼元，诮责元以子道（以为子之道责备羊元。诮，qiào，责备），与一卷《孝经》，使诵读之。元深改悔，到母床下，谢罪曰：'元少孤，为母所骄。谚曰：孤犊触乳，骄子骂母。乞今自改。'母子更相向泣。于是元遂修孝道，后成佳士。"

《后汉书·陈蕃传》："民有赵宣葬亲而不闭埏隧（yán suì，墓道），因居其中，行服二十余年，乡邑（乡镇，乡里）称孝，州郡数（shuò，多次）礼请之。郡内以荐蕃（把赵宣推荐给陈蕃），蕃与相见，问及妻子，而宣五子皆服中（守孝于墓道期间）所生。蕃大怒曰：'圣人制礼，贤者俯就（俯身相就，表示标准偏低），不肖企及（踮起脚才能够着，表示标准不低但也不算太高）。且祭不欲数（shuò，频繁），以其易黩（易于被亵渎）故也。况乃寝宿冢藏，而孕育其中，诳（kuáng，欺骗）时（时人，当时的人）惑众，诬污（欺蒙，玷污）鬼神乎？'遂致（惩治）其罪。"

依礼教化不孝之人，依礼惩治伪孝之人，这是官员们在维护礼教。

汉桓帝延熹九年，荀爽上书，批评朝廷达官为父母守丧时日太过短暂，批评朝廷以皇家公主为贵而以其夫婿为贱的制度，批评皇帝后宫严重超员等，要求一一依礼改过。（《后汉书·荀爽传》）

汉灵帝时，应劭撰《风俗通义》，特别针对社会上频频发生的貌似守礼实则违礼之事，专设《愆礼》《过誉》两章，连点十七事，逐一附上"谨按"，予以剖析驳正。又设《十反》一章，对十五位当代名人的言行加以评说，以见其礼义修养之高下，并对不合礼义的人和事毫不隐讳地予以讥讽和谴责。

循名责实，拨乱反正，这是学者们在维护礼教。

《后汉书·陈寔（shí，同"实"）传》："寔在乡闾（家乡，故里），平心（用心公平，态度公正）率物（做众人的榜样）。其有争讼（争执，诉讼），辄求判正（就请他来判断正误裁定是非），晓譬曲直，退无怨者。至乃（甚至，竟至）叹曰：'宁为刑罚所加，不为陈君所短（指摘，看轻）。'时岁荒民俭（贫乏，穷困），有盗夜入其室，止于梁上。寔阴见，乃起自整拂（整理拂拭），呼命子孙，正色训之曰：'夫人不可不自勉。不善之人未必本恶，习以性成，遂至于此。梁上君子者是矣！'盗大惊，自投（跳，往下跳）于地，稽颡（qǐ sǎng，古代一种跪拜礼，屈膝下拜，以额触地，表示极度的虔诚）归罪（揽罪，认罪）。寔徐（慢，此指语气和缓）譬（劝导，开导）之曰：'视君状貌，不似恶人，宜深克己反善。然此当由贫困（然而你干这盗窃之事应该是为贫困所迫）。'令遗（wèi，给予，馈赠）绢二匹。自是一县无复盗窃。"

《后汉书·独行传·王烈》："王烈字彦方，太原人也。少师事陈寔，以义行称（受称道）。乡里有盗牛者，主得之（失主抓住了他），盗请罪曰：'刑戮是甘，乞不使王彦方知也（我甘愿受刑杀头，但请不要让王彦方先生知道）。'烈闻而使人谢（问候）之，遗布一端。或问其故，烈曰：'盗惧吾闻其过，是有耻恶（以做坏事为耻）之心。既怀耻恶，必能改善（改恶从善），故以此激之。'后有老父遗（遗失）剑于路，行道一人见而守之，至暮，老父还，寻得剑，怪而问其姓名，以事告烈。烈使推求（访查，探询），乃先盗牛者也。"

《后汉书·逸民传·高凤》："高凤字文通，南阳叶（shè，古邑名，在今河南叶县南）人也。少为书生，家以农亩为业，而专精诵读，昼夜不息。……其后遂为名儒，乃教授业于西唐山（又名唐山、青山，在今河南叶县西南六十里澧河畔）中。邻里有争财者，持兵（兵器）而斗，凤往解之，不已，乃脱巾叩头，固请曰：'仁义逊让，奈何弃之！'于是争者怀感，投兵（扔掉兵器）谢罪。"

以德服人，以诚感人，以仁义化民成俗，务使违礼者回归正途，这是儒士乡绅在维护礼教。

《后汉书·五行志一》："顺帝之末，京都童谣曰：'直如弦，死道边。曲如钩，反封侯。'案顺帝即世（去世），孝质（汉质帝刘缵）短祚（在位时间短——只一年半），大将军梁冀贪树疏幼（把血统疏远而又年幼的皇家子嗣扶为皇帝），以为己功，专国号令，以赡（满足）其私。太尉李固以为清河王（刘蒜）雅性聪明，敦诗（对《诗经》有深厚的修养）悦礼，加又属亲，立长则顺，置善则固。而冀建白太后（梁冀却向太后建议），策免固（发诏策罢免李固），征蠡吾侯（刘志，即后来的汉桓帝），遂即至尊。固（李固）是日幽毙（囚禁而死）于狱，暴尸道路，而太尉胡广封安乐乡侯、司徒赵戒厨亭侯、司空袁汤安国亭侯云。"

晋葛洪《抱朴子·外篇·审举第十五》："灵献（汉灵帝和汉献帝）之世，阉官用事，群奸秉权，危害忠良，台阁失（失准，不讲原则）选用于上，州郡轻（轻率，不负责任）贡举于下。夫选用失于上，则牧、守（州郡的长官。州官称牧，郡官称守）非其人矣；贡举轻于下，则秀（秀才）、孝（孝廉）不得贤矣。故时人语曰：'举秀才，不知书；察孝廉，父别居（分居，分家另过）。寒素（汉晋选拔士人的科目名，谓家世卑微，本人无功名地位）清白浊如泥，高第良将怯如鸡。'又云：'古人欲达（想顺利做官）勤诵经，今世图（求）官免（勉）治生（谓努力经营产业，聚财买官）。'盖疾（痛恨）之甚也。"

用歌谣来讽刺官员不顾道义丧失操守的龌龊行径，用歌谣来抨击朝廷不容忠直而奖掖无德无才之人，这是百姓们在维护礼教。

这就是东汉时代。在这个时代，虽然违礼之事频发，但全社会遵循和维护礼教的意识依然坚定。以至于，那些本身就严重败坏礼教的政治军事巨头，也会以忠于礼教、捍卫礼教的面目出现——比如孔融妨碍曹操专权和篡汉，曹操杀了孔融而舆论不服，他为证明孔融该杀，便诬孔融不孝，称其"违天反道，败伦乱理"（见《三国志·魏书·崔琰传》，裴松之注引《魏氏春秋》所载曹操《宣示孔融罪状令》）。这其实也从反面说明，礼教是这个时代具有强大号召力的旗帜，人们根本不可能有反礼教的意识和行动。焦仲卿、刘兰芝及歌唱焦、刘悲剧故事的诗人们会是例外吗？

注释：

①"五四"以后，人们往往将从秦至清延续两千年的中国社会称为封建社会，将存在于这一时期的礼教称之为封建礼教。近二三十年来，从秦至清是否为封建社会则成了学术界极具争议的问题。本书不讨论这一问题。但考虑到，对于存在于从秦至清的礼教来说，无论称封建礼教也罢还是称别的什么礼教也罢，礼教还是那个礼教，它并不因为人们贴上去的标签而有什么不同。因此，本书就只使用礼教这一概念而不使用封建礼教这一概念。

②如俞平伯《漫谈〈孔雀东南飞〉古诗的技巧》：《孔雀东南飞》"之所以成为中国最伟大的叙事诗，在于能当反抗封建礼教的旗手"。（《光明日报》，1950年4月16日，第4版）游国恩主编的《中国文学史》："《孔雀东南飞》深刻而巨大的社会意义和思想意义，在于，通过焦仲卿、刘兰芝的婚姻悲剧，有力地揭露了封建礼教、封建家长制的罪恶。"（人民文学出版社，1963年，第169页）于非主编的《中国古代文学》：《孔雀东南飞》"巨大的思想意义，在于它通过兰芝夫妇的婚姻悲剧，深刻有力地揭露了封建礼教、封建家长制的罪恶"。（高等教育出版社，1994年修订版，第185页）

③如石观海《中国文学简史》论及《孔雀东南飞》的意义和价值时就说:"这首长诗……控诉了封建礼教和封建家长制的残酷无情与严重罪恶……歌颂了他们（指刘兰芝和焦仲卿）忠于爱情、追求理想生活的反封建、反传统、反礼教的斗争精神。"（暨南大学出版社，2013年10月修订版，第57页）西北师范大学的杨连德完成于2018年5月的硕士论文《魏晋南北朝殉情故事研究》也说:"焦仲卿和刘兰芝这对恩爱夫妻的爱情悲剧，控诉了封建礼教和封建家长制对青年男女残酷的迫害。"（中国知网在线阅读《魏晋南北朝殉情故事研究》，第34页）湖北第二师范学院主办的《语数外学习高中版》，2022年5月上旬刊所发李元春《〈孔雀东南飞〉焦、刘悲剧形成的原因探析》一文也称:"封建礼教是引发这一婚姻悲剧（指焦仲卿、刘兰芝悲剧）的根本原因。"

④《隋书·经籍志》:"《列女传》十五卷，刘向撰，曹大家（姑）注。"班昭乃曹世叔妻，人称曹大家。

二 《孔雀东南飞》要后人"戒之慎勿忘"的究竟是什么?

诗篇结尾处，诗人们沉痛告白:"多谢后世人，戒之慎勿忘!"他们要后人"戒之慎勿忘"的是什么？是礼教之恶吗？否。歌唱焦仲卿、刘兰芝悲剧故事的诗人们，并不具备现当代一些人所想象的那种认知和立场。他们在诗篇中指斥的不是什么礼教之恶，恰恰相反，是违礼之害。具体而言，就是曝光焦母和刘兄的种种违礼行径，揭示了这些一步步把焦仲卿、刘兰芝逼上了绝路，毁了两个家庭——诗篇要后人"戒之慎勿忘"的，乃是这千古莫赎的违礼之害。

下面，我们就以诗歌文本为据，看看焦母和刘兄的行径，也看看焦仲卿和刘兰芝的表现。

先看焦母:"鸡鸣入机织，夜夜不得息。三日断五匹，大人故嫌迟。"焦母睁着眼睛说瞎话，将兰芝"三日断五匹"的非凡效率故意斥之为"迟"。这个"迟"字,不仅抹杀了兰芝远超一般人的织作技艺和贡献,更把兰芝全身心都交给家庭那非常可贵的责任意识和劳作热情抹杀了,把兰芝"鸡鸣入机织,夜夜不得息"的长期无休止的忙碌和辛劳抹杀了。她坚持和强调这个"迟"字,实际就是诬兰芝蠢笨,骂兰芝懒惰,就是宣布兰芝配不上焦仲卿,没有资格留在焦家。她这样做,是完全违礼的。《礼记·中庸》:"诚者,天之道也;诚之者,人之道也。"《礼记·乐记》:"著(zhù,立,树立)诚去伪,礼之经(原则)也。"这是说,忠诚信实,无诬无欺,是礼教的一个根本性原则。但这个原则却对焦母失去了约束力,她竟然肆意歪曲事实,颠倒黑白,指是为非,硬把辛勤说成了懒惰,把高效说成了低能。《礼记·表记》:"是故君子不自大其事,不自尚其功,以求处(安,合)情(实情);过行(错误的行为)弗率(遵循,重复),以求处厚(合于敦厚之道);彰人之善而美人之功,以求下贤(以谦卑的态度面对贤能之人)。是故君子虽自卑而民敬尊之。"《礼记·曲礼》:"敖(傲)不可长,欲不可从(纵,放任),志(意志,襟怀)不可满(满足,自满),乐不可极(达到顶点,此指无度,过分)。"又说:"礼,不踰节(超越法度,踰,yú,同"逾"),不侵侮,不好狎(戏弄)。"又说:"夫礼者,自卑而尊人。虽负贩者(贩运货物的人,指卑贱者)必有尊也,而况富贵乎?"这是说人要自我谦抑,不可傲慢放纵,要如实地肯定别人的长处和功劳,懂得尊重别人,而不可欺侮别人。但焦母却是妄自尊大,骄横乖戾,完全不顾兰芝的真实表现和真实贡献,公然用不实之词来冤屈和打压兰芝,从精神上"侵侮"和折磨兰芝,使兰芝陷入难以承受的痛苦之中。焦母的行径恶劣之甚,违礼之甚。

《礼记·郊特牲》:"妇人,从人者也,幼从父兄,嫁从夫,夫死从子。"《白虎通义》卷一:"妇人……有三从之义:未嫁从父,既嫁从夫,夫死从子。"这个"三从"的规定,今天看来是完全剥夺了妇女的独立性和自主权,有着极端的性别歧视意味。但是,"一种观念的全社会普及与接受，首先取决于整个社会甚或全民族的精神心理需要，而不可能是一个阶级单纯采用欺骗手段去迫使其他阶级在情感上认同"[1]。在当年那种男权社会里，"三从"规定在客观上对妇女有着一定的庇护作用，是得到包括广大妇女在内的整个社会的认可和接受的，所以它一直是礼教要求中的一条铁律。

我们可以看看刘向《列女传》中几位寡妇对待这条铁律的态度。

《列女传·贞顺传》载，齐庄公的臣子杞梁殖阵亡后，其妻无子，婆家和娘家都没有五服之内的亲人可投靠，她就到停放她丈夫尸体的城墙下哭诉，一连好些天，硬是把城墙哭倒而掩埋了她的丈夫。（按，此即孟姜女哭长城故事的祖本）掩埋了丈夫的尸体后，她说："吾何归矣？夫妇人必有所倚者也。父在则倚父，夫在则倚夫，子在则倚子。今吾上则无父，中则无夫，下则无子。内（指夫家，夫族）无所依，以见（表明，展现）吾诚（指守寡的诚意）。外（指娘家，父族）无所倚，以立（树立，此指使人看到）吾节。吾当能更二（再嫁别的男子）哉！亦死而已。"遂赴淄水而死。这里有两点值得注意：一是，她将"三从"的"从"表达为"倚"和"依"，表明这个"从"对于她来说，就是不可缺失的庇佑和依靠；二是，她因没了庇佑和依靠，处在无人可"从"的境地，所以，她的归宿就只能是死。

杞梁妻用生命诠释了"三从"无着对于她是多么残酷的人生境地。再看下面这几位。

《列女传·母仪传》中，九子之母是这样讲的："妇人有三从之义，而无专制之行。少系于父母，长系于夫，老系于子。"她从妇女自身的生存需要出发，把"从"表达为"系于"。"系"字当作"繫（jì）"，这里是"拴""结"之意。"系于"，即"拴绑在……身上""维系在……身上"。显然，对于她来说，"三从"之"从"不仅是一种"从属"，更是一种"联结"和"依靠"，她是离不开这个"从"的。

《列女传·辩通传》中，赵（指春秋时晋国卿大夫赵鞅）佛肸（bì

xī，赵鞅的家臣，曾任中牟宰，后背叛赵鞅）之母则从母子亲情的角度来介绍她的"夫死从子"："子少则为子，长则为友，夫死从子。"她说，儿子小的时候，她是把他作为需要呵护的儿子来对待的；儿子长大了，她是把他作为可以信赖的朋友来对待的；而当她丈夫死后，儿子就是她生命的靠山，她对儿子自然要衷心地倚重和听从。从她的介绍可以知道，对于她来说，"夫死从子"不仅是一种规定，更是一种需要。

《列女传·母仪传》中，孟轲之母更认为"三从"是理所当然之事：孟子之道在齐国不被接受和推行，他想到别的诸侯国去寻求支持，但又忧虑无法照顾年老的母亲，孟母就对他说："妇人无擅制（专享权力，专断）之义，而有三从之道也。故年少则从乎父母，出嫁则从乎夫，夫死则从乎子，礼也。今子成人也，而我老矣。子行乎子义，吾行乎吾礼。"她让孟子为推行其崇高的道义主张的需要而决定去留，她则遵循礼教的要求，完全服从儿子，绝不干扰和拖累儿子。她的这种"从"，不仅是对礼教铁律的恪守，更饱含了对儿子的理解、尊重和爱，闪耀着睿智而又温润的人格光辉。

那么，焦母怎么样呢？她对"三从"这个礼教铁律是何态度？

从焦家的情况来看，焦仲卿不仅已经婚配，而且是郡府的一名小吏，可谓有室有业，是支撑焦家门户的人，当然也是守寡的焦母后半生的依靠，焦母自当也应像上举几位母亲那样，理性地遵循"三从"的要求："夫死从子"。可是，焦母偏不。她的意志和操控欲是压倒一切的关键。她必须是家长，儿子必须从她。她要遣归兰芝，便对仲卿关于兰芝"行无偏斜"的评判置若罔闻而绝不允许仲卿容留兰芝，声称："吾意久怀忿，汝岂得自由！"一句"汝岂得自由"，就把仲卿的权利剥夺干净。而当仲卿不愿接受她的处置，作出"今若遣此妇，终老不复取"的表态时，她更"槌床便大怒"，咆哮道："小子无所畏，何敢助妇语！吾已失恩义，会不相从许！"显然，她在意的只是自己在家中的绝对专制权，至于礼教"三从"的要求，尤其是儿子的人格尊严、心灵感受与需求等，在她心中是通通没有位置的。

诚然，《礼记·内则》确有"子甚宜其妻，父母不说（悦），出"这样的条文，根据这一条文，似乎焦母的行为是受到礼教支持的，只要她"不悦"，刘兰芝就非"出"不可。不，不是这样的。唐代经学权威孔颖达《礼记正义》解释此句时特别载录了《大戴礼记·本命》的妇有"七去（又称"七出"或"七弃"）""三不去"的规定。"七去"是指："不顺父母（此指舅姑——公公婆婆）去，无子去，淫去，妒去，有恶疾去，多言去，窃盗去。""三不去"是指："有所受无所归（妇女娘家已无人，若遭夫家休弃将无处存身），不去；曾经三年丧（为公公或婆婆服过三年之丧），不去；前贫贱后富贵（即与丈夫一起从患难中走过来的），不去。""七去"是给夫家的特权，同时也是对夫家的限制。而"三不去"则是又一层限制。孔颖达特别载录这些规定，就是强调礼教对于公婆"不悦"而"出"妇之事是有限制的，即：公婆即使不喜欢儿媳，也不能随意、任性地对儿媳施以"出"的处罚，而只可在儿媳犯了"七去"中的过错之一而又没有"三不去"情由之一时，才能给予"出"的处罚。《礼记·内则》的"子甚宜其妻，父母不说，出"之后，有"不友无礼于介妇"句，郑玄注云："众妇（嫡长子之妾及弟妇等）无礼，冢妇（嫡长子之妻）不友之也。"孔颖达解释郑注时又特别指出："此无礼谓非七出之罪者，若其七出，自当弃之。"这就更清楚地表明，妇女该"出"还是不该"出"是按照礼教的规矩，关键不是看谁"悦"不"悦"，而是看其是否有"七出"之罪。那么，刘兰芝犯了哪一条呢？焦仲卿说了，兰芝是"行无偏斜"，她哪一条也没犯。所以，焦母因对兰芝"不悦"就施以"出"的处罚，这完全是违礼的行径。元代杨维桢的《铁崖古乐府补》卷一有缩写《孔雀东南飞》而成的《焦仲妇》诗，其中就指出，"仲去妇，无七辜（罪）"，兰芝是根本不该"出"的。

焦母指责兰芝"举动自专由"，显然是想诬蔑兰芝为"不顺舅姑"。但实际上，在她这样一位婆婆面前，兰芝就该有所"不顺"才对。因为,以焦母的为人,其言行必是时有违礼,兰芝若不分青红皂白地一概顺从,她也就违礼了。须知,除了班昭教女儿以谄和伪的《女诫》而外,先秦两汉所有的礼教经典都是反对盲目顺从的。《孔子家语·三恕》:"子贡问于孔子曰:'子从父命,孝乎?臣从君命,贞(忠)乎?奚疑焉?'孔子曰:'鄙哉赐(子贡姓端木,名赐),汝不识也。昔者明王万乘之国,有争臣七人,则主无过举;千乘之国,有争臣五人,则社稷不危也;百乘之家,有争臣三人,则禄位不替(亡失);父有争子,不陷无礼;士有争友,不行不义。故子从父命,奚讵(难道,怎么)为孝?臣从君命,奚讵为贞?夫能审其所从(弄清楚所听从的是什么,合不合道义)之谓孝,之谓贞矣。'"《孟子·公孙丑下》:"且古之君子,过则改之;今之君子,过则顺之……岂徒(岂止)顺之,又从为之辞(找托词)。"汉末赵岐的《孟子章指》(按:赵岐注《孟子》,每章之末括其大旨,间作韵语,谓之章指)概括孟子此段言论之意曰:"圣人亲亲(前"亲",爱也。后"亲",指父母),不文(文饰,遮掩)其过;小人顺非,以谄其上也。"《荀子·修身》:"以善先(引导)人者谓之教,以善和(响应,跟随)人者谓之顺;以不善先人者谓之谄,以不善和人者谓之谀(yú,谄媚,奉承)。是是、非非谓之知(智),非是、是非谓之愚。伤良曰谗,害良曰贼。是谓是、非谓非曰直。"同书《子道》:"入孝出弟(入,进门,在家;出,出门,在外。"入""出"相继,表示始终,时时处处。孝,敬爱父母。弟,又作"悌",敬爱兄长),人之小行(德行,符合道义的行为)也。上顺下笃(厚道),人之中行也。从道不从君,从义不从父,人之大行也。""孝子所以不从命有三:从命,则亲(父母)危;不从命,则亲安;孝子不从命乃衷(诚,忠诚)。从命,则亲辱;不从命,则亲荣;孝子不从命乃义。从命,则禽兽;不从命,则修饰(有道德修养,不违礼义);孝子不从命乃敬。故可以从而不从,是不子也;未可以从而从,是不衷也。明于从不从之义,而能致恭敬、忠信、端(方正,正直)悫(què,恭谨,朴实)以慎行之，则可谓大孝矣。传曰：'从道不从君，从义不从父。'此之谓也。"王符《潜夫论·贤难》："孝子之行，非徒吮痈而已也，必有驳焉。"就是说，礼教虽然看重一个"顺"字，但它的要求是明辨是非，区别善恶，是顺从正确与美善，而不是顺从错误与丑恶。不问是非善恶，把顺从绝对化，是违礼的。

《左传·昭公二十年》载：齐景公到沛地打猎，派人召唤管理山泽的官员，那官员竟然不奉召，景公怒，要治他的罪。这位官员辩解说，国家的礼制是"旃（zhān，赤色的曲柄旗）以招大夫，弓以招士，皮冠以招虞人（管理山泽者）。臣不见皮冠，故不敢进"。景公于是释放了他。孔子和孟子都认为这位官员做得对（见《孟子·滕文公》和《孔子家语·正论解》）。其中《孟子·滕文公》的评价尤其崇高："志士不忘在沟壑，勇士不忘丧其元。"他的意思是说：有志之士应该时刻准备着为坚守礼义而葬身于沟壑，勇敢之士应该时刻准备着为了捍卫礼义而抛却头颅。面对违礼之召而绝不顺从，那位管理山泽的官员所表现的就是这种敢于抗命的大无畏气概，世间的人们也都应该有这种气概。

《诗·召南·行露》写一位女子在不按礼制求婚的男子面前傲然不屈，即使对方用发起诉讼和打入牢狱来加以胁迫，她也"不女从"。"不女从"即"不从汝"（不顺从你），她的人格尊严是不可侵犯的，她的守礼之志是不可动摇的。《韩诗外传》卷一和刘向《列女传·贞顺传》都很赞赏和推崇这位女子，认为她是拒绝"无礼之求"的人，是真正懂妇道、守妇道的人，是值得其他女子加以效法的人。

《说苑·建本》和《孔子家语·六本》均载：孔子的好学生曾参在瓜田里锄草，误锄了一株瓜苗，他父亲曾晳大怒，顺手就抄起一根大木棍，把曾参打昏在地。过了很久，曾参醒过来了，他害怕父亲担心自己，便弹琴唱歌，让父亲知道自己平安无事。孔子听说了这事后，很生气，曾一度想拒绝曾参再入门墙。他严厉地教训曾参说："你难道不知道舜和他父亲瞽瞍的故事吗？瞽瞍要让舜去做事，总是很容易找到舜；要杀

舜,却总是找不到舜。瞽瞍要打舜,如果他手里拿的是小木棍,舜就等着挨打;如果是大木棍,舜就逃走,以免他父亲在暴怒中下死手。你倒好,竟然让你父亲在暴怒中下死手打你。万一他把你打死了,就是你使他违背道义成了罪人,天下还有比这更严重的不孝吗?你想想,难道你不是天子的子民吗?你父亲打杀天子的子民,那该是什么样的重罪?"

上述几则故事所张扬的都是同一主旨,就是顺从不能绝对化,面对尊长方、威权方的违礼之举,不顺从才是正确的。尤其是曾子耘瓜的故事,它不仅明确拒绝把对父母的顺从绝对化,而且把道理讲得非常透彻,即:把顺从绝对化会让父母和自己都陷入不义的泥潭而犯罪,甚至可能犯极重的罪。

大约正因为"不顺父母"之"顺"容易被推向绝对化,所以东汉何休注《春秋公羊传》,在《庄公二十七年》篇注"大归曰来归"时提到"七弃",就把其中的"不顺舅姑"改成了"不事舅姑",而唐代贾公彦疏解《仪礼》,在《丧服》篇疏解"出妻之子为母"时提到"七出",也以"不事舅姑"代替了"不顺舅姑"。"不事舅姑"是不侍奉和赡养公公婆婆的意思,而"不顺舅姑"是不顺从、不附和公公婆婆的意思。以"不事舅姑"替代"不顺舅姑",就避免了人们从礼教文本的角度为绝对顺从论张目。他们防偏救失,给出了正确的导向。而实际上,礼教文本本身就已经是这种导向:《孝经》和《白虎通义》都专设了《谏诤》章,《礼记·内则》专设了"父母有过,下气怡色(态度温婉,脸色和悦),柔声以谏。谏若不入,起(更,更加)敬起孝,说(悦,下同)则复谏;不说,与其得罪于乡党州闾(四者均为古代地方基层行政单位。据《周礼》,二十五家为闾,四闾为族,五族为党,五党为州,五州为乡。此处,四字连用以概指乡亲),宁孰谏(尽力规劝。"孰","熟"的古字,此指程度深——从劝谏的内容上说,就是周详透彻;从劝谏的态度上说,就是全力以赴)"的规定,刘向的《列女传》又专门树立了那么多向父母、公婆、丈夫乃至国君表达不同意见的女性榜样。所有这些,都是同一导向，都是为了防止把顺从推向绝对化。

而且，礼教还有一大原则，就是重在教育。《礼记·王制》："司徒……命乡简不帅教者以告。耆老皆朝于庠。元日习射，上功；习乡，上齿。大司徒帅国之俊士与执事焉。不变，命国之右乡，简不帅教者移之左，命国之左乡，简不帅教者移之右，如初礼。不变，移之郊，如初礼。不变，移之遂，如初礼。不变，屏之远方，终身不齿。""将出学，小胥，大胥，小乐正，简不帅教者，以告于大乐正，大乐正以告于王。王命三公，九卿，大夫，元士皆入学。不变，王亲视学。不变，王三日不举，屏之远方。西方曰棘，东方曰寄，终身不齿。"（按：这两段引文比较冷僻，注不胜注，故于章末作出译述，供参考）②这些记载告诉我们，礼教的规矩是，不论是在乡学还是在太学，对顽劣不化的人，都必须多次改变施教人员和施教环境，反复加以教导和感召，直到他的确是屡教不改并不可救药了，方可抛弃他。所以，就在"不悦"条之前，《礼记·内则》还有如下非常明确的表述："子妇未孝未敬，勿庸（用）疾怨，姑（且）教之，若不可教，而后怒之，不可怒，子放妇出而不表，礼焉。"儿子和儿媳不孝，这应该是最不可原谅的事情了，当然也必定是让父母舅姑最"不悦"的事情了，但《礼记·内则》却本着"父义母慈"和重在教育的要求，规定父母舅姑"勿庸疾怨"，不能怨愤痛恨，也不能立即降罪惩处，而是要耐心教导。经耐心教导而不改，则可愤怒斥责。经愤怒斥责仍不改，这才可以有放逐儿子和休弃儿媳的惩处行动。对不孝的儿媳，尚且不能很任性地"不悦"而"出"之，何况是刘兰芝这样"行无偏斜"的人。

顺及，有人猜测说，焦母大概是因为刘兰芝"无子"而弄了这么一出。③但是，这种猜测是说不过去的。"无子"是妇女可以被夫家休弃的所谓"七出"因由之一，以焦母那种无事生非、无所顾忌的刁蛮劲头，她若真是因刘兰芝"无子"而发，是绝不会遮掩躲闪的。既然刁蛮无礼的焦母都没有以此为口实，我们就不能做这种毫无根据的猜测。《易·

渐》九五爻辞云："妇三年不孕,终莫之胜,吉。"三国东吴经学家虞翻注:"胜,陵也。"谓"胜"是欺凌之意。这段爻辞是说,妇女嫁给丈夫三年后还没有怀孕,夫家始终不歧视和欺凌她,必会带来吉祥。《易·屯》六二爻辞更云:"女子贞不字,十年乃字。"意思是说,有女子卜问自己为什么不怀孕,占卜的结果是:不是不怀孕,而是十年后才会怀孕。这两段爻辞讲的其实是一条常识,一条来源于生活的经验之谈,它真正的含义是说孕育问题是个复杂问题,涉及因素很多,切不可轻易判定妇女无子。《孔子家语·弟子解》:"梁鳣,齐人,字叔鱼,少孔子三十九岁。年三十未有子,欲出其妻。商瞿谓曰:'子未(勿,不要这样)也。昔吾年三十八无子,吾母为吾更取室(另外娶妻),夫子使吾之(去,往)齐,母欲请留吾,夫子曰:"无忧也,瞿过四十,当有五丈夫(有五个儿子)。"今果然,吾恐子自晚生耳,未必妻之过。'从之,二年而有子。"这则记载就很清楚地表明,有子无子,实际不单是取决于女方,同时也取决于男方,而且还有受某些因素的影响而表现为早得子或晚得子,即所谓时间到没到的问题。刘兰芝是什么情况?是与焦仲卿"共事二三年,始尔未为久",我们怎么能不顾常识,就此认定她"无子"呢?更何况,刘兰芝被休弃之后,很快就有县令和太守相继派其属吏来为自己的儿子提亲,这不仅证明刘兰芝确实品貌俱佳,有很好的口碑,而且也证明,她不存在"无子"的问题——试想,县令和太守在派媒人提亲之前不对刘兰芝为何被逐出焦家作一番了解吗?他们会不担心儿子娶一个因"无子"问题而被休弃的女子做儿媳而"无后"吗?

因此,焦母的行径绝不能归咎于兰芝"无子"。《华阳国志·汉中士女》:"礼修,赵嵩妻,张氏女也。姑酷恶无道,遇(对待)之不以礼。"这说的是赵嵩之母,却也恰成焦母的写照。焦母对兰芝,就是"酷恶无道,遇之不以礼"。清代王采薇(著名学者孙星衍之妻,书画家,诗人)《兰芝曲》有"剧怜薄命逢姑恶"之句,她说得不错,焦母的确是位无道无礼的恶婆婆。

再看刘兄。

前已引过,贾谊《新书·礼》有云:"君仁臣忠,父慈子孝,兄爱弟敬,夫和妻柔,姑慈妇听,礼之至也。"又,《礼记·礼运》:"何谓人义?父慈子孝,兄良弟弟(悌),夫义妇听,长惠幼顺,君仁臣忠,十者谓之人义。"《礼记·祭义》:"孝子之有深爱者必有和气,有和气者,必有愉色,有愉色者,必有婉容。""行无偏斜""实无罪过"的兰芝被遣归之后,刘兄不仅未对兰芝的遭遇表现出应有的同情和不平,而且对理解和支持兰芝坚守与焦仲卿之间誓约的母亲明显不满,对兰芝的感情所系更是嗤之以鼻,全无"和气"。显然,刘兄完全是个无"爱"之人:作为儿子,他因无"爱"而违背了"孝"的要求,作为兄长,他因无"爱"而违背了"惠"的要求。

前已引过,《礼记·中庸》:"诚者,天之道也;诚之者,人之道也。"《礼记·乐记》:"著诚去伪,礼之经也。"又,《论语·里仁》:"富与贵,是人之所欲也,不以其道得之,不处也。"《荀子·修身》:"保利非(以……为非)义谓之至贼(大祸害)。"刘向《列女传·贞顺传·梁寡高行》:"弃义而从(跟从,追逐)利,无以为人。"礼的要求是,人要讲诚信,不可贱义重利,不可舍义逐利。刘兰芝坚守与焦仲卿之间的誓约,一心等待焦仲卿来接她重返焦家,而拒绝县令和太守的提亲,表现出情义无价、诚信无价的高峻瑰丽的操守,但这却惹火了刘兄,他始而斥责兰芝是死脑筋:"作计何不量!"继而又"开导"兰芝:"先嫁得府吏,后嫁得郎君。否泰如天地,足以荣汝身。"然后更威胁兰芝:"不嫁义郎体,其往欲何云?"他只想着卸包袱,赚富贵,硬逼着兰芝违约背誓,使兰芝彻底陷入绝境。清代沈德潜《古诗源·古诗为焦仲卿妻作》尾批指出,这位刘兄是一个"但(只)慕富贵,不顾礼义"的势利小人。是的,他就是个眼中、心中都只认利益而不认情义的势利小人,是王符《潜夫论·断讼》所揭露和痛斥的逼嫁谋利的"无义兄弟",是荀子所称的"保利非义"的"至贼",是《列女传·梁寡高行》所鄙夷的"弃义而从利，无以为人"的"小人"。

焦母把刘兰芝硬生生地从焦仲卿身边赶走，刘兄又硬生生地逼刘兰芝背弃她与焦仲卿的誓约而改嫁，他们出场有先后，言行有不同，但都做的是同一件事，就是拆散焦仲卿和刘兰芝这对恩爱夫妇。《礼记·中庸》："君子之道，造端（开始）乎夫妇。"这是说夫妇之道是整个礼教体系的逻辑起点和伦理基础。《周易·序卦传》："夫妇之道，不可以不久也，故受之以《恒》。恒者，久也。"《礼记·礼运》："礼义以为纪，以正君臣，以笃（亲厚）父子，以睦兄弟，以和夫妇。""父子笃，兄弟睦，夫妇和，家之肥（肥料，养料，有利的因素）也。"这是说夫妇恩爱、和美长久是家庭兴旺的必备条件之一，也是礼教纲纪所要达成的社会效应之一。所以蔡邕《协和婚赋》说："婚姻协而莫违，播欣欣之繁祉（zhǐ，福）。"不破坏和谐的婚姻，就播下了喜乐多福的种子。可见，礼教是极其重视夫妇之道的，是非常珍惜和睦稳定的夫妇关系的。像焦母和刘兄这样见不得焦仲卿、刘兰芝的"夫妇和"而欲拆散而后快，显然与礼教的要求相悖，是很严重的违礼行径。

《列女传·母仪·邹孟轲母》："孟子既娶，将入私室，其妇袒（脱去上衣）而在内，孟子不悦，遂去（离开）不入。妇辞孟母而求去，曰：'妾闻夫妇之道，私室不与焉（此句是说卧室这样的私密之地不在讲究礼仪的范围之内。与，yù，在其中）。今者妾窃（私下，此指在身边并无外人的情况下）堕（通"惰"，懒散）在室，而夫子见妾，勃然不悦，是客妾（以我为客，而不是以我为妻）也。妇人之义，盖不客宿（在外住宿）。请归（请允许我回归）父母。'于是孟母召孟子而谓之曰：'夫礼，将入门，问孰存（问谁在），所以致敬也。将上堂，声必扬，所以戒人（使人有所准备）也。将入户，视必下，恐见人过（过失）也。今子不察于礼，而责礼于人，不亦远乎！'孟子谢，遂留其妇。"孟母充分遵循礼教与人为善的体贴精神，阻止了儿子违礼休妻的行为，维护了儿媳的权益。《后汉书·宋弘传》："时帝姊（光武帝刘秀的姐姐）湖阳公主新寡，帝与共论朝臣，微观（窥测）其意。主（指湖阳公主，下同）曰：'宋公威容（声威和仪容）德器（道德修养和才识气度），群臣莫及。'帝曰：'方且（方将，将）图之（成就此事）。'后弘被引见，帝令主坐屏风后，因谓弘曰：'谚言贵易（换）交（朋友），富易妻，人情乎？'弘曰：'臣闻贫贱之知（知遇，朋友）不可忘，糟糠（共食糟糠，指曾经共历患难）之妻不下堂。'帝顾（回头，回看）谓主曰：'事不谐（妥，成）矣。'"光武帝尊重宋弘的意愿，宁肯让姐姐的愿望落空，也不拆散宋弘的婚姻。与孟母、光武帝相比，焦母和刘兄是何等狂谬！

至于焦仲卿和刘兰芝，他们从来也没有反礼教的倾向，相反，礼教规范是他们自觉遵循的言行准则，即使是在面对焦母和刘兄的巨大压力之时，他们也仍然依礼辩白、依礼行事，只是在被完全逼入绝境之时，他们才以死相抗，迈出了违礼的一步。

先看焦仲卿。

前已引过，《礼记·内则》："父母有过，下气怡色，柔声以谏。谏若不入，起敬起孝，说则复谏；不说，与其得罪于乡党州闾，宁孰谏。"焦仲卿正是这样做的。面对母亲的错误，他没有迎合，也没有使气，而是婉言劝谏。劝谏不听，他就顺一下母亲的心意，暂把兰芝送走。他的想法，显然是要缓一缓再继续劝谏母亲，争取使她回心转意，收回成命。而当一切都已无法挽回，他和兰芝已相约"黄泉下相见"之际，他更专门告别母亲，委婉而又明确地讲了自己赴死的打算。这一方面固然是他挂怀母亲今后的光景，心中不忍，不能不有此一别；但另一方面，这又何尝不是他希望母亲在震动之下有所醒悟，而实施的一次特别的劝谏呢？"故作不良计，勿复怨鬼神"，他特别挑明这一点，就是想让母亲明白，他决意一死，不是鬼神作祟。一切，都根因于母亲硬要撵走兰芝。虽说他和兰芝的事情已无可挽回，但他还有妹妹，他们的悲剧不能再在妹妹身上重演。如果母亲醒悟了，从此能为妹妹做个好的榜样，将来能处理好与女儿女婿的关系,则其晚景或可无大忧。然而很遗憾,母亲始终执迷不悟,他的一片苦心,白费了。

再看刘兰芝。

兰芝在焦家,"奉事循公姥,进止敢自专?昼夜勤作息,伶俜萦苦辛。谓言无罪过,供养卒大恩"。她处处按婆婆的意思办事,不分昼夜地劳碌,一心要报答当初焦母接纳她,使她成为焦仲卿妻子的这份恩典。她是很努力的。不过,她的那个"循"字是注定不可能很到位的。因为,她终日面对的是焦母这样一个浅薄而又喜欢作威作福的人。这位婆婆的有些要求肯定是不那么合乎礼教精神,甚至是完全悖于礼教的。这样的要求,聪明、倔强、"知礼仪"的兰芝必然很难遵循,必然会有犹疑、有商酌、有谏正。她必须这样做,不然她就违礼了——如前所述,圣贤们有明训,《孝经》和《白虎通义》均有《谏诤》专章,《礼记·内则》也有相应的具体规定,顺从不能绝对化,不能不问是非善恶。怎奈焦母根本不管这个,只要兰芝的"循"字和她的心思有距离,她就会大光其火,而"无礼节""自专由"的罪名也就加到了兰芝头上。

兰芝受够了焦母无中生有的挑剔和凌辱,知道焦母容不下她,铁了心要赶她走。在这种情势下,她并没有直接与焦母相冲突,而是将真相告诉焦仲卿。她对仲卿说:"妾不堪驱使,徒留无所施。便可白公姥,及时相遣归。"这表面上是她主动要求"遣归",实际却只是挑明问题的严重性,只是用"狠话"强调她所处的动辄得咎、无望无助的冤苦处境,从而促使焦仲卿出面做做他母亲的思想工作罢了。所以仲卿听了兰芝的话,就有了上堂谏母之举。而当焦仲卿劝谏失败,她不得不离开焦家时,她也不怨不闹,只是庄重有礼地与焦母告别,并说:"今日还家去,念母劳家里。"她还在挂念着自己走后,焦母就得为家务而劳累。退下堂来与小姑告别时,她更特别叮咛小姑,要小姑"勤心养公姥,好自相扶将"。《礼记·祭义》:"父母爱之,喜而弗忘;父母恶之,惧而无怨;父母有过,谏而不逆。"《礼记·檀弓下》:"亲者毋失其为亲也,故者毋失其为故也。"（此两句是说，是亲人就不能割断亲情，是朋友就不能割断友情）尽管焦母莫名其妙地恼恨她并强横地赶她出门，但她却仍然视焦母为婆婆，绝无不恭不敬之处。兰芝的善良、兰芝的孝心、兰芝的不逾礼，真令人感佩。

兰芝回到娘家之后，一刻也没有忘记她与焦仲卿之间的誓约。她说服了母亲，成功地拒绝了县令家的提亲，但在拒绝太守家的提亲时，却遭到了阿兄的强烈反对。面对咄咄逼人的阿兄，她妥协了。《礼记·中庸》："君子居（处于，保持）易（平安，安全）以俟（sì，等待，听候）命（命运，指运气，机遇），小人行险（冒险）以徼幸（侥幸。"徼"通"侥"）。"这是一个不得不做的妥协。娘家家长是阿兄，娘家实际是阿兄家，而阿兄家现在是她唯一可以栖身的地方，舍此，她已无处可去。阿兄声言："不嫁义郎体，其往欲何云？"这实际就是告诉她，如果不答应太守家这门亲事，她将被阿兄扫地出门。阿兄"性行暴如雷"，她知道自己根本无法与阿兄相抗。何况她日夜盼望的焦仲卿尚无消息，曾经同情和支持她的母亲又慑于阿兄的气焰而不再吭声。她只有先妥协，先让阿兄安静下来，再相机行事。

终于，在太守家接亲的前夜，在她忧愁焦急的盼望中，焦仲卿赶来了。但焦仲卿并没有带来任何希望。两个深深相爱的人不愿意接受被拆散的命运，"黄泉下相见"就成了他们最简单也是最痛快的归宿。于是，随后就有了刘兰芝的"举身赴清池"和焦仲卿的"自挂东南枝"。他们选择了相约殉情而死，选择到另一个世界去做夫妻。这当然是违礼的。《孝经·开宗明义》："身体发肤，受之父母，不敢毁伤，孝之始也。"《礼记·曲礼》："父母存，不许友以死（不对朋友作出以死相报的许诺）。"但是，他们毕竟是被逼无奈。孔子云："三军可夺帅也，匹夫不可夺志也。"（《论语·子罕》）孟子云："生亦我所欲，所欲有甚于生者，故不为苟得也。死亦我所恶（wù，厌恶，憎恶），所恶有甚于死者，故患有所不辟（避）也。"（《孟子·告子上》）仲卿和兰芝，他俩不过

是抱着生不能做夫妻，死也要做夫妻的信念而"黄泉共为友"罢了，不过是在迫不得已的情况下以违礼的死来与违礼不许他们做夫妻的家庭暴君相抗争罢了。罪不在他们，而在不许他们做夫妻的焦母和刘兄。

　　焦母和刘兄违礼而行，逼死了焦仲卿和刘兰芝。两个纯洁善良的生命毁灭了，两个家庭均遭重创。可怜刘母，倾尽心血培养出那么优秀的女儿，如今却清池锁幽魂，相见唯梦中，母亲破碎的心，还有修复的可能吗？可叹刘兄，为攀高枝，为赚荣耀，亲手逼死了妹妹，此后，将如何偿付这同胞至亲的一笔命债？尤其是焦母，沦为寡妇已是很大的不幸，现在又失去了唯一的儿子，这位老妇，从此更向何处抖威风去？面对孤单栖惶的老景，回想数年来之行径，她还能自我感觉良好吗？"两家求合葬，合葬华山傍"。这个"求合葬"的举动，是否定之否定，即，刘兄否定了他对兰芝与仲卿的誓约的否定，焦母否定了她对仲卿"女行无偏斜，何意致不厚"的判词的否定。这种否定之否定，自然是浸透了苦涩的"悔"意。然而，悔有何用？一切，早已是无可挽回。

　　这就是《孔雀东南飞》。它揭示的是焦仲卿、刘兰芝被违礼的焦母和刘兄一步步逼迫而死的过程。它对守礼不苟而最终却不得不违礼赴死的焦仲卿和刘兰芝充满同情。它完全没有将焦仲卿、刘兰芝塑造成礼教叛逆者的形象。"多谢后世人，戒之慎勿忘。"像焦母和刘兄这种违礼而行，害人害己的事，再不能让它发生了。这才是诗篇的命意。

注释：

①杨栋，《窦娥非勇士辩——兼论〈窦娥冤〉杂剧的文化底蕴》，见《河北师院学报》，1988年第2期。

②"司徒"段的参考译文如下：司徒命令王畿六乡的长官将不听从教诲的人报告上来。选定一个吉日，把乡里德高望重的老人们请到乡学，演习乡射礼，射中多者受尊崇；演习乡饮酒礼，年纪大者受尊崇；司徒带领国学的学生也来参与相关礼仪活动。这样做的用意在于感化那些不

听从教诲的人。如果他们还不悔改,司徒就命令王畿右边三乡的长官将这些不听教诲者检举出来并且转移到左边三乡,命令王畿左边三乡的长官将不听教诲者检举出来并且转移到右边三乡,在新的环境中,让他们再受一次与上次同样的感化教育。还不悔改,就把他们迁移到乡以外的郊,在新的环境中让他们再受一次感化教育。还不悔改,就把他们迁移到郊外的遂,在遂学里再对他们进行一次感化教育。几经教育仍不悔改,说明已不可救药,就把他们放逐到遥远的边疆,一辈子都不予录用。

"将出学"段的参考译文如下:大学将要毕业时,小教官将不听教导的学生汇报给大教官,大教官汇报给小乐正,小乐正汇报给大乐正,大乐正汇报给天子。天子择个吉日,下令三公、九卿、大夫和元士(指直接隶属于天子的士)齐集大学,演习有关礼仪以感化不听教导者。这样做了还不改,天子就亲自到校视察。这样做了还不改,天子首先自责,三天之内吃饭不奏乐,然后将屡教不改者流放到远方——西部远方叫棘,东部远方叫寄,终身不予录用。

③ 如赵新尉《新探刘兰芝被逼走的主要原因》认为,刘兰芝被逐的原因,在于她和焦仲卿"'共事二三年',却始终没为婆母大人生养焦家传人"(见喀什师范学院学报,1982年第1期)。田禾《"焦母遣归刘兰芝"新探》认为,刘兰芝"可谓善良笃孝极矣,然于'七去'之中,她有'一去'却是万万不能即刻实现(按,"实现"应系"逃脱"之误)的:'无子去'。""焦仲卿与刘兰芝'共事二三年''二情同依依',可仍未能得子",这就是刘兰芝被遣的根本原因。(见《语文教学通讯》,1987年第6期)许兵《〈孔雀东南飞〉悲剧根源再探》也认为:"唯一的答案是她没有生子女。这是刘兰芝遭驱遣的最直接的根源。"(见《文学遗产》,1990年第2期)

四 焦母为什么如此狂谬?

前面已经揭示,焦母狂谬,其言行几乎无不违礼。此中原因应该颇

为复杂——她丧夫已久,可能患上了一定程度的抑郁症;可能她早年也曾饱受婆婆折磨,自己做了婆婆就变本加厉地折磨儿媳,永难满足地追求一种补偿性快感;可能,儿子有了自己心爱的妻子后,不再处处依恋她,她的严重的失落感逐渐发展成恐惧感,并进而发展成对儿媳的强烈的不可抑制的敌视和报复心理;可能,她正在经历更年期,生理、心理都出现了她所不自知和不可控的变化;也可能,她本来就是一个非常自私、偏狭、固执、强横、暴躁和恶毒的人。

除了这些可能之外,有一条则是确定无疑的,那就是她太过无知。

南薇先生在20世纪50年代改编的越剧《孔雀东南飞》中,焦母有一句常挂在嘴边的口头禅:"我还有什么不知的?!"这句口头禅就是针对焦母无知而又妄自尊大的特点设计的。

焦母的无知,首先表现在她有眼无珠,对刘兰芝百般挑剔,欲赶走而后快。刘兰芝是怎样一个人?诗篇告诉我们,她"十三能织素,十四学裁衣,十五弹箜篌,十六诵诗书",是个很有教养和才艺的人;她"指如削葱根,口如含朱丹。纤纤作细步,精妙世无双",是个天生丽质的人;她"鸡鸣入机织,夜夜不得息","三日断五匹"地赶着工,是对家庭贡献很大的辛勤劳作之人;她"奉事循公姥",力图"供养卒大恩",是个诚心诚意地侍奉婆母的尽孝之人。就是说,这是个集外在美和内在美于一身的人。当她被赶回娘家之后,很快就有县令和太守相继派人前来提亲,要娶她做他们的儿媳妇——特别是太守,在兰芝"应允"亲事之后,他如获至宝,是那样高兴,那样迫不及待地隆重安排迎娶事宜,这也进一步证明,刘兰芝的确是一位身心俱美、光彩照人的青年女性,她能嫁到焦家,正如焦仲卿所言,实际是焦家的一大幸事。然而,就是这样一位十分难得的美丽、善良、贤能的青年女性,焦母却丝毫不知珍惜,竟将其视为眼中钉、肉中刺,硬是将其赶出了家门。

焦母为什么容不下兰芝?她对兰芝的正式指控是"此妇无礼节,举动自专由"。这个指控从何而来?除了前面已经提到的,兰芝不能顺从她的无礼,这会使她反诬兰芝之外,再就是兰芝可能向她请示、请教偏少。因为,诗篇已经一再告诉我们,兰芝受过很好的教育和训练。她心灵手巧,焦母所知所会的,她肯定也尽知尽会,并不需要动辄请示或请教焦母。这违礼吗?不违礼。

也许有人要以《礼记·内则》"每事必请于姑"及"妇将有事,大小必请于舅姑"这两条规定为据而认定兰芝违礼,但这是断章取义的做法,是错误的。《礼记·内则》"每事必请于姑"的全文是:"舅没则姑老,冢妇(嫡长子之妻。冢,zhǒng,嫡长,嫡长子,正妻所生长子)所祭祀宾客,每事必请于姑。"这是说公公死了,公婆就要以年老为由,将家庭事务交嫡长子之妇(在焦家,这当然就该是刘兰芝)来主持,但像祭祀和接待宾客这样的家庭大事,嫡长子之妇还是要事事都请示公婆。①这条规定首先是赋予了嫡长子之妇主持家务的权利,然后是指明了在祭祀和接待宾客这样的家庭大事上,公婆有知情权和终极裁夺权。它限定了祭祀和接待宾客等家庭大事这个范围,并不是让公婆什么都管,也并不是要嫡长子之妇什么都得去请示或请教公婆。"妇将有事,大小必请于舅姑"的全文是:"妇将有事,大小必请于舅姑。子妇无私货(财,财产),无私畜(蓄),无私器(器物,物品),不敢私假(借),不敢私与(赠予,给予)。妇或赐(受赐,获赠)之饮食、衣服、布帛、佩帨(shuì,巾帕)、茝(zhǐ,香草,即白芷)兰,则受而献诸(合音词,之于)舅姑,舅姑受之则喜,如新受赐。若反赐之,则辞(推辞不受)。不得命(命令,此指公婆同意、准许的表态),如更受赐,藏以待乏。妇若有私亲兄弟,将与之,则必复请其故赐而后与之。"这里说的是"妇将有事"而不是"家将有事",这个"事"是专指有关儿媳自身的私事,如归宁、交际及接待娘家人等。②全文强调的是做儿媳的不能有私,即不能有私人的财物,也不能私自向人出借或赠送财物。所有外人赠予的财物都要献给公公婆婆,公公婆婆如果接受了,儿媳就要高兴得像受到赏赐一般。公公婆婆如果将这些献给他们的财物反赐给儿媳,儿媳还要推辞，推辞不掉时，则要像受到赏赐一般接过来，然后收藏在那里以待匮乏时贴补家用（而不是作为自己的私财）。这些收藏下来的财物也可以用来赠送娘家人，但必须请示公公婆婆，得到准许后方可赠送。这一切，其目的除了要儿媳把自己完全交给夫家，成为夫家彻底的自己人之外，还有很重要的一点，就是不让她瞒着公婆与人——包括她的娘家人——私下交往，以确保她在人际关系方面"无偏斜"。总之，这两条规定都有其具体的针对性和适用范围，都没有任何时候、任何事情都要请示或请教公公婆婆的意思。整个礼教规范中都没有这个意思，所以汉乐府中会有《陇西行》这种高唱"健妇持门户，亦胜一丈夫"的篇章。澄清了这一点，我们就可以明白，兰芝没有动辄请示或请教焦母，这并不违礼。

而揆其实情，有关家庭祭祀、宾客接待、邻里交往等方面的事宜，还有焦母的嗜欲口味、冷暖需求、消遣爱好、疾病调治及对仲卿和小姑的生活照料等方面的事宜，熟知礼仪的兰芝一定没少向焦母请示、请教，但她聪慧灵透，凡请示、请教过的事情就了然于心，牢记不忘，此后再遇到相同的事宜，她当然就不会再请示、请教了。这是其一。其二，还有些事是兰芝尽知尽晓而且十分擅长之事，却不一定是焦母皆知皆晓皆能加以指点或予以教诫之事，兰芝顾及焦母的颜面，自然也不会去请示、请教了。比如纺织布帛、裁制衣服、诵读诗书、弹奏箜篌等事，至多，也就问问焦母有无特殊要求罢了，怎么可能时时处处都向焦母请示、请教呢？按说，这完全不是什么大不了的事，如果焦母懂礼守礼一点，就会与人方便、自己方便，不去丁丁点点地使劲计较了。

要知道，礼教总体上虽呈苛刻不公之貌，但也不乏宽和体贴之气。前面提到的《礼记·内则》"子妇未孝未敬，勿庸疾怨，姑教之，若不可教，而后怒之，不可怒，子放妇出而不表"的规定和《列女传·母仪传》中孟母所述"将入门，问孰存，所以致敬也。将上堂，声必扬，所以戒人也。将入户，视必下，恐见人过也"的规定就是明证。因此，真正懂礼守礼的人就自然会该宽和体贴处就宽和体贴,尽量与人方便、与人为善,而绝不无端找茬欺人。孟母阻止孟子休妻,光武帝不拆宋弘婚姻,就表明他们是真正懂礼守礼的人。前曾提及的那位把"三从"表达为"三系于"的九子之寡母的行事,也表明她是真正懂礼守礼的人。《列女传》载,这位寡母在腊日祭祀仪式结束后,在儿子们的陪同下回了一趟娘家,临行前她与媳妇们约定傍晚回来。但那天是个阴天,不好把握时间,她没到傍晚就回来了。于是,她就在里巷口外停车,等到傍晚已尽的时候才回到家中。她为什么要这么做呢?原来,是因为她想到,当她这位婆婆走后,媳妇们无拘无束,自由自在,很可能三两相邀,游戏作乐,甚至备酒备菜,开怀聚饮,这完全是人之常情啊!她如果提前回家,媳妇们不明所以,就会一片慌乱,手足无措,那不是大煞风景吗?因此,她就选择了把约好的时间完整地留给媳妇们,让她们不受打扰地度过那段时光。看看,她是如此替人着想,如此地与人方便,这就是懂礼守礼的人的心胸和格局。可惜,焦母不是懂礼守礼的人,她完全没有这份宽和体贴的气度。她就是要计较,就是要把兰芝没有事事向她请示、请教说成是"无礼节""自专由",从而大兴问罪之师。她的逻辑显然是,她是婆婆,兰芝就该什么都听她的,什么都要得到她的指示而后行,哪怕同样的请示和同样的指示重复千次万次,也绝不能有所减免。至于那些她不懂不会并无法加以指点和教诫的事情,刘兰芝也应该不懂不会才是,不然,你就是卖弄,就是显摆,就是把她这个婆婆不放在眼里,就是故意压她一头,就是罪不可恕。说到底,"匹夫无罪,怀璧其罪"(《左传·桓公十年》)。只因兰芝太过优秀而让焦母大失骄傲和炫耀的资本,少了许多显示婆婆之能与婆婆之威的机会,于是,焦母就不能容忍,就"怀忿"不已,就非得加以"无礼节""自专由"这等莫须有的罪名将兰芝赶走不可。至于赶走兰芝这件事对她儿子和对她焦家是福是祸,她显然不知道,也根本没想过。她那极狭小的心胸和极有限的道德水准使她昏了头,显得愚昧无知。

一方面是有眼无珠，视兰芝为稗草、寇仇，这叫不知人；另一方面则是自我膨胀、妄自尊大，这叫不自知。兰芝被遣，临行之际拜别焦母，有"昔作女儿时，生小出野里，本自无教训，兼愧贵家子。受母钱帛多，不堪母驱使"等语。但诗篇文本已经告诉我们，兰芝是受过很好的教育的。从她受教育的情形就可知道，她的娘家也是比较富裕的，绝不是靠焦家聘礼来改善其经济状况的。后文，当焦仲卿决定殉情而向焦母表明心志时，焦母劝阻仲卿，有"汝是大家子，仕宦于台阁，慎勿为妇死，贵贱情何薄"之说。据此可知，所谓"出野里""无教训""愧于贵家子"，以及"受母钱帛多，不堪母驱使"云云，这都是焦母平常糟蹋兰芝的话，兰芝只是在这里将其化作自己的一番谦抑之辞，以顺焦母之意，以回焦母之心——所谓图侥幸于万一罢了。

焦母这样糟蹋兰芝，皆因她儿子是郡府一吏，而兰芝娘家在这方面却是个空白。于是，在焦母的意识里，两个家庭，以及两个家庭的一对年轻人就有了非同小可的贵贱之分：她焦家是尊贵之家，刘兰芝家则是卑贱之家，焦仲卿是"贵家子""大家子"，刘兰芝则是配不上这"贵家子""大家子"的乡野女。而实际上，焦刘两家，彼此彼此，都不过是一般的富裕人家罢了，哪里有什么贵贱之分呢？焦家和刘兰芝娘家一样，连仆人也没有一个，主人必须为维持家计而亲自劳作。兰芝嫁到焦家后，焦家的这种劳作是兰芝的事，兰芝被赶走后，这种劳作就是焦母的事，所以兰芝辞别时有言："今日还家去，念母劳家里。"这样一个自食其力的小小富裕户，算哪门子"贵家""大家"呢？而兰芝被遣归之后，便有县令和太守先后来提亲，这不仅说明兰芝本人的才貌人品难得，同时也说明，兰芝娘家与焦家的确是彼此彼此，绝没有什么谁贵谁贱的分别。

至于说焦仲卿"仕宦于台阁"，那就更加离谱。在东汉时代，台阁是皇帝身边实际处理日常政务的专设机构——尚书台的别称，能够"仕宦于台阁"的人可谓凤毛麟角，而焦仲卿只不过是庐江郡的一个府吏而已。东汉时，州郡主官都是自行选聘仓曹、户曹、功曹、辞曹和金曹等各职能机构的办事人员和管理人员,这些被聘用者就是府吏。论其性质,他们就是国家官员编制之外的州郡临时工作人员。在当时,州郡主官和这些临时工作人员被视为君臣关系,今天看,其实是雇主和雇员的关系,这些临时工作人员不过是完全依附于州郡主官的一群特殊的仆从而已。哪些人可以被聘用呢?除有一定的文化水平、心智水平和办事能力外,当时还有一条规矩,就是做府吏的必须有一定的家资,而不能是穷人。这一条,是为了保证他们不因贫穷而贪腐。《居延新简释校·破城子房屋二二》第294,296—298,301A,302等简记载,东汉建武初年,有六个小吏纯因家境贫寒而被罢免,[③]就从反面证明了这一点。焦仲卿能被聘为府吏,说明焦家是符合这一条的。焦母大概就是因此而被冲昏了头脑。她不知道,作为一个进入府吏队伍中的人,他必须比较优秀而又机缘凑巧,得到了州郡长官的赏识,才有可能被聘为某曹之史或属,即某方面的副事务长;只有他很优秀,很受赏识,才可能被聘为某曹之掾,即某方面的正事务长;只有他非常优秀,非常受赏识,才可能被州郡长官通过"察举"的渠道推荐给朝廷,从而真正踏上"仕宦"之途,成为一名官员。《孔雀东南飞》开篇处,关于焦仲卿的身份,刘兰芝的说法是"君既为府吏"(此与焦母的"仕宦于台阁"恰成很有趣的对照),诗作者叙事中也是处处都以"府吏"称呼焦仲卿,而诗序更是径称焦仲卿为"小吏",因此,他极可能只是庐江府中最底层的一个办事员。诗中,兰芝母亲婉辞县令的提亲时曾对媒人说:"贫贱有此女,始适还家门。不堪吏人妇,岂合令郎君?"一个县令的儿子——无任何职任和头衔,就把焦仲卿比了下去。其后,当太守派媒人来为其"娇逸未有婚"的"第五郎"提亲时,兰芝的哥哥对兰芝说道:"先嫁得府吏,后嫁得郎君。否泰如天地,足以荣汝身。"论吉祥尊荣与否,焦仲卿与太守之子——同样无任何职任和头衔,竟一个在地上,一个在天上。可见,焦仲卿的地位和身价其实是很低下的,他连"仕宦"都谈不上,还说什么"仕宦于台阁"呢?

焦母的无知，还表现在她不理解儿子。儿子仲卿向她求情时，充分表达了对兰芝人品的肯定，充分表明了永不和兰芝相分离的意愿。然而，他换来的却是焦母的一通嘲笑："何乃太区区！"意思是嫌仲卿太死心眼儿，太把兰芝当回事儿。所以她就接着抹黑兰芝，并抛出诱饵，声称要给仲卿另找个美女做媳妇。对此，仲卿的回答是："今若遣此妇，终老不复取。"可惜，焦母掂不出这话的分量，她只顾大耍威风，强硬地剥夺了仲卿的话语权和自主权。后来，当仲卿明确讲了自己要为兰芝而死的打算后，焦母仍不醒悟，除了妄自尊大地贩卖其荒唐的贵贱论之外，仍是另找个美女做媳妇那番说辞来蛊惑仲卿。再后来，焦仲卿内心煎熬无比，他"长叹空房中"，"徘徊庭树下"，最后终于"自挂东南枝"，而这一切都是在焦仲卿已然告知他要为兰芝而死之后发生的事情，焦母竟然全无防范，毫无反应。这只能说明，她已经无知到了麻木的程度，到了对自己儿子的心思、情绪和动向完全不知道予以关注和关心的地步。

焦母似乎不知道礼教不是只对某一方有要求，而是对相关各方都有对应的要求，这要求是"父义，母慈，兄友，弟恭，子孝"（《左传·文公十八年》），是"君仁臣忠，父慈子孝，兄爱弟敬，夫和妻柔，姑慈妇听"（贾谊《新书·礼》）。她对这类要求要么是全然不知，要么就是只记住了合自己心意的内容，所以她只管一味地向儿子儿媳索要无条件的"孝"与"听"，而她自己则连半分"慈"的实际付出都没有。

焦母如果接受过诗书的滋养，如果她稍微明点事理，面对无比伤感和痛苦的仲卿，面对他爱恋兰芝、维护兰芝的那颗痴心，脑子里一定会浮现出"执子之手，与子偕老"（《诗·邶风·击鼓》）、"愿得一心人，白头不相离"（汉乐府《白头吟》）、"以胶投漆中。谁能别离此"（《古诗十九首·客从远方来》）、"德音莫违，及尔同死"（《诗·邶风·谷风》）、"之死矢靡它。母也天只，不谅人只"（《诗·鄘风·柏舟》）、"山无陵，江水为竭，冬雷震震，夏雨雪，天地合，乃敢与君绝"（汉乐府《上邪》）等诗句，从而受到触动，心生怜悯，做一个真正爱子女

——且不说爱儿媳——的母亲所应该做的事情。

父母出于真正的爱心,放弃主宰权而随顺子女的意志,已有前举孟母和九子寡母的例子。焦母所在的东汉时代,有没有这样的例子呢?有。

玄少为乡啬夫(乡啬夫,乡官名,掌听理诉讼和收赋税),得休(休假)归,常诣学官,不乐为吏,父数怒之,不能禁。(《后汉书·郑玄传》)

及壮,耽学(专心于学),锐意讲诵,或时思至,不自知亡失衣冠,颠队坑岸。(此言朱穆痴迷学问,经常连衣帽丢失了也不知道,甚至走路时会因忘记看路而摔到沟里或掉下河岸。颠,倒下。队,通"坠")其父常以为专愚(谓用心专一而呈呆傻状),几不知数马足。(《史记·万石张叔列传》载:汉武帝时,郎中令石建的奏书被武帝发回,生性谨慎的石建仔细检查奏书,发现自己将马字下边代表马蹄的四点少写了一点,不禁十分惊恐,认为自己犯了死罪。这里是借指朱穆成了书呆子,傻得连数马蹄都不会了)穆愈更精笃。(《后汉书·朱穆传》)

势家慕其高节,多欲女之(把女儿嫁给他),鸿并绝(谢绝)不娶。同县孟氏有女,状肥丑而黑,力举石臼,择对不嫁,至年三十。父母问其故。女曰:"欲得贤如梁伯鸾(梁鸿字伯鸾)者。"鸿闻而娉之。(《后汉书·梁鸿传》)

孙破虏(即孙吴政权的奠基人孙坚。因其官至汉破虏将军,故称孙破虏。他于汉献帝初平三年去世)吴夫人,吴主权(孙权)母也。本吴人,徙钱唐(亦作"钱塘",古县名,在今杭州市),早失父母,与弟景(弟弟吴景)居。孙坚闻其才貌,欲娶之。吴氏亲戚嫌坚轻狡(轻佻狡诈),将拒焉,坚甚以惭恨。夫人谓亲戚曰:"何爱一女以取祸乎?如有

不遇，命也。"于是遂许为婚，生四男一女。……及权少年统业，夫人助治军国，甚有补益。（《三国志·吴书·妃嫔传》）

吕范字子衡，汝南细阳人也。少为县吏（时在汉献帝初年），有容观姿貌。邑人刘氏，家富女美，范求之。女母嫌，欲勿与，刘氏曰："观吕子衡宁当（难道，岂会）久贫者邪？"遂与之婚。（《三国志·吴书·吕范传》）

上举五例中，前两例是儿子醉心学问，做父亲的虽然反对或嘲骂，却并未完全不顾儿子意愿而专横地行使父权。从后来的事实看，他们最终都随顺了儿子。后三例是女儿在婚姻问题上有自己的主见或情感倾向，而做父母或亲戚的最终也都随顺了她们。这些做父母或亲戚的虽然不像孟母那样深明大义，自觉主动地随顺儿女，他们随顺得有些勉强，但到底还是随顺了，并没有非按自己的意志行事不可。他们之所以会有这样的改变，正是爱的力量使然。

但焦母不是这样的人。她的意志不可动摇，是绝不放弃主宰权的。因为，"本自无教训"的不是兰芝，而是焦母本人。她腹中无诗书，不明事理，根本不知情为何物，根本不懂仲卿的感受和意愿，也根本不顾仲卿的感受和意愿，除了满足她极度膨胀的作威作福的欲望之外，她不知世上还有别的事情。比如，她显然从没有想过，有了刘兰芝的前车之鉴，此后还有哪家父母敢把女儿嫁到焦家来？她许诺要为仲卿另娶美女为妻，但在兰芝离开焦家后，此事便没了下文，而兰芝家却是媒人接踵，应接不暇，这不是很能说明问题吗？

注释：

① 汉郑玄及清孙希旦均注"舅没则姑老"之"老"云："谓传家事于长妇也。"（孔颖达，《礼记正义》，《十三经注疏》缩印本，中华书

局，1980 年，第 1463 页。孙希旦，《礼记集解》，中华书局，1989 年，第 739 页）

② 王梦鸥《礼记今注今译》："谓私事，如归宁之类。"（台湾商务印书馆，1979 年，第 366 页）

③ 马怡、张荣强主编《居延新简释校》，天津古籍出版社，2013 年，第 781—782 页。

五 怎样认识刘母这一形象？

论者谈及《孔雀东南飞》中的人物，往往不怎么关注刘母，要么视而不见，要么语焉不详。这是不够允当的。兰芝是刘母培养出来的，单凭这一点，她的价值就不容小觑。何况，诗篇写她所用的篇幅远胜于刘兄而与焦母相当；她具有丰富而又独特的形象内涵，对焦母、刘兄、仲卿和兰芝都是一种不可缺少的映衬。因此，我们不应该忽视这一形象。

诗中，刘母是在兰芝被遣归后出场的。兰芝是刘母花大量心血培养出来的，她本不相信兰芝在焦家的言行会有什么过错，但没过错又怎么被焦家赶出了家门呢？面对这一突发事件，刘母又惊又痛，但她却宁肯从自己女儿身上找原因，也不挑焦家的毛病。她先历数自己对女儿的培养过程，以此提醒兰芝，表明自己绝不会护女儿的过错；然后，便严正地责问兰芝："汝今何罪过，不迎而自归？"面对母亲的责问，兰芝回答说："儿实无罪过。"（我们知道，这是千真万确的）既然兰芝没有过错，那么，焦家赶她出门就是没有道理的，就是对刘家，尤其是对一手教养兰芝成人的刘母来说，是一种无端的侮辱。但是，刘母既没有因不相信兰芝而对她继续逼问，也没有因相信兰芝而对焦家心生怨恨乃至兴师问罪，她只是无可奈何地陷入"大悲摧"而已。这些，都清楚地反映出，刘母是多么善良，又是多么软弱。

正当刘母为女儿的遭遇悲伤不已时，县令遣媒，为他的"三郎"向兰芝求婚来了。这位"三郎",帅而多才,加之又是县令的儿子,这亲事若能成功,立即就能使兰芝今后的生活有个着落,使无端受辱的刘家得到解脱。因此,刘母动心了。但她不是以母亲的身份直接应下这门亲事,而是回到女儿身边,半表态半询问地商量说:"汝可去应之?"显然,她不仅疼爱女儿,而且懂得尊重女儿,这就与焦母专横无情的"汝岂得自由"构成了鲜明的对比。而当兰芝含泪诉说了自己和焦仲卿之间的誓约,要求母亲回绝这门亲事时,刘母便立即听从了女儿。她对县令派来的媒人说:"贫贱有此女,始适还家门。不堪吏人妇,岂合令郎君?幸可广问讯,不得便相许。"这番话,虽对兰芝有所贬抑,却成功地按女儿的意愿回绝了对方,还不致得罪对方。这又见出她不仅心地善良,而且具有相当的礼仪修养。尤为感人的是:继县令之后,太守又遣媒来为其"五郎"提亲之际,刘母竟然不待女儿求情,就主动辞谢媒人说:"女子先有誓,老姥岂敢言!"她不搪塞,不遮掩,径直以"女子先有誓"作为"岂敢言"的前提和回绝太守的唯一理由。如此珍视兰芝与仲卿之间的誓约,如此剀切的答辞和鲜明的态度,对于顽强守誓的兰芝,该是多么宝贵的支持和卫护啊!我们读诗篇至此,怎能不为兰芝庆幸,又怎能不对善良慈爱的刘母生出由衷的敬意呢?

　　但是,刘母毕竟太善良了。她爱女儿,支持女儿,但她的认识有局限,她对兰芝和仲卿的爱情并没有真正理解,加之她在家中又处于无权的地位,这样,她对兰芝的支持就注定不能彻底。果然,强横的刘兄在一番利诱和威胁之后,刘母沉默了。沉默就意味着放弃对兰芝的支持。这样,兰芝就陷入了空前的孤立。当此关头,兰芝别无选择,只好佯装允婚。读至此,我们既不能不为兰芝的命运而担忧,也不能不为刘母的无权地位和软弱立场而叹息。

　　更为可叹的是,此时的兰芝,在哥哥的威逼下,外示顺从,而内怀死志,可怕的悲剧即将发生,而善良的刘母却毫无觉察。她把兰芝的允婚,完全当成了真心,竟然在得到太守家的婚书后,还催促女儿赶制嫁妆，一心要把婚事办得像样一点。诚然，刘母这个举动明显含有向焦家示威的意思，其中不乏善良和慈爱的因子，但她毕竟太粗心，太浅见，以致在客观上成了兰芝哥哥的帮凶。这就难怪兰芝在和焦仲卿"生人作死别"时要发出"我有亲父母，逼迫兼弟兄"这样的控诉之声了。

要知，兰芝是刘母生养和教育出来的，兰芝就是刘母生命和人格的延伸，她本是兰芝和焦仲卿的同情者，最后却在客观上成了悲剧制造者的帮凶。但就刘母自身来说，她始终是一个弱者，一个人格上的受辱者，在诗中是一个性格层次丰富又具立体感的形象。正是由于这个形象的存在，才衬托出焦母的偏执狂妄和刘兄的势利强横，才更加衬托出兰芝的聪明倔强和仲卿的忠贞不渝。刘母这个形象的确有其独特的价值。

六 怎样认识焦仲卿这一形象？

现当代论者大都指责焦仲卿懦弱，说他缺乏斗争性。[①]然而，焦仲卿真的懦弱吗？否。

焦仲卿明知母亲不喜欢兰芝，一心要赶走兰芝，但他却绝不曲意迎合，绝不鄙薄和抛弃兰芝。不仅如此，还要"堂上启阿母"，对阿母展开劝谏。当阿母不听劝谏，仍然执意要赶走兰芝，并许诺要给他另找一个美女做媳妇时，他当场拒绝并表示："今若遣此妇，终老不复取。"如果硬要把他和兰芝分开，他就从此独身，直至老死。这个表态毫不含糊地宣示了兰芝在他心中的地位是无人可以替代的，他对兰芝的爱是不可动摇、不可阻遏的。"终老不复取"，无异于自弃自宫，带来的是断子绝孙的严重后果。此言一出，意味着他已经是甘冒违礼的风险和甘受不孝的罪名，如果这还叫懦弱，那他该怎么做才算不懦弱呢？

他可以带着兰芝逃离家庭，远走高飞吗？不行。他不是无牵无挂之身，更不是"五四"时期的叛逆者，不是"文化大革命"时期的造反派，不是不受人间伦理约束的"外星生物"。他和兰芝也不同，兰芝对

娘家不需要承担什么责任,她有哥哥在。而焦仲卿却是家里支撑门户的人,是母亲和妹妹的依靠,肩上有很重的家庭责任。他不能置家庭责任于不顾而只图自己痛快。囿于责任,这是焦仲卿的难处,更是他的可贵处,而不是他的过错。

他可以起诉吗?《汉律》规定:"子告父母,妇告威(姑谓之威,婆母也)公,奴婢告主、主父母妻子,勿听而弃告者市。"(张家山汉简《二年律令》之《告律》)在那个把孝道推向极端的时代,子告父母是大不孝之罪,官府不仅不会准他的诉状,还要将他押赴闹市杀头示众。焦仲卿如果起诉,就意味着身败名裂,既害了自己,也害了兰芝,害了焦家,他能做这样的事情吗?

他面对的是他的母亲,一位身为寡妇的不幸的母亲。他要保护兰芝,但也不能和母亲决裂,不能伤害母亲。他的抗争,其目的不仅是要坚持爱的权利,守住两情相悦的婚姻,同时,还要让家庭秩序回归理性和正常。他的抗争,注定是一个极其困难的过程,一个不能失去分寸的过程。他能做的,只能是一边劝谏母亲,一边安抚兰芝,只能是对母亲顺着点,而让兰芝委屈点。

他这样做,绝不意味着他拿兰芝不当回事。恰恰相反,世上再没有人比他更看重和珍视兰芝。他在劝谏母亲的时候是怎么说的?一则曰:"儿已薄禄相,幸复得此妇。"他以自己能与兰芝结成夫妇为人生一大幸事,而不只是好事、乐事、美事。这个"幸"字,分量好重!二则曰:"结发同枕席,黄泉共为友。"《说文解字》卷三下《又部》:"同志为友。"《国语·晋语四》:"同德则同心,同心则同志。"他视兰芝为心气相通、志趣相投,即使黄泉路上也要携手并肩的知己,而不只是共锦帐、同冷暖的妻子和伴侣。在他这里,兰芝是有尊严的、和他平等的一位挚友,而不是以他为"天"的时时事事都必须无条件"从"他的"奴家",不是他的可有可无的附属物。这个"友"字,分量好重!三则曰:"女行无偏斜,何意致不厚?"一句肯定,毫无保留的赞赏之意,那是给兰芝的；一句疑问，掩饰不住的不满之色，那是给母亲的。他实际已经认定并宣布，咱家婆媳不和，全是您这当婆婆的无事生非造成的。这两句，乃通篇之关键，是对整个事件之起因与性质的界定，其分量尤重！作为儿子，在婆媳矛盾中是非分明，完全不阿附专横的母亲，处处都替没有过错的媳妇说话，这是一个懦弱的人能够做得到的吗？

再看下文，他劝谏母亲失败，不得已只好顺一顺母亲的意，让兰芝且回娘家。他向兰芝明确表示，这是"暂还家"，随后"必相迎取"。害怕倔强的兰芝接受不了这个安排，他又特别叮嘱兰芝，要她为了两人的未来而"下心意"——压一压心头的不平，权且委屈一段日子。兰芝走时，他又以"报府"之身背过母亲，在"大道口""下马入车"，与兰芝掏心掏肺的一番"耳语"，他说："誓不相隔卿。"（我发誓，绝不和你分离）又说："誓天不相负。"（老天做证，我绝不做负心之人）他是那样体贴，那样诚恳，那样温情，又那样坚定，终于使本不相信事情还有转机的兰芝看到了希望，两人遂有了磐石蒲苇之约。而当得知兰芝将嫁太守之子的消息时，他又立刻赶去见兰芝，并向兰芝做了"吾独向黄泉"的表白。他的这句话，固然有赌气的成分，但也显然是他当时的真实想法。兰芝马上就要走进别人的家了，对他来说，这无疑是一场任何灵丹妙药都抚不平的重伤剧痛，一场倾尽庐江水也洗不去的奇耻大辱。他的确无法改变这个事实，但他也绝不接受这个事实。他"赌气"了，他宁愿死。

死，似乎是一咬牙一闭眼的事情，却不是任何人都能慨然以对的。

严可均《全汉文》卷三十九《说苑》佚文：

齐王起九重之台，募（招募）国中有能画者，赐之钱。有敬君，居常饥寒，其妻妙色。敬君工画，贪赐（贪图赏赐）画台。去家日久，思忆其妻，遂画其像，向之喜笑。旁人见之以白王，王召问之，对曰："有妻如此，去家日久，心常念之。窃画其像，以慰离心（离人的心

上 篇

情),不悟(没想到)上闻(被齐王所闻)。"王即设酒,与敬君相乐,谓敬君曰:"国中献女无好者,以钱百万请妻,可乎?不者(不然的话)杀汝。"敬君偟偟(zhāng huáng,惶恐)听许。

这位敬君,在暴虐的齐王以杀头相威胁时,立刻乖乖听命,将妻子让给了齐王。

(曹)节弟破石为越骑(归附朝廷而又擅长骑马作战的越人所组成的保卫京师的骑兵队。一说,是材力超乎常人的人组成的保卫京师的骑兵队)校尉,越骑营五百(古代在官员车辆前负责导引的役卒)妻有美色,破石从求之,五百不敢违,妻执意不肯行,遂自杀。(《后汉书·宦者列传·曹节传》)

大太监曹节之弟,越骑校尉曹破石霸道至极,他公然要他属下一位"五百"把妻子献给他,那位"五百"竟丝毫不敢抗拒。

"千古艰难惟一死"(清人邓汉仪《题息夫人庙》)。这两人是宁肯献出妻子而不愿死,焦仲卿则是宁肯死也不愿看着妻子成为别人的媳妇,对比之下,焦仲卿的"赌气"不正见出他对兰芝的爱是多么的不可移易,而他为捍卫爱情与婚姻又是多么的勇烈无畏吗?

事实上,兰芝正是从焦仲卿"赌气"的言辞中得知他与自己是一个心思,于是,两人最后的归宿便迅速确定下来:"黄泉下相见,勿违今日言。"回顾整个过程,我们看到,焦仲卿始则有"黄泉共为友"的宣示,继则有"吾独向黄泉"的宣示,最后更是与兰芝义无反顾地作出了"黄泉下相见"的抉择。他是用整个生命毫无保留地爱着兰芝,他始终都抱着与兰芝黄泉不相离的信念,宁死也不屈服于压力。这样的人,能说他懦弱吗?

是的,他在死前确曾"徘徊庭树下",但这有什么可责怪的呢?"徘

63

徊庭树下"其实就是"长叹空房中"的变相延续,它强调的是他内心受到的煎熬。我们要明白,这房子、这庭院,是他和兰芝曾经的爱巢,将死之际,他与兰芝爱恋缠绵的种种记忆必然让他难以收回目光和思绪。这房子、这庭院,又是他母亲和妹妹还要继续居住的场所,将死之际,他不能不为他母亲和妹妹未来的光景而深深担忧。对爱的岁月的怀念,会令他死志更坚,对母亲和妹妹的担忧,又会使他不能不慎重审视自己赴死的决定。两者轮番撕扯他的心,他当然会"长叹""徘徊"不已。这完全是一个有责任心的善良人在将死之际必然要经历的心路历程和必然会有的举止表现。如果没有这段心路历程和这类举止表现,那反倒是不可思议的事情。

总之,对焦仲卿,我们应该体谅他的难处,应该感念他的善良和忠贞,而绝不可以拿"懦弱"这类词来给他贴标签。因为,他不仅当初能毫不懦弱地在母亲面前为兰芝做很好的辩护,而且后来更毅然决然地"自挂东南枝",追随兰芝的芳魂而去。

要知道,焦仲卿所在的时代是男尊女卑、一夫多妻制时代。社会虽然提倡和讲求"夫妇和",但把裁量权和主宰权都给了男子,道是"男者,任也;子者,孳(zī,滋长,增益)也;男子者,言任天地之道,如长万物之义也。故谓之'丈夫'。丈者,长也;夫者,扶也;言长万物也。知可为者,知不可为者;知可言者,知不可言者;知可行者,知不可行者。……女者,如也,子者,孳也;女子者,言如男子之教而长其义理者也。故谓之妇人。妇人,伏于人也。是故无专制之义,有三从之道——在家从父,适(嫁)人从夫,夫死从子,无所敢自遂(决断)也"(《大戴礼记·本命》)。同时,"夫有再娶之义,女无二适之文"(班昭《女诫》),只要求女子从一而终,却不要求男子娶一而终;只要求妻子绝对忠于丈夫,却不要求丈夫绝对忠于妻子。因此,男子既可以将妻子视作不可移易的人生伴侣,也可以仅仅视作生育工具,可以与妻子白头偕老,也可以休妻另娶,还可以多娶多占。一切,全依男子的意

志。史书上为什么向来不乏伤情殉夫的女子,却难见伤情殉妻的男子?就因为社会并不要求男子对妻子感情专一。

白居易的《妇人苦》反映的就是这种社会特点:

蝉鬓加意梳,蛾眉用心扫。几度晓妆成,君看不言好。妾身重同穴,君意轻偕老。惆怅去年来,心知未能道。今朝一开口,语少意何深。愿引他时事,移君此日心。人言夫妇亲,义合如一身。及至死生际,何曾苦乐均。妇人一丧夫,终身守孤孑(jié,单,独)。有如林中竹,忽被风吹折。一折不重生,枯死犹抱节。男儿若丧妇,能不暂伤情。应似门前柳,逢春易发荣。风吹一枝折,还有一枝生。为君委曲(婉转)言,愿君再三听。须知妇人苦,从此莫相轻。

但焦仲卿却是无论如何也放不下一个"情"字!他心中只有兰芝。他拒绝另娶他人。为了兰芝,他不惜一死,甘愿一死,他用自己的死,让那个时代众多的男子一下子就显出了他们猥琐肮脏的真面目,也让《孔雀东南飞》这首诗真正有了不同于一般作品的独特价值。像这样的烈丈夫,世上有几个?尾生抱柱,出于寓言。(《庄子·盗跖》:男子尾生与一女子于桥下约会,女子不来,洪水却来了。尾生抱着桥柱不离开,死于水中。这是庄子讲的一个寓言故事)韩凭殉情,纯属传说。(战国时宋康王有一侍从叫韩凭,其妻甚美,宋康王夺之,韩凭自杀,其妻亦不屈而死。此事不见于信史,汉晋时乃见于志异传奇的小说及其他民间文学文本)至于人所共传的息君夫妇相殉,则是刘向为引导妇女们坚守"贞顺"之道而创编的文学故事。历史的真相是:

蔡哀侯取妻于陈,息侯亦取妻于陈,是息妫(guī,姓。"息妫"即息国国君夫人妫氏)。息妫将归于息,过蔡,蔡哀侯命止之,曰:以同姓之故,必入。息妫乃入于蔡,蔡哀侯妻之(将息妫占为自己的妻子)。

息侯弗顺，乃使人于楚文王曰：君来伐我，我将求救于蔡，君焉（"焉"是合音词，意为于是，借机）败之。文王起师伐息，息侯求救于蔡，蔡哀侯率师以救息，文王败之于莘，获（俘获）哀侯以归。文王为客于息，蔡侯与从（担任随从。"与"，这里是"为""是"之义），息侯以（与）文王饮酒，蔡侯知息侯之诱己也，亦告文王曰：息侯之妻甚美，君必命见之。文王命见之，息侯辞（推辞），王固（执意，坚决）命见之。既见之，还。明岁，起师伐息，克之，杀息侯，取息妫以归，是（表承接关系的连词，相当于现代汉语的"于是"）生堵敖（名熊艰，公元前676年成为楚国国君，四年后欲杀同母兄弟熊恽，反被熊恽所杀。熊恽即位，认为熊艰"未尝治国，不成为君"，遂以"堵敖"称之——堵，可能是熊艰墓地的地名。敖，楚国统治者中，未成君而死且无谥号者之称）及成王（即熊恽）。（《清华简·系年》第五章。又见《左传·庄公十年、十四年》《吕氏春秋·孝行览》）

原来，息君并没有殉情自杀，而是死于楚文王的剑下；息君夫人也没有殉情自杀，而是改做了与她有杀夫之仇的那位楚文王的夫人，并为楚文王生了两个儿子。

那么，西汉初期的赵王刘恢算不算一个？

刘恢之事，《史记·吕后本纪》是这样记载的：

梁王恢之徙王赵（迁到赵国为王），心怀不乐。太后以吕产女为赵王后。王后从官皆诸吕（随从官员都来自吕氏家族），擅权，微伺（暗中窥伺）赵王，赵王不得自恣（zì，放纵）。王有所爱姬，王后使人酖（zhèn，通"鸩"，一种毒鸟，以其羽毛蘸酒，人饮之即死，后亦指毒酒）杀之。王乃为歌诗四章，令乐人歌之。王悲，六月即自杀。

显然，刘恢之死是不能和焦仲卿相提并论的。首先，王宫里有宠无爱。刘恢身边有一大群女人，他对这些女人只有宠幸程度上的区别。所谓爱姬，也就是能从他那里分得较多一点宠幸的某个女人而已。宠幸，是一种上对下的赐予和恩惠，与焦仲卿、刘兰芝那种平等专一的爱是完全不同性质的两回事。其次，刘恢之死，更多的是出于政治上的原因。他本是梁王，却被改封赵王，他的富庶辽阔的梁国则成了吕后侄子吕产的封地；而赵国则是一块不祥之地，前边的刘如意、刘友两位赵王都惨死于吕后之手。刘恢被改封赵国后，先是被迫娶了吕产的女儿做他的王后，使自己的一言一行都处在吕氏集团的监视之下；接着又是他所宠幸的女人被王后毒死，使他彻底地成了孤家寡人。他其实并不是为他的爱姬而死，而是为自己被吕氏集团完全控制却一筹莫展而死。他是死于政治上的悲愤和绝望。而焦仲卿的死则完全是出于情的驱动。他对兰芝的爱，如江海般深广，如山岳般坚定。他绝不允许任何人真正地拆散他和兰芝的婚姻。他是为兰芝而死，为捍卫他和兰芝的爱情、婚姻与尊严而死。

这就是说，真正为情而死的焦仲卿实乃华夏第一男。以此，称他为"千古情圣"亦不为过。

注释：

① 20 世纪的研究者，几乎众口一词地说焦仲卿懦弱，到了 21 世纪，持这种观点的人仍然不少。例如，朱静《〈孔雀东南飞〉中焦仲卿性格的悲剧意味》认为焦仲卿的性格有三重特征，排在第一位的就是"软弱、逆来顺受"（见《科教文汇》，2010 年 2 月上旬刊）。孟雨滢《浅析〈孔雀东南飞〉话语中的人物性格》亦认为焦仲卿的性格特点"有软弱妥协的一面"（见《文学界理论版》，2012 年第 6 期）。江军、刘艳男、陈钰《从人物性格、"过失说"和"净化说"看〈孔雀东南飞〉》一文分析焦仲卿性格，也认为他"善良而懦弱"（见《齐齐哈尔高等师范专科学校学报》，2013 年第 3 期）。

七　张萱对刘兰芝的看法能成立吗？

在《孔雀东南飞》约一千八百年的接受史上，特别是从宋明到当今这一段，有不少人都或多或少地对刘兰芝发出过批评指责之声。这些人中，明代的张萱应该是最高代表，他对刘兰芝持完全否定的态度：

焦仲卿妻刘氏，后人常悲其以严姑见逐（因为被恶婆婆所驱逐），卒（最终，始终）能守志杀身。余读其诗，氏（指兰芝，下同）非贤妇也。姑虽呵责，始（当初，原本）未相逐，乃氏自请去耳。一还其家，为弟兄所逼，遂适（嫁）太守之郎君。此可谓守志不移耶？其"举身赴清池"，乃遇仲卿于途，要（约，约誓）之以死，恐非其志也。（张萱，《疑曜》卷二）

《四库提要》称张萱的《疑耀》"考证故实（旧事、典故），循循有法。……其言亦谨而不肆（铺张，放纵）"，但他断言刘兰芝"非贤妇也"，却绝非"谨而不肆"之论，而是与诗篇文本严重不符的诬妄之说。他显然就像今天一些学风浮躁的人一样，没有认真仔细地阅读诗篇文本，对诗篇的写法没能给予必要的关注和揣摩，就轻率地下了判语。

一诬："姑虽呵责，始未相逐，乃氏自请去耳。"

不错，兰芝确实说了"妾不堪驱使，徒留无所施，便可白公姥，及时相遣归"这样的话。但是，这话是兰芝经受了焦母长期的刁难和折辱，明白了焦母根本容不下她之后才说的。在兰芝说出这番话之前，焦母也许口头上尚未正式直接地说出驱遣兰芝的话，但她一直在用行动表明她的态度。更何况，兰芝这话不是在家堂之上公开讲出来的言论，而是在二人世界里对心爱的夫君的一番私密之语，其本意不过是用"狠话"引起仲卿重视，以促使仲卿出面劝谏他母亲而已。正如傅庚生《中国文学欣赏举隅》所说:"云'妾不堪驱使,及时相遣归'者,原非求去也,求府吏之启阿母耳。"兰芝和仲卿一样,十分珍惜他们的婚姻,怕的就是两人被拆散,她哪里会像西汉朱买臣之妻那样主动求去①呢?下文,仲卿上堂谏母,说:"儿已薄禄相,幸复得此妇,结发同枕席,黄泉共为友。共事二三年,始尔未为久。女行无偏斜,何意致不厚?"他只是向阿母表达不满,强调他和兰芝是志趣相投、生死不离的夫妻,况且兰芝的言行举止又没有什么过错,因而想不通阿母为什么就不能好好待兰芝。他并没有谈及兰芝有"请遣"之言,也没有提出兰芝的去留问题。可见,仲卿根本没有把那番"狠话"当成是什么"自请遣归",他完全理解兰芝的本意。平日里,阿母是"三日五匹故嫌迟",为了贬责和打压兰芝,她甚至不惜无中生有,信口雌黄,但在和仲卿的对话中却丝毫不见拿兰芝的"请遣"之言来说事论罪的迹象,这是为什么?就因为仲卿没告诉她,她压根儿就不知道这事。接下来,事情就完全清楚了:在仲卿没提兰芝去留问题的情况下,阿母却迫不及待地发令要立即赶走兰芝,道:"吾意久怀忿,汝岂得自由!……便可速遣之,遣去慎莫留!"而当这一命令遭到仲卿的抗拒时,阿母竟"捶床大怒",曰:"小子无所畏,何敢助妇语!吾已失恩义,会不相从许!"因此,对兰芝"失恩义""久怀忿"的是焦母,决绝发令将兰芝"速遣之""慎莫留"的也是焦母,这才是事情的真相。南宋刘克庄的《后村集》卷二《庐江小吏妻》诗云:"尊嫜(舅姑,公婆,此指焦母)有严命,妾不获从夫。"他就看得很清楚:焦母"严命"相逼,是事件唯一的根因。

诗篇没有直接写焦母不断挑剔、抹黑和折磨兰芝,一心要将兰芝扫地出门的种种恶劣行径,而是借助对话来让人物"暴露"心性,让事情透出真相。这里,我们首先看到的是兰芝和仲卿的一段私密对话,表面上为兰芝独白,但其实质是二人交谈,只是仲卿的话语和反应被隐去了。这段私密对话极妙,妙就妙在它简洁交代了兰芝的成长史,举出了焦母以是为非、以优为劣地无端打压兰芝的典型事例,凸显了兰芝不知如何是好的无奈处境,为一出千古悲剧拉开了大幕;更妙的是它反常合道②:似乎是在坐实兰芝自请遣归的事实,实际却在写兰芝担心她真从焦仲卿身边被赶走,在写负屈含冤的兰芝以一种特殊的方式向仲卿求助,从而显示出兰芝与仲卿之间非比寻常、极其深笃的夫妇之爱。兰芝在仲卿面前可以说出"贱妾留空房,相见常日稀"的话而仲卿不以为衮,可以说出"非为织作迟,君家妇难为"的话而仲卿不以为诬,可以说出"妾不堪驱使,徒留无所施。便可白公姥,及时相遣归"的话而仲卿不以为逆,岂但是不以为衮、诬、逆,而且他极其同情兰芝,立即上堂谏母。

比较一下,向来为人称道的梁鸿与孟光是怎样一种情形?

妻为具(准备好,备办好)食,不敢于鸿前仰视,举案齐眉。(《后汉书·逸民传·梁鸿传》)

妻子在丈夫面前竟然不敢仰视,显然是典型的夫尊妻卑。再看李充夫妇:

李充,字大逊,陈留人也。家贫,兄弟六人同食(吃同样的食物。谓食物缺乏,在吃饭问题上无法讲究尊卑长幼有别)递衣(一件衣服轮流穿。谓兄弟六人只有一件可以穿出来见人的衣服)。妻窃谓充曰:"今贫居如此,难以久安,妾有私财,愿思分异(希望您考虑分家另过)。"充伪酬(用假话回答)之曰:"如欲别居,当酝酒具会(应当酿酒备会),请呼乡里内外,共议其事。"妇从充(听从李充的意见)置酒宴客。充于坐中前(从座席中上前)跪白(跪着禀告)母曰:"此妇无状(罪大不可言状),而教充离间母兄,罪合遣斥。"便呵叱其妇,逐令出门,妇衔涕(衔泪,含泪)而去。(《后汉书·独行传·李充》)

这不仅是夫尊妻卑,而且是做丈夫的竟对妻子加以欺骗和出卖,使

之成为自己沽名钓誉并捞取政治资本的垫脚石。

而焦仲卿夫妻则完全与此不同。他们彼此尊重，彼此理解，彼此信赖，彼此怜惜，是那个时代极其难得的彼此平等的恩爱夫妻。正因为这样，他们之间才可以无所顾忌地倾吐心里话。也正因为有了这一番心里话的倾吐，才使接下来的仲卿谏母及兰芝与仲卿的再次对话更具"暴露"性——焦母作为无端遣归兰芝的蓄谋方、主使方和强逼方的真面目暴露无遗，兰芝与仲卿非比寻常极其深笃的夫妇之爱彰显无遗，而他们最后的相约殉情也就显得在所难免和特别可信。

张萱一看到兰芝那番"狠话"，便不管那是什么情景下的话语，也不管下文还有什么信息，就认定兰芝自请遣归，实在是太过粗心。他和明末清初的李因笃相去不远，但两人的观点却大为不同。李因笃的《汉诗音注》卷七云："观下阿母云：'吾意久怀忿，汝岂得自由。'则公姑之遣兰芝，征色（显现于脸色）发声，非一日矣。兰芝知其势不能挽回，始向府吏言之。诗人叙事，先后互见耳。钟伯敬（钟惺，字伯敬）乃云新妇不合先自求去（见钟惺和谭元春合著的《古诗归》卷六），真强作解事也。"张萱若是读到李因笃的这番分析，也该为自己的"强作解事"而惭愧吧？

二诬："一还其家，为弟兄所逼，遂适太守之郎君。此可谓守志不移耶？"

早在立下蒲苇磐石之誓时，兰芝就已告诉仲卿，同时也是告诉读者："我有亲父兄，性行暴如雷，恐不任我意，逆以煎我怀。"这是诗作者特意预设的伏笔，同时也是特意预做的铺垫。这段话预先交代了刘兄性行之暴戾及兰芝对这位兄长的畏惧心态，暗示了这位兄长没有礼义之心，很可能会逼兰芝违誓改嫁，更暗示了兰芝的任何争辩和抗拒都将无法动摇和改变这位兄长的意志。回到"兄门"后，面对县令家的提亲，兰芝拒绝了，这显然已经惹得她兄长心头大恼。他绝不会听任这样的事再次发生。果然，当刘母代兰芝回绝太守家派来的媒人时，刘兄发作了——

"阿兄得闻之,怅然心中烦。举言谓阿妹:'作计何不量!先嫁得府吏,后嫁得郎君。否泰如天地,足以荣汝身。不嫁义郎体,其往欲何云?'""怅然",失意貌也。"烦",躁也。一个"性行暴如雷"的人遇到了与自己心意严重不合的事情,他烦躁了,那意味着他有怎样的嘴脸和气势?再看他的那番抢白,可有半点仁义道德的成分?可给兰芝留有丝毫自主自择的余地?当此时刻,兰芝将何以自处?

由于有前面的伏笔和铺垫,写了刘兄的发作之后,诗作者就把兰芝伤心绝望的情形及其思考决断的过程舍去不写,而直接写兰芝的"顺从"。但兰芝真的顺从了吗?否。后来发生的事情表明,此时兰芝虽有顺从的表态,却绝无顺从的心思。她是外示顺从而内怀死志,抱定了以死相抗的决心。她太了解她的阿兄了,那是一个极其势利而又性情暴戾的人,她和仲卿之间的情义打动不了他,礼教的道义也约束不了他,跟他争执完全是白费口舌;而她虽等着仲卿,但从礼法上讲,她和仲卿已经没有关系,现在派媒人来提亲的又是雇佣仲卿为吏的郡守大人,仲卿如何能与之相抗呢?因此,她已经无路可走,唯有一死,才能捍卫自己的爱情和婚姻,而这就必须与仲卿相见以达成一致。为此,她不能让人看出她的求死之心,不然,她就见不到仲卿,就欲死不能。所以,她只能选择"顺从"。兰芝在被遣时的表现就已经显示出,她是一位外柔内刚,自尊而有主见,极富于理智和极为自制的人,是即使内心非常委屈和痛苦,也能一切依礼而行,不会有激烈的情绪发泄式言行的人。所以在遭遇兄长逼嫁之时,她没有激烈抗争的外在表现,而是内心暗自打定主意后,当即平平静静、彬彬有礼地表示"顺从"。兰芝之为兰芝,这正是她的性格特点。而从写法上来说,兰芝这种出乎意料的"顺从",其实就是诗人的又一次反常合道,即以兰芝的反常表现唤起读者的注意,让我们明白,事出反常,必有文章。同时,我们还应该看到,诗作者在这里还有一个反常之处,就是忽然对此前一直支持兰芝信守誓约并主动接待和婉谢媒人的阿母不着一字。这个不写之写,显示阿母已为阿兄积

威所劫而"失声"并改变立场，同时也显示，兰芝的"顺从"的确是不得不为之事。

清代张玉榖在其《古诗赏析》卷七有云："此时兰芝竟不与兄一辩，具有深心。盖未仰头答时，其俯首沉思已久：太守上官，属吏势难与抗；阿兄戾性，大义更难与争。胸中判定一死，索性坦然顺之，不露圭角，为后得以偷出，再会府吏地也。兰芝机警，正赖此神到之笔达之。于此不能索解，负兰芝，并负作者矣。"张萱不仔细读诗，把兰芝看成了立场不坚定、意志不坚强的违誓之人，真是"负兰芝，并负作者矣"。

更要特别指出的是，张萱竟对兰芝加以"遂适太守之郎君"的判语，真有乱加罪名之嫌。"遂适太守之郎君"，意即"就嫁给了太守的儿子"。按照这个说法，那就是兰芝不仅真的应许了太守家的提亲，而且还把这个应许兑现了——她已经嫁给了太守的儿子。然而，这是事实吗？

张萱有此判语，显然是单凭"新妇入青庐"一句而望文生义的结果。他知道青庐是举行婚礼的地方，所以他推断，兰芝既已进了举行婚礼的青庐之中了，那当然就意味着她至少在形式上接受了太守之子，成了太守的儿媳。

如果这青庐是设在太守家的，这个推论倒也有那么几分可通。但是，唐代段成式《酉阳杂俎·贬误》引南朝梁陈之际江德藻《聘北道记》有云："北方婚礼必用青布幔为屋，谓之青庐。于此交拜，迎新妇。夫家百余人挟车（围在接新娘的车旁）俱呼曰：'新妇子！'催出来。其声不绝，登车（指新娘走出青庐，登上接她的车）乃止。今之催妆是也。"这则记载告诉我们，青庐是女家所设，乃供男方来家迎亲及举行婚礼之用。因此，兰芝所入之青庐是在娘家，而不是在太守家。这一点，"其日牛马嘶"一句亦是一证：太守家所在的郡城和郡府可能有马嘶，但不会有牛鸣。牛鸣马嘶的交响只会发生在郡城之外的"野里"，只会发生在兰芝娘家所在的农村。兰芝所入之青庐既然牛马之声相闻，此青庐自是在其娘家无疑。所以，无论从实质上看还是从形式上看，都不能只凭这一点就说兰芝已嫁太守之子。

又，如果兰芝"入青庐"是为了等候和接受太守之子的迎亲及与之举行婚礼，那"遂适太守之郎君"也能成立。但我们看到，兰芝"入青庐"并不是为了等候和接受太守之子的迎亲及与之举行婚礼。她进青庐，与她在兄长面前表态"登即相许和，便可作婚姻"完全是同一性质，即只是为了让她母亲和兄长相信她的"顺从"是真的，从而瞒过他们以赴死。

她死在什么时候？诗中说得很明白，从刘母"适得府君书，明日来迎汝。何不作衣裳，莫令事不举"的交代过后，接着便是兰芝含泪缝衣，及见仲卿，"入青庐""赴清池"。她死在太守之子来家迎亲的头天晚上而非当天晚上。那"奄奄黄昏后，寂寂人定初"两句既暗示了兰芝抱定决心寻机赴死的情形，同时也表明了这不是太守之子来迎亲的日子。因为，如果是在太守之子来迎亲的日子，这黄昏时辰就不会是"奄奄"不明的光景，而是炬火烛光照彻庭院的光景，这人定时辰也不会是"寂寂"无声的世界，而是此起彼伏、人声杂乱的世界。而在这样的环境里，兰芝本人必然备受瞩目，是绝无机会"赴清池"而死的。

显然，兰芝赶在太守之子来家迎亲的头天晚上结束了自己的生命，不仅是为了避免欲死不能的情况发生，更是为了避免嫁与非嫁两不分明的情况发生，为了使仲卿对自己忠于爱情和婚姻的意志不再有任何误会发生，一句话，就是不容她与仲卿的爱情和婚姻留下哪怕最轻微的疵点。她的拒嫁是如此的决绝和彻底，她的殉情又是如此的从容而坚定。可是这一切，张萱却偏偏全都看不见，却偏偏要对兰芝加以"遂适太守之郎君"的判语。他为什么会无中生有地对兰芝加此罪名呢？无他，读诗浮光掠影所致也。

三诬："其'举身赴清池'，乃遇仲卿于途，要之以死，恐非其志也。"

先要澄清的是，兰芝是"迎"仲卿于途，而不是"遇"仲卿于途。

兰芝为应付母亲而流着泪缝制嫁衣，最后终于因愁思难抑而停止缝衣并哭出声来。她愁的是什么？愁的是事情已到最后关头，她必须与仲卿相见以明志，却不知还有没有这个机会。她陷入了无边的忧虑和万分的焦急之中。而就在这时，仲卿来了。兰芝远远地就听出了仲卿坐骑的嘶鸣声，于是连鞋也顾不上穿好，趿拉着鞋就着急迎了出去。"识马声"这个细节既表明兰芝深爱仲卿，以致对仲卿及其衣食住行一应物事都高度关注并谙熟于心，同时也表明兰芝虽在哭泣，却一直在焦急等待和注意谛听，一直在盼望着她的仲卿出现。而"蹑履相逢迎"一句则看出兰芝对于仲卿的到来是多么的庆幸，对于与仲卿的相见是多么的迫不及待！然而，张萱却看不见这些，他看到的是什么？是一个轻飘飘的"遇"字，好像兰芝不是在焦急中等来了仲卿，而是在无意中碰上了仲卿似的。这就把兰芝一心要见仲卿以明志的那份真诚与急切全给抹杀了。

还要澄清的是，"要之以死"的是兰芝，而不是仲卿。

如前所述，兰芝和仲卿已经不能再在人间做夫妻，他们只剩下到另一个世界去做夫妻，即用生命来捍卫爱情、婚姻和尊严这一个选项了。但到另一个世界去做夫妻应该是她和仲卿共同的事情，如果只是她单方面到另一个世界，那就意味着她和仲卿终究还是被拆散了，永远不再是夫妻了。她不能接受这样的结局，所以她必须见仲卿一面，必须弄清楚仲卿是否也和她是一样的心思和态度。好在，仲卿终于来了。于是兰芝赶紧迎上前去，将自己被逼嫁的事情告诉仲卿。她显然想的是先让仲卿知道事情的真相，然后再探询仲卿下一步的打算，但仲卿朴直，误以为兰芝真的已经背弃他俩的誓约，竟对兰芝大加讥讽，道："贺卿得高迁！磐石方且厚，可以卒千年；蒲苇一时纫，便作旦夕间。卿当日胜贵，吾独向黄泉！"仲卿除了讥讽兰芝之外，他约兰芝赴死了吗？没有。他说的是"吾独向黄泉"，表达的是他宁死也不接受眼前这一变局的意志。不过，也正是由于仲卿有了这一表态，兰芝就明白了，仲卿和自己一样，是绝不愿意他们被拆散的，是甘愿用生命来捍卫他们的爱情和婚姻的。

他们是真正的志同道合。于是,事情就到了下面这一步:

> 新妇谓府吏:"何意出此言!同是被逼迫,君尔妾亦然。黄泉下相见,勿违今日言!"

"黄泉下相见",就是共同赴死,就是到另一个世界去做夫妻。这里,诗歌文本明确无误——提出"黄泉下相见",即"要之以死"的是兰芝,而不是仲卿。对此,张萱为什么就视而不见呢?

最后,我们必须强调的是,在与仲卿复合无望的情况下,兰芝的选择就是以死相抗,用生命来捍卫爱情、婚姻和尊严。张萱所谓"恐非其志"的说法是十足的无稽之谈。

上面我们已经指出,兰芝在焦急盼望中等来了仲卿,并向仲卿明确表达了"黄泉下相见"的不屈意志。这就已经让张萱所谓死非兰芝之志的说法不能成立了。

再看事情的结局:

> 其日牛马嘶,新妇入青庐。奄奄黄昏后,寂寂人定初。我命绝今日,魂去尸长留!揽裙脱丝履,举身赴清池。府吏闻此事,心知长别离,徘徊庭树下,自挂东南枝。

这里,诗歌文本同样是明确无误的——兰芝率先践约而死,仲卿随即追随兰芝的芳魂而去。这就有力地说明,兰芝约仲卿"黄泉下相见"绝非一时冲动之言,更非装模作样的敷衍之言。她是不能爱,毋宁死,早已抱定了以死相抗的决心,是有斯志即有斯言,有斯言即有斯行,是一位真正忠于爱情、死而不悔的烈女子。

总之,张萱说兰芝之死"恐非其志",显然与诗篇文本所提供的事实不符。他不认真读诗,对诗歌文本所提供的大量信息视而不见,以致厚诬兰芝，实在不该。这个教训，特别值得今人记取。

注释：

①《汉书·朱买臣传》载，汉武帝时，吴人朱买臣家贫而好读书，四十多岁了还靠打柴卖柴维持生计。但他不为贫苦所压倒，担柴赶集路上仍高声诵读不已。其妻不能长受贫苦，更以买臣为羞，遂坚决要求离婚，买臣挽留不住，就由她去了。后来，买臣经同乡名人严助推荐而得到汉武帝重用，其妻自杀而亡。

② 北宋释惠洪的《冷斋夜话》卷五《柳诗有奇趣》中柳子厚诗曰："渔翁夜傍西岩宿，晓汲清湘燃楚竹。烟消日出不见人，欸乃一声山水绿。回看天际下中流，岩上无心云相逐。"东坡云："诗以奇趣为宗，反常合道为趣，熟味之，此诗有奇趣。"所谓反常合道，指看似违背常理常情，实则是更高层面、更具美感价值或思维价值的合情合理。《孔雀东南飞》中，多处都用此类写法，除明写焦母发话遣归兰芝之前先写兰芝"自请遣归"，以及在刘兄大耍威风之际，忽然只字不提刘母而兰芝竟无抗争地表态"顺从"而外，再如不写兰芝日常的"严妆"，却写她被遣归之时的"严妆"；不写兰芝日常的自做新衣，却写她在太守家来迎娶前夕自做嫁衣，等等。这些，都是很反常却又很高明的写法。

下篇

八　《孔雀东南飞》的原题是什么？

提到《孔雀东南飞》一诗，人们一般都会跟一句道，原题"古诗为焦仲卿妻作"。然而，这是原题吗？

实际上，《孔雀东南飞》是一首来自民间的作品，原本并无标题。

唐代李善注的《昭明文选》在阮籍《咏怀诗·昔日繁华子》中，"愿为双飞鸟，比翼共翱翔"句下注云："建安中无名诗曰：'中有双飞鸟，自名为鸳鸯。'"李善注引《孔雀东南飞》诗句而称此诗为"无名诗"，指的就是它原本没有诗题和署名的作者。有诗篇而无诗题，这是魏晋以前诗歌创作的常态。《诗经》也罢，《汉乐府》也罢，先秦两汉的诗作，除《楚辞》而外，往往是"无名诗"，它们的诗题大都是后人按"首句标其目"或以乐曲名称为诗题的办法添加的。诗人自己为其诗篇拟题拟序，要到晋代才形成自觉。①

《孔雀东南飞》一诗最早见于南朝徐陵作序的诗歌总集《玉台新咏》②卷一，据明代五云溪馆铜活字本《玉台新咏》及清代纪容舒《玉台新咏考异》，题作《古诗无名人为焦仲卿妻作》（通行本往往将"无名人"三字挪出，标在作者署名处），有序。题和序都是后人追述的口吻，自然是后人所加。

逯钦立的《先秦汉魏晋南北朝诗》之《汉诗》卷二录下《玉台新咏》所载班婕妤《怨诗》的诗序后特下判词曰："此《玉台》编者语也。"那则诗序是这样的：

> 昔汉成帝班婕妤失宠，供养于长信宫，乃作赋自伤，并为怨诗云云。

逯先生的判断是极有道理的，班婕妤诗的小序确实是编者按语或注文性质，其撰写者应该就是《玉台新咏》的编选者。这条按语表达的是

编选者对作品的相关认识,当是在筛选和整理作品之时写下的。而诗篇正式入编《玉台新咏》时,由于要方便读者翻检和解读,诗篇得有诗题,有诗序则更好。于是,编选者就将所撰按语做了诗序,并从按语中取"怨诗"二字为题。③不独此诗为然,收入《玉台新咏》中的司马相如的《琴歌》、乌孙公主刘细君的《歌诗》、汉成帝时童歌谣二首等几首有序的诗,其诗题诗序也大致都是这种情形。

同样,《古诗无名人为焦仲卿妻作》的诗题、诗序应该也是编选者在筛选和整理作品时写下的按语。胡适的《白话文学史》论《孔雀东南飞》,说:"此诗初次出现是在徐陵编纂的《玉台新咏》里,编者有序……"(见欧阳哲生编,《胡适文集》第八卷,北京大学出版社,1998年,第193页)他把这首诗的序直接判为编者所拟。但他说漏了一点,就是那个诗题,"古诗无名人为焦仲卿妻作"也是编者所拟,而且,这诗题原本是编者按语之开头语,它被用作诗题后,为避重复,就将它与按语的其余部分切割开来,只以其余部分作了诗序。

"古诗无名人为焦仲卿妻作"一句,应该读作"古诗,无名人为焦仲卿妻作"。完整的按语当为如下面貌:

古诗,无名人为焦仲卿妻作。汉末建安中,庐江府小吏焦仲卿妻刘氏,为仲卿母所遣,自誓不嫁。其家逼之,乃投水而死。仲卿闻之,亦自缢于庭树。时人伤之,为诗云尔。

这条后人追述和说明性质的"编者语"交代了诗为谁作、为什么事件而作、事件发生之地以及作者为谁等,相当于一则导读提示,对读者解读全诗是颇有帮助的。而切割成诗题和诗序两部分后,虽对读者的提示作用不减,但"古诗无名人为焦仲卿妻作"一句毕竟是后人追述和说明的性质,用它作诗题,到底有点不伦不类。

因此,宋代的郭茂倩将其载入《乐府诗集》时,就将诗题改作"焦仲卿妻"，然后在诗题之下加标"古辞"二字，以示此乃汉代传世之作。应该说，他的这个改动是合理的。

不过，人们并没有因此而一概使用他所改拟的标题。事实上，这首诗入选《玉台新咏》之后，曾经在很长一段时间里，人们提到它时往往名称不一。如唐代孟简在其《咏欧阳行周事并序》中是以"庐江小吏"称之；元稹在其《乐府古题序》中是以"仲卿"称之；北宋晏殊在其《类要》卷二十二《总叙幼年》门"小姑始扶床"条，以及与郭茂倩大致同时的魏泰的《临汉隐居诗话》是以"焦仲卿诗"称之；郭茂倩之后，南宋刘克庄在其《后村诗话》中或以"焦仲卿妻诗"称之，或以"孔雀东南飞"称之；元人萧士赟（yūn）在其《李太白集分类补注》中是以"焦仲卿妻词"称之；明代王世贞在其《弇（yǎn）州四部稿》续稿卷二是以"庐江小妇行"称之，在其《艺苑卮（zhī）言》卷二中又是以"孔雀东南飞"称之；胡应麟的《诗薮（sǒu）》内外编多次提到这首诗，其中，以"庐江小妇"称之一次，以"焦仲卿"称之一次，其余皆以"孔雀东南飞"称之。之所以出现这种情形，除了"古诗无名人为焦仲卿妻作"这个诗题本身有瑕疵而外，亦有言者为求简便的因素。好在这首诗自进入《玉台新咏》之后即已成为官方和民间文人的案头读物，人们普遍对它比较熟悉，故虽称呼有变，却不致使人不明所指。

上面提到，南宋刘克庄的《后村诗话》对此诗有时称之为"焦仲卿妻诗"，有时称之为"孔雀东南飞"。就目前所见，他是最早以"孔雀东南飞"称呼此诗的人，其原话是："如《河阳店家女》（唐李康成诗作）长篇一首，押五十二韵，若欲与《木兰》及《孔雀东南飞》之作方（并）驾者。"（《后村诗话》续集卷一）由于"孔雀东南飞"之句与诗篇关系特殊，既有美好形象又有一定寓意和情思（详见本书第十章），加之我们本来就有"首句标其目"的传统，所以，刘克庄以"孔雀东南飞"作为此诗篇名是一个比较好的办法，而继起者也便代不乏人。这中间，最著名的当数明代的王世贞和胡应麟。王氏的《艺苑卮言》卷二有云:"《孔雀东南飞》质(朴实,淳朴)而不俚(l],粗俗,不文雅),乱而能整(严整,谐调),叙事如画,叙情如诉,长篇之圣也。"胡氏的《诗薮》内编卷二有云:"古诗短体如《十九首》,长体如《孔雀东南飞》,皆不假(借助)雕琢,工极天然(精巧至极,如同天然生成。工,巧,精)。百代而下,当无继者。"

中国文坛向来是"诗以言志"(《左传·襄公二十七年》)而"史以记事"(《说文解字》卷三下"又"部:"史,记事者也"),分工很明确,导致诗人们一直是重言志抒情而排斥叙事写人。"夫诗之不可以史为(像写史一样写诗),若口与目之不相为代也,久矣"(王夫之,《姜斋诗话》卷上),说的就是这种情况。因此,《孔雀东南飞》问世后,虽在民间广为传播,文人圈子却一直未给予充分重视,萧统的《昭明文选》、钟嵘的《诗品》及刘勰的《文心雕龙》均不见收录品评就是明证。徐陵作序的《玉台新咏》倒是弥补了这个缺憾,但并未在文坛上激起太大的反响。直到明代,重视叙事文学成为潮流,这局面才被彻底打破。特别是王世贞、胡应麟两位,由于他们的评价实事求是地道出了这首诗的非凡价值,给了它极崇高的地位,更使人对这首诗刮目相看。所以在他们之后,从明到清,再到民国,一方面是重视这首诗的人更多了,另一方面便是以《孔雀东南飞》称呼这首诗的人更多了。到了当代,除古典文学专业领域的教与学及专门研究者而外,一般都习惯性地以"孔雀东南飞"为其篇名了。

注释:

① 参见吴承学《论古诗制题制序史》,《文学遗产》,1996年第5期;张红运,《唐代诗序研究》,陕西师范大学,2006年3月,博士学位论文。

② 过去,人们一直以为徐陵是《玉台新咏》一书的编者,后经吴冠文、谈蓓芳和章培恒等学者详加考证,认为此书的编者极有可能是陈后

主某一妃子,而徐陵只是为该书作序的人。详见《玉台新咏汇校》前言,上海古籍出版社,2014年。

③《昭明文选》也收了班婕妤这首诗,题作"怨歌行",无序,故知此序可能是《玉台新咏》编者所加。

九 《孔雀东南飞》作于何时?

按照《玉台新咏·古诗无名人为焦仲卿妻作》序的说法,《孔雀东南飞》应该是"汉末建安中"的作品。对此,有些学者持怀疑态度,认为它应该是南朝时期的作品。①此诗到底作于何时?

唐代张守节的《史记正义》于《史记·刺客列传·聂政》中"窃闻足下义甚高,故进百金者,将用为大人粗粝之费(用作购买粗劣食物的费用。这是婉曲说法,谓所给费用太少,不成敬意)"句下注云:

韦昭云:"古者名男子为丈夫,尊妇妪(yù,老年妇女)为大人。《汉书·宣(汉宣帝)元(汉元帝)六王(六个晋封为王的皇子)传》:'王(指汉宣帝张婕妤所生之淮阳宪王刘钦)遇(看待,对待)大人益解(通"懈",懈怠),为大人乞骸骨去。'(这两句是宪王舅舅张博、张光找他的茬,说他待外祖母不好,声称要把老人从他身边接走)按:大人,宪王外祖母。古诗云'三日断五匹,大人故言迟'是也。"

又,唐司马贞的《史记索隐》于《史记·刺客列传·高渐离》中"家丈人召,使前击筑"句下注云:

韦昭云:"古者名男子为丈夫,尊妇妪为丈人。故《汉书·宣元六王传》所云丈人,谓淮阳宪王外王母(外祖母),即张博母也。故古诗曰'三日断五匹,丈人故言迟'是也。"

韦昭所引,是《孔雀东南飞》开篇时刘兰芝的话,虽"大人""丈人"字面有别,但意思并无不同。显然,那时《孔雀东南飞》不仅早已在民间问世,而且还广泛流传,有一定的知名度,以至连韦昭这样的朝廷官员都很熟悉。韦昭是三国孙吴大臣,著名的史学家,生于公元204年,即建安九年。他称《孔雀东南飞》为"古诗",则此诗至少是一百多年之前,约东汉安帝甚至更早一些时候问世的作品。这样看来,不仅近世学界的"南朝"之说不确,就是诗序的"汉末建安中"之说也不甚准确了。

不过,由于民间作品往往是多人多角度生成的,《孔雀东南飞》又是创作难度极高的长篇,它更是必然要经历这种多人多角度生成的过程,即,它不是由某人或某些人一次性创作出来的,而是经过许多年代和许多人接力式、插花式乃至拼合式(但不是像汉乐府《鸡鸣》《陇西行》等篇章那样,把彼此不相干的内容拼合在一起)完成的。②上文提到韦昭引用的《孔雀东南飞》诗句,却出现"丈人""大人"这样字面有异的情况,应该就是这种创作方式留下的小小印记。

既是多角度生成,则从内容到形式,都将经历若干的演变和发展,从而形成不同篇幅、不同样貌的文本。因此,韦昭所熟悉的那首诗就很可能不是如《玉台新咏》所载那样,包含抱怨、被遣、约誓、"允嫁"、殉情和合葬等全部情节的完成态的长篇文本,而是早期尚在发展中的只包含抱怨、被遣等部分情节的短篇文本,甚至,是只有抱怨之一节的短篇文本。

古艳歌曰:孔雀东飞,苦寒无衣。为君作妻,中心恻悲。夜夜织作,不得下机。三日载匹,尚言吾迟。(《太平御览》卷八二六《资产部六·织》)

此诗，逯钦立的《先秦汉魏晋南北朝诗》将其辑入《汉诗》卷十《乐府古辞》，并加按语云："《古诗为焦仲卿（妻）作》即继承此歌。"这个说法是极有眼光的，这首《古艳歌》应该就是《孔雀东南飞》的祖本，这个祖本正如一个胚胎，长达一千七百多字的《孔雀东南飞》就是由此演变发展而来。

贾谊的《论积贮疏》曰"古之人曰：'一夫不耕，或（有人）受之饥；一女不织，或受之寒。'"《礼记·内则》更明文规定："女子十年不出（指从十岁起不出家门），姆（mǔ，专门对女子进行妇道教育的女师）教婉娩（wǎn wǎn，柔顺貌）听从，执麻枲（xǐ，大麻的雄株。这里泛指麻），治丝茧，织纴（rèn，纺织）组紃（xún，用丝线编织成的圆形细带，可以镶衣边等），学女事以共（供）衣服。"东汉时期，织作是"女事"的主要项目之一，织妇们是真正衣被天下的人。虽然男权社会总是轻蔑地忽视她们，但文学不会忽视她们。"冬，民既入（在家），妇人同巷，相从夜绩（缉，将棉麻捻接成线以供织作），女工一月得四十五日。必相从者，所以省费燎火，同巧拙而合习俗（谓相互学习，共同提高技艺，使做工符合当时当地的要求）也。男女有不得其所（指处境不好）者，因相与（相互，交相）歌咏，各言其伤。"（《汉书·食货志》）她们的劳作情况，她们的人生遭际，她们的情感世界，等等，是一定会在"饥者歌其食，劳者歌其事"［见《春秋公羊传·宣公十五年》中"什一行（指十分财产一分税的政策推行开来）而颂声作矣"句下，东汉何休注］，"感于哀乐，缘事而发"（《汉书·艺文志》）的文学作品中反映出来的。《古诗十九首·迢迢牵牛星》是这种性质的作品，这一首《古艳歌》——最初的《孔雀东南飞》——也是这种性质的作品。

具体而言，这应当是一位织妇的怨歌。歌中，织妇埋怨道，自己苦寒无衣，还夜夜织作不得休息，而这不仅得不到丈夫的同情，反而还受到指责，说她织得太慢。歌唱至此，没了下文，这就留下了悬念：该得到同情的人却遭到了指责，原因是什么？被指责者已经心生不平了，指责者会是何种反应？如果指责者继续指责甚至将指责升级为虐待迫害，会是什么样的情形？彼此之间会不会有别的什么力量搅和进来？所有各方会纠缠出怎样的矛盾冲突？这种矛盾冲突又会带来什么样的后果？如此，等等，不一而足，有心人必然会有动于衷。这样，这首怨歌就成了后来的歌唱者的一粒酒曲，一株砧木，使他们得以相继针对现实，驰骋想象，让文本呈现出新的面貌。特别是在类似能干的织妇被遣乃至小夫妻殉情的事件发生并传开之后，敏感的诗人们立刻就会抓住这类事件，在已有的织妇怨歌文本的基础上，或移花接木，或踵事增华，铺陈演绎，衍为新篇。即如北朝乐府的"敕敕何力力，女子临窗织。不闻机杼声，只闻女叹息。问女何所思，问女何所忆"数句，既可续以"阿婆许嫁女，今年无消息"来吐露盼嫁女子的心思，亦可成为《木兰诗》替父从军故事中先声夺人的序幕。《古艳歌》能演变为《孔雀东南飞》，应该近似于此。

当然，如前所述，《古艳歌》不可能一下子就演变为《孔雀东南飞》的成熟状态，这要经过许多年代、许多诗人的生发、增删和润色，会存在一些还在演变发展中的文本。《艺文类聚》卷三十二《人部十六·闺情》所录的一首有序的无题诗，应该就是这种演变发展中的文本之一。

后汉焦仲卿妻刘氏为姑所遣，时人伤之，作诗曰：孔雀东南飞，五里一徘徊。十三能织绮，十四学裁衣。十五弹箜篌，十六诵书诗，十七嫁为妇，心中常苦悲。君既为府史，守节情不移。鸡鸣入机织，夜夜不得息。三日断五匹，大人故言迟。非为织作迟，君家妇难为。妾有绣腰襦，葳蕤金缕光；红罗复斗帐，四角垂香囊；交文象牙簟，宛转素丝绳。鄙贱虽可薄，犹中迎后人。

这仍是一首织妇的怨歌，但和《古艳歌》相比，歌中已出现了一些新变：事件有了发生时间——"后汉"（但不是《玉台新咏》本所说的较为具体的"汉末建安中");女主人公的丈夫已经有名有姓,叫作焦仲卿,是一位府史,亦即府吏;女主人公还没有名字,但已经有了姓,称刘氏;她不是一位普通的织妇,而是很早就学会了纺织和剪裁,有一定的音乐才能并被诗书滋养的人;单就织作而言,她已不是"三日载匹"的水平,而是"三日断五匹"的水平。诗篇就是为她被遣而作。更为重要的新变是,嫌她织得慢的不是她的丈夫,而是她的婆婆。她婆婆明知她织得很快,却心怀叵测"故言迟"——故意指责她织得太慢,从而使她得出了"君家妇难为"的结论。她把自己的陪嫁物一件件指点着留给丈夫以备"后人"使用,则表明她已经被遣。这一切,已大致与《孔雀东南飞》的"兰芝被遣"相合,但与《孔雀东南飞》不同的是,女主人公没有"贱妾留空房,相见常日稀"的幽怨,没有"人贱物亦鄙,不足迎后人,留待作遗施"的故意自贱,没有"于今无会因。时时为安慰,久久莫相忘"的怅惘不舍,表明她在夫妻感情上并不是很在意;她也没有"妾不堪驱使,徒留无所施。便可白公姥,及时相遣归"之类的激愤之语,让人看不出她有否倔强之气和抗争之意。这首无题诗所写的,就只是一位能干的织妇因被婆母无端驱逐而心中不平这样一个单纯和普通的事件而已,《孔雀东南飞》中那种"直教人生死相许"的爱情和性格鲜明的人物形象还没有受到诗作者的关注。因此,这首诗应该就是从《古艳歌》向《孔雀东南飞》演变发展过程中一个比较初级的文本。

至于《孔雀东南飞》全本,则应该是到了"汉末建安中",一对相爱至深的青年夫妻为捍卫其爱情、婚姻和尊严而双双自杀的悲剧发生后,民间诗人们才在已有织妇怨歌文本的基础上创作而成的。此悲剧事件的男当事人的身份与上举文本中的男主人公一样是位府吏;女当事人也和上举文本中的女主人公一样,是一位受过良好教育和训练的女子。诗篇沿用了上举文本中男主人公的姓名,叫作"焦仲卿",又沿用了该文本中女主人公的姓氏,而女主人公的"兰芝"之名则既可能是诗人新取之

名,也可能是悲剧事件中女当事人之真名。诗篇全本一定是先有一个比较粗糙的框架,而后便进入了一个逐渐丰盈、严谨和升华的过程,一个多人多角度,自觉或不自觉地参与打磨的过程。这个过程的时间跨度应该很长,长到从"汉末建安中"起,历经魏晋而至《玉台新咏》问世这样一个漫长的时期。一首咏唱"汉末建安中"故事的诗篇,却带着些南朝印痕,其秘密就在这里。

总之,这首诗原本应是早已流传于民间的比较单纯的汉代织妇的怨歌。建安中,庐江郡发生了一桩一对青年夫妻为捍卫其爱情、婚姻和尊严而双双自杀的悲剧,民间诗人们遂在原来的织妇怨歌的基础上创作出了这首千古绝唱。它从初创到收入《玉台新咏》,应该有许多民间诗人相继参与了对它的增删、拼合、润饰和传播。

注释:

① 参见付安、许广州《诠释与衡定——〈孔雀东南飞〉百年研究综述》,《湛江师范学院学报》,2003 年第 1 期;范富安,《从〈孔雀东南飞〉的文化特征看其产生年代》,《宁夏大学学报》(人文社会科学版),2002 年第 3 期。

② 参见余冠英《乐府诗选》,人民文学出版社,1959 年;齐天举,《古乐府艳歌之演变》,《阴山学刊》(社会科学版),1989 年第 1 期;章培恒,《关于〈古诗为焦仲卿妻作〉的形成过程与写作年代》,《复旦学报》(社会科学版),2005 年第 1 期;赵敏俐,《汉代乐府制度与歌诗研究》,商务印书馆,2009 年;吴大顺,《汉魏古诗的生成方式与古诗交叉传播》,《中北大学学报》(社会科学版),2016 年第 32 卷第 4 期;魏伯河,《〈孔雀东南飞〉文本演变考略》,《重庆三峡学院学报》,2017 年第 4 期。

十 《孔雀东南飞》还有没有别的流传本?

民间文学作品在创作和流传的过程中,常常因参与创作和传播的人有着不同的关注点与趣味点，加上又是在不同的时间、地域和群体进行创作和传播，就使得作品在语言、情节、结构、人物甚至主题诸方面出现差异，从而形成不同的流传本。《孔雀东南飞》是否也存在这种现象？

文献资料告诉我们，《孔雀东南飞》也同样存在这种现象，即，这首诗除《玉台新咏》所录文本之外，社会上显然还有别的流传本。

成书于南宋嘉定、宝庆间的王象之《舆地纪胜》卷四十五《庐州·景物下》有"小史港"之目，云："东汉建安中，庐江府小史焦仲卿妻刘氏为姑所出，自誓不嫁，其家逼之，乃投水死。仲卿闻之，亦自沉。时人怜之，后以为名。"此言焦仲卿乃庐江府"小史"，小史亦即小吏，这点字面上的出入可以忽略不计。但说焦仲卿竟是投水而死，则他所依据的文本显然和《玉台新咏》本有所不同，自当是另一流传本。

元代无名氏编撰之《氏族大全》卷六《焦氏·女德》篇："焦仲卿妻能诗。郑子敬家藏《玉台后集》，乃李仲康所选。有曰：'仲卿死，其妻不事二夫。庶几发乎情止乎礼义。'"这里，不是焦仲卿紧随其妻赴死，而是焦仲卿先于其妻而死，其妻则为之守节而不嫁。这与我们所熟知的焦仲卿、刘兰芝的婚姻爱情悲剧的结局很不相同，作者所据，亦当是另一流传本。

又，清康熙年间张楷主修之《安庆府志》卷二十二《烈女志·潜山烈妇》："汉，刘氏，焦仲卿妻。十七归（出嫁）。仲卿为府小吏，母性躁，不能容，遣之归家。氏与仲卿相诀，誓死不从（谓誓死不从母命而结束两人的婚姻）。县令闻其贤淑，遣媒议亲为第三郎妇。氏母及兄俱喜，百端相劝。氏闭目无言，黄昏后，揽裙脱履，赴水死。府吏闻之亦自缢。后两家合葬，冢间种松柏、梧桐，枝相覆盖，叶尽交通。汉建安末事，其投水处即今之小吏港云。"清乾隆年间李载阳主修之《潜山县志》卷十二《列女志·烈妇》："汉刘氏，庐江小吏焦仲卿妻也。十七于归（《诗·周南·桃夭》："之子于归，宜其室家。""于归"，出嫁）。仲卿为府小吏，姑性躁切，不能容，遣之归。氏与仲卿相诀，誓死以从

(谓誓死与仲卿相从相伴为夫妇)。县令闻其贤淑,遣媒议亲为第三郎妇。母及兄俱喜,百端相劝。氏闭目无言,黄昏后,揽裙脱履,赴水死。府吏闻之亦自缢。后两家合葬,冢间种松柏、梧桐,枝相覆盖,叶尽交通。汉建安末事,其投水处即今之小吏港云。"这里,只有县令遣媒为其第三郎议亲而无太守为其第五郎提亲娶亲之事,亦无魂化鸳鸯之事,则志文所据,亦当是《孔雀东南飞》的另一流传本。

又,明末清初贺贻孙《诗筏》:"《焦仲卿》篇,形容阿母之虐,阿兄之横,亲母之依违(模棱两可,立场不稳),太守之强暴,丞吏、主簿、一班媒人张皇趋附,无不绝倒(令人折服),所以入情(原因就在于合乎常情)。"贺贻孙论人物,提到了"太守之强暴",但《玉台新咏》本中的太守,却并无强暴行径。想来,他所依据的《孔雀东南飞》也是另一流传本。

尤其值得关注的是,宋人杨齐贤集注,元人萧士赟删补之《李太白集分类补注》卷二十二《庐江主人妇》下,萧士赟补注云,"古乐府有《焦仲卿妻词》:仲卿为府吏,不归,妻之父母逼之改嫁,妻守节而死。此(指李白《庐江主人妇》诗)引以比之也"。按照萧士赟的说法,这首古乐府《焦仲卿妻词》中的女主人公并没有因婆媳不和而被遣,而是因丈夫待在官府不回家,她成了准寡妇,她父母不平,逼她改嫁,而她坚决不从,竟"守节而死"。此诗从篇名到内容到事件性质都不同于《玉台新咏》本,当然是另一流传本。而《孔雀东南飞》开篇处,刘兰芝口中的"君既为府吏,守节情不移。贱妾留空房,相见常日稀"及下文的"伶俜萦苦辛",极可能就是这一流传本曾经拼合进来所留下的痕迹。明代王世贞称《孔雀东南飞》为"长篇之圣",他所熟知的《孔雀东南飞》很可能就是这一面目的流传本。他的《拟古乐府·长干行》写一位女子陷入了"女身既已非,为妇空得名"的尴尬处境,原因就是她那位身为府吏的夫君像萧士赟注文所称的焦仲卿一样总不归家:"十五嫁小吏,小吏焦仲卿。三朝上府胲,四夕践府更。(此两句是说她丈夫总在府里忙他的公务。"三朝"指每天,"四夕"指每夜。"上府牒"指为郡府撰写或投送公文。"践府更"指在府里值夜。"践",履行……职责,"更",报更,值夜)府公(王府僚属)拮据(劳累)不得宁,十五休澣(公休。"澣"同"浣")期(约定,安排)中厨。剌剌(进刀之声)宰猪羊,不见小吏还。"(《弇州四部稿》卷五)他在《吴明卿(吴国伦,字明卿,与王世贞同为明代"后七子"之一)以再调至京,值(恰逢)余方事(我正在处理)家难(家庭重大不幸事故。当指其父王忬(yù,安乐)因抵御鞑靼(dá dá)族入侵失利而遭严嵩集团构陷,被朝廷降罪处死事),不数数(shuò shuò,常常)见也。于其行,聊以拟古歌二章赠之。南冠楚音(南冠即楚冠。《左传·成公九年》记载,楚国钟仪被晋国俘虏,在狱中仍戴着楚国的帽子。后来,南冠就成了俘虏的代称。但这里只是以两人乡籍代指彼此:王世贞是苏州府人,吴国伦是武昌府人,苏州古属吴,武昌古属楚,两人都是南方人。故有"南冠楚音"之称),相对歔欷(xū xī,抽泣,叹息),无复易水慷慨之致(荆轲刺秦,在易水与送行者作别,慷慨歌罢,登车而去,义无反顾。事见《史记·刺客列传》),由才气都尽耳》之第二章中又说:"失身为君君不愉,空房迢迢清夜徂(cú,消逝)。东邻弃娃仲卿妻,生少不谐常独栖。"(《弇州四部稿》卷十八)如此一再以"仲卿为府吏,不归"之意入诗,他手头的《孔雀东南飞》显然与萧士赟手头的本子是相同或相近的。而这个流传本所讲述的并不是恩爱夫妻为捍卫其爱情、婚姻与尊严而双双自杀的悲剧,而是妻子默默忍受丈夫的嫌弃,以生命维持其名存实亡的婚姻悲剧。诗篇讲述这样的悲剧,显然是在宣扬女子遭际之令人同情及其节义之令人钦仰,其思想价值逊于《玉台新咏》本多矣,而这样一个文本却能令王世贞极力推崇,其叙事抒情必有过人之处。如果今人能得到这个流传本,而将其与《玉台新咏》本对读,相信定有更多的发现和感悟。

此外我们还看到,《孔雀东南飞》的多种流传本有时会彼此掺混,

而这种掺混既可能是好事,也可能不是好事。前面已经提到,《孔雀东南飞》开篇处,刘兰芝的抱怨中有些语句可能是别的流传本掺混进来而留下的痕迹。那样的掺混使人物的处境和心情得到更到位、更细致生动的反映,当然是好事;但有些掺混则可能带来讹误和混乱,就不是什么好事了。比如:"媒人去数日,寻遣丞请还。说有兰家女,承籍有宦官。云有第五郎,娇逸未有婚。遣丞为媒人,主簿通语言。直说太守家,有此令郎君,既欲结大义,故遣来贵门。"这十二句,人物关系不明,叙事缠杂不清,一反全诗晓畅之风,读之有如猜谜,这问题恐怕就是不同的流传本在传抄过程中相互掺混造成的。过去有很多人对这十二句着力加以疏解,但结果却总不能令人满意,其原因就在把因掺混而乱套的文本当作正常文本来看待了。

十一 《孔雀东南飞》是乐府诗吗?

乐府诗有三义,第一义的乐府诗是指国家音乐官署即乐府所采录或创作的合乐歌唱的诗——歌诗;第二义的乐府诗是指一切合乐歌唱的诗,即包括已被乐府采录和没有被采录的所有歌诗;第三义的乐府诗是指脱离音乐,只以"感于哀乐,缘事而发""可以观风俗,知薄厚"为原则而创作的符合第一、二义乐府诗之文学特征的诗,即"拟乐府诗"和"新乐府诗"。我们这里只从第二义的角度来看《孔雀东南飞》是否为乐府诗。

《孔雀东南飞》是乐府诗,这有北宋郭茂倩的《乐府诗集》、元代左克明的《古乐府》和明代梅鼎祚的《古乐苑》为证,还有明代冯惟讷的《古诗纪》和钟惺、谭元春的《古诗归》为证。前三部书是乐府专集,《孔雀东南飞》被录入其中的"杂曲歌辞"目下;后两部书虽不是乐府专集,但其中有乐府专类,《孔雀东南飞》则被录入其"乐府古辞"目下。所以说,《孔雀东南飞》是乐府诗。

但我们知道,《孔雀东南飞》最早见于南朝文学家徐陵编选《玉台新咏》卷一。在那里,它是作为"古诗"出现的。《玉台新咏》卷一全为汉代诗,其中,有的被标为"古诗",有的被标为"古乐府诗",有的被标为"歌诗",还有的被标为"诗""谣歌""歌""行"等。很明显,标为"古乐府诗""歌诗"及"谣歌""歌""行"的,自然是合乐歌唱的诗。而标为"古诗"和"诗"的,则应该是非合乐歌唱的诗。《汉语大词典》中"古诗"指"南北朝时称汉魏无名氏的诗为古诗",这些无名氏都是很有文学修养的文人,其流传于世的诗作也都是精品,如南朝梁武帝的长子萧统编纂的《昭明文选》所收《古诗十九首》就是这样的作品。这些诗一般都被认为是徒诗,即非合乐歌唱的诗。《孔雀东南飞》既被《玉台新咏》编者题作"古诗",就意味着它也是汉代佚名文人所作①非合乐歌唱的诗。这样看来,《孔雀东南飞》应该不是乐府诗。

那么,这首诗到底是不是乐府诗?答案当然是肯定的。原因如下。

一是《昭明文选》的"古诗十九首"也罢,《玉台新咏》的"古诗八首"也罢,都并不一定就是徒诗。以《玉台新咏》的"古诗八首"为例,其中,《上山采蘼芜》一诗和《太平御览》卷五百二十一引为古乐府诗。《客从远方来》《冉冉孤生竹》二诗都是"古诗十九首"的篇目,却见于《乐府诗集》卷六十九、七十四"杂曲歌辞"。《孟冬寒气至》一诗亦是"古诗十九首"的篇目,却见于《古今事文类聚》别集卷二十六"古乐府"。还有《四座且莫喧》一诗的诗首两句云:"四座且莫喧,愿听歌一言。"这显然是厅堂演唱的开场白,故而此诗也应该是乐府诗(但不一定是国家音乐官署——乐府已经采录的乐府诗)。"古诗八首"竟有五首(其中三首并为"古诗十九首"篇目)不是徒诗,而是乐府诗,那么我们还能因《孔雀东南飞》在《玉台新咏》卷一被题作"古诗"而坚持认为它一定是徒诗而不是乐府诗吗?

二是《孔雀东南飞》本身有鲜明的乐府诗特征。首先是前有"艳",后有"乱"。《乐府诗集·相和歌辞序》:"诸调曲皆有辞、有声(指有声无义的衬字及提示疾徐、和声、泛声和叠唱等歌唱事项的用字,如下文的"羊吾夷伊那何"等字),而大曲又有艳,有趋,有乱。辞者其歌诗也,声者若羊吾夷伊那何之类也,艳在曲之前,趋与乱在曲之后,亦犹吴声西曲前有和,后有送也。"乐府大曲通常是曲前有"艳",其作用相当于序曲,主要是为正式的表演营造气氛、暖场,或起个引子;曲后有"趋"或"乱",其作用相当于副歌或尾声,主要是总括或收束全篇,谢场。《孔雀东南飞》篇首的"孔雀东南飞,五里一徘徊"两句,字面上与下文无直接关联,却有为下文营造氛围及引人想象和联想的作用,这就是"艳"。篇尾"两家求合葬,合葬华山傍……多谢后世人,戒之慎勿忘"等十四句来结束故事,借神话场景表达伤感之情并告诫世人,这就是"乱"。②

其次是诗中多用复沓(又叫重复)、铺陈等手法,而这正是乐府诗的又一鲜明特征。

复沓在音乐演奏和演唱上是重复同一乐句或乐段,在文学表现上是重复同一词句或句群。无论是音乐演奏和演唱上的复沓还是文学表现上的复沓,都有完全式和变异式之分,又有连续式和间隔式之分。在《孔雀东南飞》中,前有兰芝自陈的"十三能织素……十七为君妇"数句,后又有刘母追述的"十三教汝织……十七遣汝嫁"数句;前有兰芝临离去时仲卿的一番表白"吾今且报府,不久当归还",后又有仲卿在大道口的兰芝车中的一番表白"吾今且赴府,不久当还归"。又如焦母两次许诺仲卿给他另找个美女做媳妇及县令和太守先后派人到刘家求亲等,都是复沓。这复沓是间隔式和变异式的,不是《江南》的"鱼戏"四方、《天马》的五个"天马徕"、《城中谣》的三个"城中好(hào)"、《塘上行》的三个"莫以……弃捐……"等那样的连续复沓。连续复沓如山涧叠瀑,一气而下;间隔复沓则如江畔村落,遥遥相望。《孔雀东南飞》里这种遥遥相望的"村落"大致相似,但又各有其不同之处,也就是既相互重复而又有所变异,这就很有助于推进情节和刻画人物。而在音乐演奏和演唱上，这种有间隔的变式重复，自然也有助于对比和强调。

铺陈在音乐演奏和演唱上就是摇曳多姿地展开一个小主题的旋律，在文学表现上就是浓墨重彩地展开一段描述。无论音乐演奏和演唱上的铺陈还是文学表现上的铺陈，都有单次运用和多次运用之分。《孔雀东南飞》依次有兰芝遭遣时向仲卿指点她留下的陪嫁物一段、兰芝临离焦家时"严妆"一段以及兰芝假意允嫁后太守家隆重准备迎娶事宜一段等，属多次运用铺陈。它总是在出人意料的节点进行铺陈，每一次铺陈都收到刻画人物、折射人心的效果，都不输于《陌上桑》对罗敷女绝代美丽的铺陈、《相逢行》对富贵之家奢华家景的铺陈及张衡《同声歌》对女子献身之衷的铺陈，等等。而在音乐演奏和演唱上，由于这些不时出现的充分展开的乐段在整个叙事链条上的位置特殊，故而既有夸饰和渲染之趣，更有引人深思之效。

此外，《孔雀东南飞》还屡用顶真、叠字、联绵词等，这也是乐府诗常有的音乐元素，此不赘述。

总之，《孔雀东南飞》虽被《玉台新咏》题作"古诗"，但它本身具有鲜明的乐府诗特征，且又被多家乐府专集或综合性诗集的乐府专类所收录，故应肯定其为乐府诗，而不能把它当作徒诗。

不过，我们虽然肯定《孔雀东南飞》是乐府诗，却不能肯定其具体的合乐形式。此诗在各乐府专集里都被归在"杂曲歌辞"目下，何谓"杂曲歌辞"？《乐府诗集·杂曲歌辞序》："杂曲者，历代有之，或心志之所存，或情思之所感，或宴游欢乐之所发，或忧愁愤怨之所兴，或叙离别悲伤之怀，或言征战行役之苦，或缘於佛老，或出自夷虏。兼收备载，故总谓之杂曲。自秦、汉已来，数千百岁，文人才士，作者非一。干戈之后，丧乱之余，亡失既多，声辞不具（指歌曲衬字及提示疾徐、和声、泛声、叠唱等歌唱事项的用字失落不存）……"从这个解说来看，"杂曲歌辞"是因内容广泛、作者庞杂而得名，至于其合乐歌唱的

具体形式,则因"干戈之后,丧乱之余,亡失既多,声辞不具"而无从得知。整个杂曲歌辞如此,《孔雀东南飞》当然也是如此。

关于乐府诗的合乐问题,唐代元稹的《乐府古题序》曾有鸟瞰式的观察和论述:"《诗》讫(qì,尽,止)于周,《离骚》讫于楚,是后《诗》之流为二十四名:赋、颂、铭、赞、文、诔(lěi)、箴、诗、行(xíng)、咏、吟、题、怨、叹、章、篇、操、引、谣、讴、歌、曲、词、调,皆诗人六义(指赋、比、兴三种表现方法和风、雅、颂三种诗歌体制)之余。而作者之旨,由操而下八名,皆起于郊祭、军宾、吉凶、苦乐之际。在音声者,因声以度(揣度。此指写作,创作)词,审调以节(确定或控制节奏)唱,句度短长之数,声韵平上(shǎng)之差,莫不由之准度(衡量)。而又别(区别,分别命名)其在琴瑟(用琴瑟伴奏)者为操引,采民氓(mín méng,民众,百姓)者为讴谣,备曲度(歌曲的音调、节拍)者,总得谓之歌曲词调,斯皆由乐以定词,非选词以配乐也。由诗而下九名,皆属(zhǔ,依托,依据)事而作,虽题号不同,而悉谓之为诗可也。后之审乐者,往往采取其词,度为歌曲,盖选词以配乐,非由乐以定词也。而纂撰(编写书籍)者,由诗而下十七名,尽编为'乐录''乐府'等题(都编成以"乐录"或"乐府"为书名中心词的乐府诗专集),除铙吹、横吹、郊祀、清商等词在《乐志》(指此前诸家史书之《乐志》)者,其余《木兰》《仲卿》《四愁》《七哀》之辈,亦未必尽播于管弦明矣。"他指出乐府诗的合乐在总体上有两种情形,一是"因声以度词""由乐以定词",即按照已有的乐曲写歌词,包括"句度短长之数,声韵平上之差"等,概以乐曲为准;二是"属事而作(诗)""选词以配乐",即诗人因具体人事的感发而写出诗篇,然后由艺人或乐府音乐家选取诗篇或段落配上乐曲。此实不刊之论。

但他在指出《孔雀东南飞》作为乐府诗而被收入《乐录》《乐府》等乐府专集是由来已久之事后,对其是否已经合乐这一点,给出的判断却是"未必",则有失察之嫌。实际上,《孔雀东南飞》被元稹之前及与之同时的各种乐府专集收录，合乐必是前提。我们今天仍能从仅有的诗篇（无声辞）中看出其合乐迹象，就很能说明问题。因此，对于今人来说，《孔雀东南飞》的合乐是无须怀疑的，需要关注的只是其具体的合乐形式。

不过，由于"声辞不具"，《孔雀东南飞》具体的合乐形式现在已不能确知，我们只能根据乐府诗总体上的合乐规律以及《孔雀东南飞》自身的特点，略作推测。在这方面，已有前人作了尝试。如清代吴乔《答万季埜（yě，野）诗问》里，"问：'《焦仲卿妻》在乐府中，又与余篇（其余各篇）不同，何也？'答曰：'意者（推测之词，大概、或许之义）此篇如董解元《西厢》（《西厢记诸宫调》。诸宫调是用若干套不同宫调的曲子来演唱一个故事的艺术形式）、今之《数落山坡羊》（曲牌名，北曲中吕宫、南曲商调皆有此曲牌，属散曲《山坡羊》的变体），乃一人弹唱之词，无可考矣。'"又如纳兰性德《渌（lù，清澈）水亭杂识》卷四："《焦仲卿妻》又是乐府中之别体，意者如后之《数落山坡羊》，一人弹唱者乎？"他们意识到《孔雀东南飞》与别的乐府诗不同，而对其入乐的具体形式作出了自己的推测。应该说，他们的推测是有道理的。

乐府诗有"徒歌""但歌""相和曲""大曲""但曲"等多种表演形式。"徒歌"是清唱，既无伴奏也无伴唱；"但歌"是无伴奏但有伴唱；"相和曲"是演唱时有伴奏，有时还有伴唱；"大曲"是演唱成套或长篇的曲子，有管弦伴奏，有舞蹈穿插；"但曲"是纯器乐合奏曲。《孔雀东南飞》这等情节复杂的长篇，这等尖锐激烈的矛盾冲突，又是第三人称讲述加上诗中人物对话这种剧本式结撰，想来应该是采取了"大曲"的演唱形式，但有所变通或突破。具体而言，如吴乔和纳兰性德所推测的"弹唱"的形式，以及"说唱"的形式，乃至戏剧性的"演唱"的形式，都是有可能的。③

注释：

① 清代张晋《仿元遗山论诗绝句六十首》之九云："拉杂长篇激楚声，东南孔雀善言情。若非绝代文人笔，谁识兰芝与仲卿？"（郭绍虞《万首论诗绝句》，人民文学出版社，1991年，第664页）他认为《孔雀东南飞》是杰出的文人所作，这个看法是符合实际的，但他似乎没有意识到，这杰出的文人不是存在于某一时段的单一个体，而应是多代、多人相继登场的历时性群体。萧涤非初成于1933年的《汉魏六朝乐府文学史》："汉末无名氏之杰作《孔雀东南飞》。其作者虽失名，然要必出于文人（但非一人）之手，如辛延年、宋子侯之流，则绝无可疑。"（人民文学出版社，1984年，第112页）此可谓中的之论。

② 参见杨荫浏《中国古代音乐史稿》，人民音乐出版社，1981年，第114—124页；吴钊、刘东升，《中国音乐史略》，人民音乐出版社，1983年，第43—50页；崔炼农，《"乱"之源流考辨——〈乐府诗集〉音乐术语丛考之一》，云南艺术学院学报，2006年第3期；徐仁甫，《论〈古诗为焦仲卿妻作〉前为艳后为乱》，《古诗别解》，上海古籍出版社，1984年，第113—115页；赵敏俐，《汉乐府歌诗演唱与语言形式之关系》，《文学评论》，2005年第5期。

③ 同上。

十二 "孔雀东南飞，五里一徘徊" 两句该怎样理解？

前面我们已经指出，《孔雀东南飞》是一首乐府诗，一支"大曲"，从音乐表演的角度说，"孔雀东南飞，五里一徘徊"两句是这支"大曲"的"艳"，即这支"大曲"的序曲。但这个序曲的音乐形式现在已不得而知，我们只能直接面对歌辞，从文学的角度来加以探讨了。那么，我们现在要探讨的就是如下问题：

诗以"孔雀东南飞，五里一徘徊"开篇，后文却再也没有孔雀的踪影。这就让读者心头不能不生起疑问：诗人为什么这样写，这两句的寓意是什么？它和下文的关系是什么？

据说，著名学者陆侃如于 1935 年在巴黎大学博士论文答辩结束的时候被考官忽然问道："孔雀为什么东南飞？"陆愣了一下，笑答："因为西北有高楼。"从这个考官的提问就可以知道，"'孔雀东南飞，五里一徘徊'到底是怎么回事"这个问题梗在人们的心头已久。

明代谢榛《四溟诗话》卷二："'孔雀东南飞'一句兴起，余皆赋也。"观其意，"'孔雀东南飞'一句"当亦包括了"五里一徘徊"在内。但他没有说这个"兴"是怎样的"兴"，读者还得自己揣摩。明末清初的布衣诗人和诗论家陈祚明《采菽堂古诗选》："'五里一徘徊'，用《艳歌何尝行》语，兴彼此顾恋之情。"观其意，"五里一徘徊"一句也隐含了"孔雀东南飞"在内。不然，那没头没脑的"五里一徘徊"是无法"兴彼此顾恋之情"的。他的解说比谢榛要具体一些，但仍显笼统和虚泛，不能让人彻底解惑。

陈祚明提到的《艳歌何尝行》是一首汉乐府古辞，全诗如下：

飞来双白鹄（hú，天鹅），乃从西北来。十十五五，罗列成行。妻卒被病，行不能相随。五里一返顾，六里一徘徊。吾欲衔汝去，口噤不能开；吾欲负汝去，毛羽何摧颓。乐哉新相知，忧来生别离。踌躇（chú chóu，通常作"踌躇"，犹豫，徘徊）顾群侣，泪下不自知。念与君别离，气结不能言。各各重自爱，道远归还难。妾当守空房，闭门下重关（两根门闩）。若生当相见，亡者（则）会黄泉。今日乐相乐，延年万岁期。

胡适、唐弢、余冠英和徐仁甫等先生也都注意到了这首诗，并与陈祚明一样认为"孔雀东南飞，五里一徘徊"是从《艳歌何尝行》脱胎而来。[1]他们的看法当然是有道理的，"孔雀东南飞，五里一徘徊"中的

"五里一徘徊"的确是从《艳歌何尝行》的"五里一返顾,六里一徘徊"中而来,但"孔雀东南飞"从何而来呢?"飞来双白鹄,乃从西北来"只能得到"东南飞"三字,"孔雀"二字却不可能从这里而来。

前已提到,逯钦立的《先秦汉魏晋南北朝诗》将《古艳歌》辑入《汉诗》卷十《乐府古辞》,并加按语云:"《古诗为焦仲卿(妻)作》即继承此歌。"我完全服膺这一观点,并认为"孔雀东南飞,五里一徘徊"不仅与《艳歌何尝行》有渊源,也与汉乐府古辞《古艳歌》有渊源,它是诗人从这两首古诗中综合取象而成的佳句。

孔雀,又名孔鸟、越鸟、南客。它毛羽美丽,雍容华贵,是南方特有的雉类珍禽。孔雀虽然美丽,但尾羽累赘而翅膀不发达,善走不善飞,只能短距离飞行。更尴尬的是,它不是固定的单一配偶制,而是一雄数雌的一夫多妻制,完全不知爱情为何物。但当诗人从上举的《古艳歌》和《艳歌何尝行》综合取象并唱出"孔雀东南飞,五里一徘徊"两句时,孔雀就升华成焦仲卿、刘兰芝两人人格和爱情的象征。因为,它既是《古艳歌》中"东飞"的"孔雀",又是《艳歌何尝行》中"西北来"的"白鹄"。"孔雀东飞"本是《古艳歌》中那位织妇依照即目所见而纳入歌中的,她是借她刚看到的"孔雀东飞"这一美丽温暖的景象作为歌头,并以此反衬她自己"苦寒无衣"而无人过问、织作高效却被斥之以"迟"的辛酸境遇。这位织妇显然是令人同情的,她的歌唱从一个特殊的角度反映了织妇生涯的"苦寒"和她们内心的不平。这样的歌当然很吸引人,很容易传唱开来,而"孔雀东飞"也就在这种传唱中固化为一种具有特定内涵的象征性用语。后来的诗人要对此歌进行再创作,自然不能无视这一用语。《孔雀东南飞》的诗人们的卓越之处,就在于他们不仅没有无视这一用语,而且也没有机械单一地承袭这一用语,而是融会贯通,从《古艳歌》和《艳歌何尝行》中综合取象,唱出了"孔雀东南飞,五里一徘徊"两句。

这两句既将《古艳歌》的孔雀形象保留了下来,又将《艳歌何尝行》中那对白天鹅在妻病不能同飞之际彼此伤心顾恋的无限深情移注其中；而将"西北来"转化为"东南飞"，则自然包含了起自西北和去向东南这样两层意思，在情感内涵上更兼具《艳歌何尝行》的无助无奈与《古艳歌》的不平不甘。在中国的地理观念中，"西北"乃苦寒之地，"东南"则与之相反。此诗既以"孔雀东南飞"开篇，其故事主体又以焦仲卿"自挂东南枝"煞尾，这就意味着诗中的"东南"不是无端之语，不是虚泛之言，而是"苦寒"的反面，是故事主人公心目中的解脱之地。因此，"孔雀东南飞"实际喻示着故事主人公在寻求温暖和解脱，喻示着他们正弃"苦寒"的现实世界而去。于是，作为焦仲卿、刘兰芝两人人格和爱情之美丽象征的崭新的孔雀形象便诞生了：它不再是不知爱情为何物，而是与白天鹅同风（古人素来相信，现代研究也已证实，天鹅是真正终身单一配偶制，彼此绝不移情别恋），具备了无限忠于爱情的高贵品性；它短距离地飞飞停停也不再是生理机能受限的表现，而是恩爱夫妻被外力强行拆开时彷徨无计而又不甘屈服、两情相依而又难以割舍的表现；它由西北飞向东南，也不仅是出于南方之禽喜暖惧寒的本能，而更是苦命夫妻不能在现实世界相爱，就相伴相携到另一世界去相爱的抗争意志的体现——《艳歌何尝行》中的雌天鹅有"亡者会黄泉"之句，《孔雀东南飞》中的刘兰芝有"黄泉下相见"之句，两者如此神似，应该不是偶然现象。

美国学者米尔曼·帕利（Milman Parry）和艾伯特·洛德（Albert Lord）的口头创作理论（The Parry-Lord Theory of Oral Composition）告诉我们，在民间文学的创作和传播中，存在着明显的倚重"套语"和"程式"的现象。汉代民间诗歌的情况正是这样：诗人和诗歌传播者多是统一体，他们在传播作品时往往不是照着已然完全固定下来的书面文本来进行，而是依靠记忆和灵感进行即时的传播。记忆会有出入，灵感不守陈规，何况，现场受众能否有效接受更是一个决定性因素。因此，诗人在传播时就可能会适当借助一些有一定指涉功能的"套语"和"程式",即,适当利用相关作品中为诗人及受众都已经比较熟悉的现成的词句话语和格式路数。这些现成的词句话语和格式路数的运用,既方便诗人现场组织和展开其传播内容,也方便受众在其暗示下即刻产生相关的记忆和联想,从而较好地理解其传播内容。比如,此诗开篇中兰芝自述一段套用前面提到的《艺文类聚》卷三十二那首无题的织妇怨歌并加以丰富,既交代了婆媳矛盾的基本情况,又将兰芝与仲卿相爱甚深的夫妻关系以及兰芝的内心世界和性格特点很有层次地凸显出来,就是很成功的一例。又比如,此诗"东家有贤女,自名秦罗敷,可怜体无比,阿母为汝求"四句,将战国时代就已成为美女代称的"东家之子"[2]与汉乐府《陌上桑》中的"秦罗敷"[3]作为"套语"和"程式"来叠加利用,从而很便捷地将邻家这位女子的"美"与"可怜(可爱)"的特质具象化,诗人省了详细的介绍,受众却已有会于心,也是成功的一例。

上面已经指出,"孔雀东南飞,五里一徘徊"是从《古艳歌》和《艳歌何尝行》中脱胎而出,这就是"套语"和"程式"的用例,而且是融会贯通式的创造性用例。这种方式使这两句不仅染上了《艳歌何尝行》的感情色彩,暗示和象征着下面将要推出的是一对夫妻遭遇祸变而彼此依恋不已的故事,同时,它也染上了《古艳歌》的感情色彩,暗示和象征着故事主人公所遭遇的祸变不是天灾疾病之类,而是有关在家庭中受到极不公正的对待。

总之,"孔雀东南飞,五里一徘徊"两句是一个独特的意义单元,它的功能,正如谢榛和陈祚明所言,是"兴"——它以其美丽的形象和感伤的情调,引出全篇而又笼罩全篇,暗示和象征着在家庭受到极不公正对待和严重伤害的一对夫妻不甘屈服而又无以自救,终为摆脱现实世界的霸凌而相伴相携奔向另一世界。

注释:

① 见胡适《白话文学史》,《胡适文集》第八卷,北京大学出版社,

1998年，第201—204页；唐弢，《谈故事诗〈孔雀东南飞〉》，《乐府诗研究论文集》，作家出版社，1957年，第161页；余冠英，《介绍〈孔雀东南飞〉》，《乐府诗研究论文集》，作家出版社，1957年，第180—181页；徐仁甫，《论〈古诗为焦仲卿妻作〉前为艳后为乱》，《古诗别解》，上海古籍出版社，1984年，第114页。

②战国晚期的宋玉在其《登徒子好色赋》中这样描写一位美女："天下之佳人，莫若楚国。楚国之丽者，莫若臣里。臣里之美者，莫若臣东家之子。东家之子，增之一分则太长，减之一分则太短。著粉则太白，施朱则太赤。眉如翠羽，肌如白雪，腰如束素，齿如含贝。嫣然一笑，惑阳城，迷下蔡（阳城，今河南商水县；下蔡，今安徽凤台县。两者都是春秋时楚国王族子弟的封邑，这里借指王公贵族）。"这个描写非常经典而又通俗，所以"东家之子"从此就成了绝世美女的代称，而"东家"就成了绝世美女所在之地的代称。

③《陌上桑》首段："日出东南隅，照我秦氏楼。秦氏有好女，自名为罗敷。罗敷喜蚕桑，采桑城南隅。……行者见罗敷，下担捋髭须。少年见罗敷，脱帽著帩头（qiào tóu，古代男子包头发的纱巾）。耕者忘其犁，锄者忘其锄。来归相怨怒，但坐（因为，由于）观罗敷。"此段写秦罗敷在城南采桑，令所有观者为之痴迷，这就极巧妙而又富于戏剧性地烘托出罗敷的美丽绝伦。所以，后来秦罗敷也就成了绝色美女的代名词。

十三 焦仲卿、刘兰芝死后，他们的魂灵为什么是化作鸳鸯而不是化作孔雀？

《孔雀东南飞》开篇以"孔雀"象征焦仲卿、刘兰芝两人的人格和爱情，但诗篇结尾处，焦仲卿、刘兰芝的魂灵却没有化作一对孔雀，而是化作了一对鸳鸯。这是怎么回事？

焦仲卿、刘兰芝的魂灵之所以没有化作孔雀，很可能是由于民间诗

人们手中没有相应的"套语"和"程式"。此前,唯一与魂化孔雀有点沾边的,是西汉扬雄的琴学著作《琴清英》中所记《雉朝飞操》的故事:

《雉朝飞操》者,卫女傅母(负责保育、辅导贵族子女的老年妇人)之所作也。卫侯女嫁于齐太子,至中道,闻太子死,问傅母曰:"何如?"傅母曰:"且往当丧(姑且前去奔丧,当,明抄本作赴)。"丧毕不肯归,终之以死焉。傅母悔之,取女所自操琴,于冢上鼓之。忽有二雉俱出墓中,傅母抚雌雉曰:"女果为雉耶?"言未毕,俱飞而起,忽然不见。傅母悲痛,援琴作操,故曰《雉朝飞》。(见逯钦立《先秦汉魏晋南北朝诗》之《汉诗》卷十一)

卫女与齐太子魂灵所化为雉。雉在生物学上与孔雀同科,两者算是有点沾边;但雉与孔雀毕竟不同属种,无论古今,在人们的观念中从来都不曾相混。这且罢了,问题是齐太子并没有殉卫女,而只是卫女单方面殉齐太子。而最关键的是,卫女与齐太子既无夫妻之实,亦无相爱之情,她只是依礼成为已经死亡的齐太子之妻而已,因此,她所殉的并不是情,而只是被她偏执化了的礼,这与焦仲卿、刘兰芝之事的性质是完全不同的。这样的故事又怎么可能为震烁古今的殉情故事提供可用的"套语"和"程式"呢?

与之相反,魂化鸳鸯则有现成而又贴切的"套语"和"程式"。

曹丕《列异传》曰:"宋康王埋韩冯(凭)夫妻,宿夕(又作'宿昔',旦夕也)文梓(有文理的梓树。梓,zǐ,紫薇科落叶乔木,木质轻软耐朽,系良木美材)生,有鸳鸯雌雄各一,恒(常)栖树上,晨夕交颈,音声感人。"(《艺文类聚》卷九十二《鸟部下·鸳鸯》)

《列异传》出现于东汉末年，相传是曹丕所作。它提到韩凭夫妻的故事在东晋干宝"考先志于载籍，收遗逸于当时"的《搜神记》中有简明而完整的记载，其文曰：

宋康王舍人（身边侍从人员）韩凭娶妻何氏，美，康王夺之。凭怨，王囚之，论为城旦（刑罚名称，即筑城四年的劳役）。妻密遗（wèi，送）凭书，缪（通"谬"，错乱。这里是隐晦之义）其辞曰："其雨淫淫，河大水深，日出当心。"既而（不久）王得其书，以示左右，左右莫解其意。臣苏贺对曰："其雨淫淫，言愁且思也。河大水深，不得往来也。日出当心，心有死志也。"俄而（不久）凭乃自杀。其妻乃阴腐其衣（暗地里腐坏自己的衣服），王与之登台，妻遂自投台（从台上跳下），左右揽之，衣不中手而死。遗书于带曰："王利其生，妾利其死，愿以尸骨赐凭合葬。"王怒，弗听，使里人埋之，冢相望（相向）也。王曰："尔夫妇相爱不已，若能使冢合，则吾弗阻也。"宿昔之间，便有大梓木，生于二冢之端（指坟头），旬日而大盈抱（大过一抱那么粗），屈体相就，根交于下，枝错于上。又有鸳鸯，雌雄各一，恒栖树上，晨夕不去，交颈悲鸣，音声感人。宋人哀之，遂号其木曰"相思树"。"相思"之名，起于此也。南人谓：此禽即韩凭夫妇之精魂。今睢阳（在今河南省商丘市）有韩凭城，其歌谣至今犹存。（《搜神记》卷十一）

韩凭，名又作韩朋、韩佣、韩傰、韩冯等，其妻何氏，又称息氏、贞夫、信夫等。这对战国时代的夫妻不向强权低头，不惜用生命捍卫其婚姻和爱情，最后化为鸳鸯也要继续相爱、继续做夫妻。这是一个在汉代流传甚广的故事。上举《列异传》残文表明，当时的文人圈子在传播这个故事。1979年在敦煌马圈湾出土的汉代残简记有韩凭故事中宋康王与韩凭之间的问答片段，其文韵散相间，用语通俗，风格类似后代的民间话本,该简在原卷册中的序数为"百一十二",可知这个"话本"篇幅不会短于敦煌发现的唐写本《韩朋(凭)赋》。由该简可知,当时的民间同样在传播这个故事。此外,山东、陕西、浙江等多地都出土了用图像讲述韩凭夫妇故事的汉代画像石和铜镜,这更证明,韩凭夫妇的故事在当时的民间传播很广泛,人们对这个故事的熟悉程度很高。①故事结尾处,韩凭夫妇魂化鸳鸯而交颈悲鸣,这个画面凄美动人,凡接触过这一故事的人必然铭感难忘,所以《孔雀东南飞》的作者们就顺势而为,将它作为一个现成的"套语"和"程式"套用了下来。这个套用实际是借韩凭夫妇来肯定焦仲卿夫妇,这种肯定是高度切合的,非常有力的。而且,它还把焦仲卿、刘兰芝命运的不幸、爱情的不朽和包括诗作者在内的人们对他俩的同情以及对悲剧制造者的愤恨、谴责全都具象化了,它是抗争意志的曲折表达,是在无望之中透出的一丝希望,因而又是颇具美感,颇有慰藉作用的一笔。②

注释:

①参见姜生《韩凭故事考》,《安徽史学》,2015年第6期;陈秀慧,《汉代贞夫故事图像再论》,《南方文物》,2017年第6期;刘雯,《韩朋故事的微观演变及历史学考察》,《中南民族大学学报》(人文社会科学版),2019年第1期。

②《玉台新咏》卷十《古绝句四首》之四:"南山一树桂,上有双鸳鸯。千年长交颈,欢爱不相忘。"或以为《孔雀东南飞》尾段的创意就来自这里,但这首绝句中的鸳鸯是美好爱情的享受者,整首诗呈现出的是欢快的基调和向往的神色,与焦仲卿、刘兰芝的苦命悲情有隔。因此,《孔雀东南飞》的诗人们可能受到它的某种启迪,但不可能将它作为状写焦仲卿、刘兰芝悲剧结局的"套语"和"程式"。

十四 焦仲卿、刘兰芝魂灵所化的鸳鸯是今之鸳鸯吗?

诗篇的结局是焦仲卿、刘兰芝魂化鸳鸯,相向而鸣。

一说到鸳鸯,我们眼前立即会浮现出一种美丽的游禽形象:雄鸟五彩斑斓,头上有羽冠,翅端有舵形羽;雌鸟呈灰褐色,无羽冠和舵形翅羽。它们总是成双成对地在水面游动,显得很恩爱。这种鸟,今人都称它们为鸳鸯。但是且慢,这是焦仲卿、刘兰芝魂灵所化的鸳鸯吗?

答案是:否。焦仲卿、刘兰芝魂灵所化的鸳鸯是古鸳鸯,而不是今鸳鸯。

古鸳鸯是什么样?早先的文献中并无记载。老祖宗们遗貌取神,只关注它的一颗贞心。南宋罗愿《尔雅翼》卷十七《释鸟五·鸳鸯》引《归藏》(与《连山》齐名的上古《易》)曰:"有凫(fú,野鸭)鸳鸯,有雁鹔鹴(sù shuāng,雁的一种),盖凫属也。雄名为鸳,雌名为鸯。雌雄未尝相舍,飞止相匹(相伴,相傍)。人得其一,则其一思而死。"《诗·小雅·鸳鸯》中西汉毛亨、毛苌《传》:"鸳鸯,匹鸟。"东汉郑玄《笺》:"匹鸟,言其止则相耦(并,偶),飞则为双,性驯扰(驯顺)也。"晋崔豹《古今注·鸟兽第四》:"鸳鸯,水鸟,凫类也。雌雄未尝相离,人得其一,则一思而至死,故曰匹鸟。"南朝萧梁时,太子萧纲(即后来的简文帝)、湘东王萧绎(即后来的元帝)、东宫学士庾信和徐陵这四人曾同作《鸳鸯赋》①,也都只关注鸳鸯的爱情生活,而不曾具体描写鸳鸯的体貌特征。从这些文字中,我们无法得知鸳鸯到底是什么样子。

好在,从晚唐开始,这种状况有了改变。

李商隐《代赠》:"杨柳路尽处,芙蓉湖上头。虽同锦步障(遮蔽风尘或视线的锦制屏幕。典出《世说新语·汰侈》),独映钿箜篌(有金银玉贝等镶嵌物的箜篌。"钿",diàn)。鸳鸯可羡头俱白,飞去飞来烟雨秋。"《石城》:"石城夸窈窕,花县更风流。簟(diàn,竹席)冰将飘枕,帘烘(指受到光线映照)不隐钩。玉童收夜钥,金狄(秦始皇所铸十二金人称"金狄"。"狄",dí,古代北方少数民族)守更筹(夜间报更用的计时竹签)。共笑鸳鸯绮(华丽),鸳鸯两白头。"

这两首诗表明,鸳鸯有一个显著特征——白头。这一点,在此后的一些诗人笔下也有反映。如北宋梅尧臣《依韵和徐元舆读寄内诗戏成》:"鸳鸯同白首,相得在中河。"黄庭坚《满庭芳·明眼空青》:"鸳鸯,头白早,多情易感,红蓼(liǎo,一种水生野菜)池塘。"元末明初刘崧《荷叶黄》:"赤尾鲤鱼花下游,白头鸳鸯露中宿。"元末明初胡奎《白头吟二首》其二:"上有双鸳鸯,交颈同白头。"明代王谊《采莲曲》:"不及鸳鸯鸟,双飞共白头。"

除了白头而外,还有没有别的特征呢?有。中唐末期的段公路《北户录》卷三"相思子蔓"条下,稍后于段公路的崔龟图注引《无名诗集》叙述韩凭夫妇故事至魂化鸳鸯时有云:"鸳鸯,同心异体,头白身黄。"清代屈大均《古意三首》其一:"宁作黄鸳鸯,不作紫鸂鶒(xī chì)。鸳鸯解白头,双毛同雪色。(屈自注:鸳鸯,杏黄色,头戴白长毛,垂之至尾。鸂鶒色多紫,亦鸳鸯之类)"崔注和屈诗、屈注都告诉我们,鸳鸯还有另一个重要特征——它躯干的毛羽是黄色。

不过,鸳鸯头上并没有"白长毛",它只是头颈毛色是白的而已。古人受观察手段的限制,把鸳鸯的头颈皆白错看成是披着白长毛,然后就以讹传讹,习非成是。最早说鸳鸯头上有"白长毛"的书籍可能是前面曾提到的南宋罗愿的《尔雅翼》,它在《释鸟》章介绍鸳鸯的形体特征时是这样说的:"其大如鹜(wù,家鸭,晋以后也指野鸭),其质杏黄色,头戴白长毛,垂之至尾,尾与翅皆黑。"此后,明代李时珍的《本草纲目》、姚可成的《食物本草》和清徐鼎的《毛诗名物图说》等,都是这个说法。

但观文渊阁《四库全书》中李时珍《本草纲目》图卷(无彩)《禽部》之鸳鸯图,以及18世纪中后期日本汉学家冈元凤"遍索五方,亲详(亲自细察)名物,使画人橘国雄写其图状,系以辨说"(原书跋语)而成的《毛诗品物图考》卷四《鸟部》中"鸳鸯于飞"条之鸳鸯图可知,②鸳鸯就是白头野鸭,头上并无白长毛。而明代无名氏宫廷彩绘写本

《食物本草》卷三的鸳鸯图更清晰地显示，鸳鸯头上并无白长毛，它就是白头黄身子的野鸭。③据李时珍《本草纲目》释名这白头黄身的野鸭，就是民间所说的黄鸭。黄鸭，学名赤麻鸭，是配偶固定、忠于爱情的真正的鸳鸯，真正的"匹鸟"。④

总之，古人眼中的鸳鸯不是我们今人眼中的鸳鸯。今人眼中的鸳鸯在古人那里是什么？就是前引屈大均《古意》诗中提到的鸂鶒。

前面提到的南宋罗愿《尔雅翼》卷十七在介绍了鸳鸯的形体特征之后，紧接着就说："今妇人闺房中饰以鸳鸯，黄赤五彩，首有缨者，乃是鸂鶒耳。"他给出了鸂鶒的两个特征：五彩，头有缨（头上有羽冠）。还有一个重要特征——雄鸟翅端内侧有扇形立羽如舵如帆——被他忽略了，而这在其他一些博物著作里则有明确记载。比如，北宋陆佃（陆游祖父）《埤雅》卷九："鸂鶒五色，尾有毛如船柂（舵），小于鸭。"与之大致同时期的唐慎微《证类本草》卷十九："鸂鶒……五色，尾有毛如舩柂（船舵），小于鸭。"此外，南宋王质《绍陶录》卷下、南宋谢维新《古今合璧事类备要》别集卷六十八的"鸂鶒"条也都强调了它的立羽。李时珍《本草纲目》卷四十七《水禽部》释名，说它又名溪鸭，紫鸳鸯。言其"形小如鸭，毛有五采，首有缨，尾有毛如船柂形"，把特征讲得比较全面，其图卷所示鸂鶒图，虽是无彩画，但那柂形立羽却明白无误。而明代无名氏《食物本草》宫廷写本之彩绘鸂鶒，则正与李时珍之言相合，当然，也与我们今人眼中的鸳鸯相合。

鸂鶒是怎样成为鸳鸯的？

日本汉学家冈元凤《毛诗品物图考》卷四《鸟部》"鸳鸯于飞"条强调说：

鸳鸯，鸂鶒，一（同一）类别种，而鸂鶒殊美，故谢灵运《赋》云："览水禽之万类，信莫丽于鸂鶒。"

这里提到的《赋》,应是晋宋时期著名山水诗人谢灵运族弟谢惠连的《鸂鶒赋》,《艺文类聚》卷九十二《鸟部下》"鸂鶒"目有载。冈元凤虽把《鸂鶒赋》的作者弄错了,但他强调鸂鶒的"殊美"则一点没错。头白身黄的鸳鸯——赤麻鸭——虽美,毕竟逊于鸂鶒。而事实上,正是由于鸂鶒"殊美"而又在繁殖季节出双入对,呈现出一幅美轮美奂的缠绵恩爱图景,只闻鸳鸯其名而不识鸳鸯其身者见了,就想当然地把它当成了鸳鸯。

这种混淆在北宋就有了。大建筑家李诫撰于熙宁元祐年间的《营造法式》一书,其卷三十三《彩画作制度图样上·飞仙及飞走等第三》中所提供的鸳鸯与鸂鶒图样就是反的:图样是鸂鶒,却标名为鸳鸯,图样是鸳鸯,却标名为鸂鶒。前面引过《尔雅翼》关于"妇人闺房中饰以鸳鸯"的一段话,从那段话可以知道,南宋时误把鸂鶒当鸳鸯的情形已很普遍。而在清代雍正年间的宫廷画师余省(字曾三)的《百花鸟图》中,鸳鸯已完全被画成了鸂鶒的模样,鸂鶒则被画成了五彩毛色、羽冠如髻、翅无立羽,既不是鸳鸯也不是鸂鶒的一副怪样子。

于是,渐渐地,白头鸳鸯被取代,以至今天的人们一说到鸳鸯,就指的是五彩有立羽的本该叫作鸂鶒的鸟儿。

可是,这取代了白头鸳鸯的"鸳鸯"虽美,其实却并不具备忠于爱情的"匹鸟"品质。现代研究已经证实,这"鸳鸯"并不是单一配偶制,它们的恩爱只限于一个繁殖期内,到下一个繁殖期就会另结新欢。⑤这"鸳鸯"完全是喜新厌旧、见异思迁的主,焦仲卿、刘兰芝魂灵所化的怎么能是这种"鸳鸯"呢?我们不可错认。⑥

注释:

① 这几篇都是小赋。萧纲赋云:"朝飞绿岸,夕归丹屿。顾落日而俱吟,追清风而双举。时排荇带,乍拂菱华(花)。始临涯(水边)而作影,遂憏(通"蹙",cù,踢,踏)水而生花。亦有佳丽自如神,宜

羞宜笑复宜嚬（pín，同"矉"，皱眉）。既是金闺（金马门，代指皇帝后宫）新入宠，复是兰房（犹香闺，妇女居室的美称）得意人。见兹禽之栖宿，想君意之相亲。"萧绎赋云："青田之鹤（《初学记》卷三十引南朝宋郑缉之《永嘉郡记》："有沭沐溪，去青田九里。此中有一双白鹤，年年生子，长大便去，惟余父母一双在耳，精白可爱，多云神仙所养。"青田，青田山，在今浙江省东南部青田县境内），昼夜俱飞。日南（日南郡，在今越南中部）之雁，从来共归。双飞兮不息，自怜兮何极。一别兮经年，相去兮几千。雄飞入玄兔（月亮。"入玄兔"当指迎着月光飞去），雌去往朱鸢（太阳。"往朱鸢"当指迎着阳光飞去）。岂如鸳鸯相逐，俱栖俱宿。胜林鸟之同心，迈池鱼之比目。朝浮兮浪华，夜集兮江沙。萍随流而搏岸，网因风而缀花。见虹梁（拱桥）之春色，复相鸣而戢（jí，收敛）翼。兰渚（zhǔ，水中的小块陆地）兮相依，同盛兮同衰。魂上相思之树，文（此指鸳鸯图像）生（生成，织成）新市之机（新买的织机。此句指鸳鸯图像在新买的织机上被织了出来）。金鸡玉鹊不成群，紫鹤红雉一生分。愿学鸳鸯鸟，连翩恒逐君。"庾信赋云："卢姬（又称卢女，三国魏武帝时宫女，善鼓琴）小来事魏王，自有歌声足绕梁。何曾织锦，未肯挑桑。终归薄命，着罢空床。见鸳鸯之相学，还敧（qī，歪斜）眠而泪落。南阳渍粉［汉初丞相萧何夫人调脂粉处。萧何封酂（zàn）侯，酂，在今湖北省老河口市西北，汉时属南阳郡。境内的老河古称粉水，相传是萧何夫人调脂粉处］不复看，京兆新眉（《汉书·张敞传》载，京兆尹张敞为妻子画眉，长安盛传张京兆画的眉格外妩媚）遂懒约。况复双心并翼，驯狎（驯顺可亲近）池笼，浮波弄影，刷羽看风，共飞檐瓦，全开魏宫（《三国志·魏志·方技传》：魏文帝曹丕对术士周宣说自己梦见殿檐上两瓦堕地化为双鸳鸯，周宣说这是"后宫当有暴死者"之兆，言未毕，便有奏报，说后宫中有宫人"相杀"。"开"，这里当作"动"讲，"全开魏宫"，即惊动了整个魏宫），俱栖梓树，堪是韩冯。若乃韩寿欲婚（《世说新语·惑溺》载：西晋大臣贾充手下有个小吏叫韩寿，是个美男子，贾充的女儿看上了他，主动

派人向韩寿吐露心思,韩寿就越墙偷情,并获女方以胡人所贡异香相赠。贾充闻到了韩寿身上的异香,查知女儿已托身于韩寿,就把女儿嫁给了韩寿),温峤愿妇(《世说新语·假谲》载:温峤妻子去世。他的堂姑刘氏嘱其为女儿寻门亲事,温峤已有自己娶她的意思,就回答道:"好女婿实在难找,像我这样的如何?"堂姑当然认可。事后没几天,温峤就告诉堂姑,他已找到一个与自己相当的人,并送了一个玉镜台作为聘礼。结婚行礼后,新娘笑道:"早就怀疑是你,果然不出我所料!"),玉台不送,胡香未有,必见此之双飞,觉空床之难守。"徐陵赋见本书后附《〈孔雀东南飞〉历代被用为典故、被改写和仿写作品选》第 2 篇,此处略。

② 无彩。王承略整理本,山东画报出版社,2002 年,第 176 页。

③ 华夏出版社,2000 年,第 312—313 页。

④ 参见廖炎发《赤麻鸭繁殖习性初步观察》,《野生动物》,1981 年第 2 期;余志伟、满亚伟《赤麻鸭种群的繁殖生态研究》,《生态学报》,1994 年第 12 期;赵序茅《赤麻鸭的四季》,《生命世界》,2017 年第 7 期。

⑤ 参见徐立群《鸳鸯》,《农村青少年科学探究》,2013 年第 5 期;张帅等《赛罕乌拉观鸳鸯》,《绿色中国半月刊》,2014 年第 7 期;束祖飞等《广东韶关野生鸳鸯繁殖记录》,《动物学杂志》,2021 年第 1 期。

⑥ 现代歌剧《刘三姐》对歌中有问:"什么水面共白头?"答曰:"鸳鸯水面共白头。"此所谓白头,如果不只是比喻夫妻恩爱到老且实指鸳鸯的形体特征,则当地所称之鸳鸯与古鸳鸯相结合。待考。

十五 "上九" 还是 "下九"?

刘兰芝告别小姑时有云:"初七及下九,嬉戏莫相忘。"通行的注释说,初七指农历七月七日。旧时妇女在这天晚上陈设瓜果,向织女星祈求提高女红技巧,称为"乞巧"。古人以每月的二十九为上九,初九为中九,十九为下九。每月十九日是妇女欢聚的日子。元代伊世珍《琅嬛记》引宋代无名氏《采兰杂志》:"每月下九,置酒为妇女之欢,名曰阳会。盖女子阴也,待阳以成。故女子于是夜为藏钩诸戏,以待月明,至有忘寐而达曙者。"这个注释虽然言之凿凿,其中却疑点甚多,大成问题。

疑点一:原文"初七"与"下九"并举,既然"初七"是特指七月初七而不是每月初七,为什么"下九"却不是特指某月十九而是每月十九?

疑点二:节日从来都是一年始得一遇的日子,如七月初七即然,而每月十九却是一年能有十二遇(闰年还会十三遇)的日子,历朝历代,中国有这样的节日吗?

疑点三:中国人在认知和处事上从来都讲究顺乎自然,为什么这里的"三九"序列却偏要打破自然的月份界限,不是在每月之内排出上九、中九、下九,而是跨月份排出上九、中九、下九?这个排序是不是出于炫奇求异的目的生造出来的?它有说得过去的背景和依据吗?

疑点四:在两千年的帝制社会里,除少量上层贵族妇女而外,广大的妇女群体从来都挣扎在无穷无尽的劳作之中,从来都束缚在无穷无尽的清规戒律之中,她们在身体上和精神上都处于被严重禁锢的境地。但按这一注释,她们竟然比现代女性还潇洒快活,每月都有自己温馨浪漫和欢聚嬉戏的节日,这可能吗?

疑点五:这个被称作"下九"的"阳会"日子以及妇女们欢聚嬉戏的情形,除了《琅嬛记》所引《采兰杂志》有载而外,再不见于此前的任何文献——史家未见载录,诗人未见吟咏,散文家未见描述,民俗或博物著作亦未见提及,人们为什么集体保持沉默?[①]

显然,在这些疑点面前,注家是很难自圆其说的。

问题的症结就在于,注家所依据的《琅嬛记》不是有根有据的纪实类作品,而是杜撰奇闻秘事及其出处的小说类作品,是大幅度作伪造假的作品。此书旧署元代伊世珍撰,其人史无记载,书亦不见于元代。胡玉缙的《四库全书总目提要补正》说此书"明末始出",西南交通大学中文系的罗宁先生则更具体指出,此书之问世当在明嘉靖之后,万历二十四年之前。②

实际上,此书不仅作者姓名和成书时间为假,其所述内容及所提供的出处也几乎全数为假,是一部典型的赝籍和伪书。

明末学者和文学家钱希言在其专事考证的著作《戏瑕》卷三中有《赝籍》一目,专揭当时的书商和有才气的落魄文人相互为用,持续制作赝籍"取悦里耳(同"俚耳",俗人之耳。比喻世俗小民低级的欣赏能力和趣味)"以"射利(求利,逐利)"的行径。《琅嬛记》就是他特别拎出来示众的赝籍之一。

"闽中七子"之一、著名的藏书家,与钱希言大致同时的徐𤊹(1570—1642,𤊹,bó)在其《徐氏红雨楼书目·跋》中则明确指出:"《琅嬛》一书,仿《云仙杂记》而作,所引书名皆伪撰者……只可资谈笑,备词曲。近时有人多采入诗,殊为可笑。有所撰作辄用《琅嬛》,何见之不广也!"

徐𤊹所提到的《云仙杂记》,就是出于五代而被后人增添了两卷内容的《云仙散录》。对这本书,南宋陈振孙《直斋书录解题》有云:"(《云仙散录》)称唐金城冯贽撰,天复元年序。冯贽者,不知何人。自言取家世所蓄异书,撮其异说。然所引书名皆古今所不闻,且其记事造语如出一手,正如世俗所行东坡《杜诗注》之类。然则所谓冯贽者及其所蓄书,皆子虚乌有也。"

《琅嬛记》既是仿《云仙杂记》的造假之作,它所提供的也就都是子虚乌有的东西。即它引为"下九"出处的《采兰杂志》,就是杜撰出来的,世上实无此书。所以此前绝无任何人提及此书,而所有称引此书内容的著述与吟咏,则都出于《琅嬛记》之后。就是说,凡称引《采兰杂志》者,追根溯源,其实都是受《琅嬛记》所骗而以假为真。

所以，西南交通大学的罗宁先生将《琅嬛记》《云仙散录》一类作品量身命名为"伪典小说"，即编造杜撰各种新奇典故、代名和语汇的一类轶事小说。他指出，这类小说的作者在书中大肆杜撰，一方面用以"解释"过去诗文中的典故，一方面也期望他所杜撰的东西将来为人所用，而成为新的典故。③

安徽省艺术研究院的沈梅老师也认为，《琅嬛记》确是一部伪书，作者、成书时间及所引书目都所言非实。它与《云仙散录》一样都可称之为"伪典小说"。她还特别指出，《琅嬛记》作为小说，当然是可以杜撰的，由此生成的奇闻逸事、诗词妙语，自是可资一读，但绝不可将其视为信史，不可把它杜撰的东西当成实有的东西。④

显然，沈梅的意见是正确的，我们不应该以伪典小说《琅嬛记》所杜撰出来的《采兰杂志》为据来解释《孔雀东南飞》中的"下九"。

那么，这个"下九"该如何解释呢？

比较合乎实际的注解恐怕应当是："'下九'，疑为'上九'之误。"理由如下。

一是，《孔雀东南飞》在收入《玉台新咏》之前，其传播和加工的途径不外两条：一曰口头吟诵，一曰写本传抄。把口头的东西录到纸面上，难免出错，写本传抄时也难免出错，将民间写本刻录到《玉台新咏》时依然难免出错。"上""下"二字，在甲骨文和金文里都是长短两横，短横在上即为"上"，在下即为"下"。汉末，汉字书写走向楷化，字形与甲、金文相去已远，但这种结构特点的"上"和"下"却作为楷书的异体字存活下来，未从人们的日常书写中退出。⑤加上长短两横的差别本就不大，故在抄写或刻录时将"上""下"相混便是难免之事。

二是，"下九"是一个并不存在的节日，而"上九"则是一个从古到今实际存在的节日。魏文帝曹丕《与锺繇书》："岁往月来，忽复九月九日，九为阳数，而日月并应，俗嘉其名，以为宜于长久，故以享宴高会。"《太平御览》卷九九一引西晋周处《风土记》："俗尚九月九日，谓为上九。"有关这个节日的记事、吟咏,自魏晋以降,历朝历代,可谓俯拾即是、举不胜举。到现在,这个日子作为中华民族源远流长的传统节日之一,更是人尽皆知的事情。

三是,这个"上九"也称重九、重阳等,约兴起于两汉,定型于魏晋,是人们敬天祭祖、晒秋辞青、赏菊祈寿、采药辟邪、阖家迎祥的日子。它从来都是全民性节日,其节日活动是多种多样、非常丰富的。上引曹丕《与锺繇书》已经提到了"享宴高会",又,汉刘歆《西京杂记》卷三:"九月九日,佩茱萸,食蓬饵(蓬蒿饼),饮菊华(花。下同)酒,令人长寿。菊华舒时,并采茎叶,杂黍米酿之,至来年九月九日始熟,就饮焉,故谓之菊华酒。"《艺文类聚》卷四《岁时中·九月九日》中,《风土记》曰:"九月九日,律中无射(阴历九月对应古十二乐律中的无射。射,音yì)而数九,俗尚此日折茱萸房以插头,言辟除恶气而御初寒。"(南朝梁吴均)《续齐谐记》曰:"汝南桓景,随费长房游学累年,长房谓之曰:'九月九日,汝家当有灾厄,急宜去,令家人各作绛囊,盛茱萸以系臂,登高饮菊酒,此祸可消。'景如言,举家登山。夕还家,见鸡狗牛羊,一时暴死。长房闻之曰:'代之矣。今世人每至九日,登山饮菊酒,妇人带茱萸囊是也。'"(南朝宋齐时期孙诜)《临海记》曰:'郡北四十步,有湖山,山甚平正,可容数百人坐,民俗极重,每九日菊酒之辰,宴会于此山者,常至三四百人。"《太平御览》卷三十二《时序部十七·九月九日》中,《荆楚岁时记》曰:"九月九日,四民(士农工商)并藉野(野外席地而坐)饮宴。"(隋代)杜公瞻云:"九月九日宴会,未知起于何代。然自汉世来未改,今北人亦重此节,近代多宴设于台榭。"佩茱萸,喝菊花酒,出游,登高,聚会,野宴,等等,不仅丰富多彩,而且娱乐性十足。同时,这些记载中的"家人""妇人"等词也明确告诉我们,妇女在这些娱乐性活动中的参与度很高,刘兰芝所挂怀的"嬉戏",在这里是不会缺席的。

总之,史上并无专为妇女设立"下九"这样一个节日,通行的注释以伪典小说《琅嬛记》所杜撰的《采兰杂志》为据而作解，不妥。汉末魏晋之际，有被称为"上九"的节日，即我们所熟知的重阳节。这个节日有各种各样的娱乐性活动，妇女亦可参与其中。刘兰芝所指，当是此日。故原注宜改为："'下九'，疑为'上九'之误。"而新注之所以下一"疑"字，只因尚缺《孔雀东南飞》早期写本之实证，如是而已。

注释：

① 依《采兰杂志》的表述，与"下九"这天有特殊关联的是"藏钩之戏"。这也与事实不符。三国魏邯郸淳《艺经·藏钩》："义阳腊日饮祭之后，叟妪儿童为藏钩之戏。"晋盛彦（字翁子）《藏钩赋序》："以腊之后，因祭祀余胙（zuò，祭祀用的酒肉），要（邀请）命（招呼）中外（家人及外人），以行钩为戏。"晋周处《风土记》："义阳腊日饮祭之后，叟妪儿童，为藏钩之戏。"南朝梁宗懔《荆楚岁时记》："岁前又为藏𠲳（kōu，与钩同）之戏，始于钩弋夫人（汉武帝刘彻的婕妤，汉昭帝刘弗陵的生母，生而握拳，后由刘彻展开其拳，则见掌中有一玉钩，故名）。"这些记载告诉我们，藏钩之戏始兴于汉而盛行于两晋南北朝，是腊日岁尾之时的游戏活动，与所谓"下九"毫无关系。

② 参见罗宁《明代伪典小说五种初探》，《明清小说研究》，2009年第1期。

③ 参见罗宁《论五代宋初的"伪典小说"》，赵敏俐、佐藤利行主编《中国中古文学研究》，学苑出版社，2005年；罗宁《制异名新说应文房之用——论伪典小说的性质与成因》，《社会科学研究》，2008年第2期。

④ 参见《〈琅嬛记〉考证》，《合肥学院学报》（社会科学版），2009年11月第26卷第6期。

⑤ 参见谷衍奎《汉字源流字典》，华夏出版社，2003年，第19，24页。

十六 刘兰芝的织作效率当真是"三日断五匹"吗？

刘兰芝自言，她十三岁时就已经会"织素"了，论织作，她是行家里手。嫁到焦家以后，她凭着熟练的技艺，加上不辞劳苦，"鸡鸣入机织，夜夜不得息"（之所以夜夜织作，当是白天要为其他家务而忙碌），因而创造出了"三日断五匹"的纪录。但是，这个纪录却没能讨得焦母的欢心，"大人故嫌迟"是说焦母竟然还嫌她织得太慢了。

刘兰芝真的织得太慢了吗？不，这是焦母在找茬滋事。"故嫌迟"中一个"故"字道出了玄机。

不过，刘兰芝虽然织得一点也不慢，但"三日断五匹"的纪录却并不一定真实，它应该是文学作品中常见的一种夸张之辞。汉制的布帛织物一匹是宽二尺二寸，长四丈。刘兰芝"三日断五匹"，那就是每天织六丈六尺多。这种效率在当时显然是不可能实现的。

《后汉书·列女传·乐羊子之妻》载，乐羊子因为想念妻子而中途辍学回家，遭到妻子的批评。他妻子的批评以织作为喻，用十六个字，道尽了织作之不易。这十六个字是："一丝而累，以至于寸，累寸不已，遂成丈匹。"

1972年在长沙马王堆汉墓出土的平纹绢，经密度是每平方厘米55至57根，纬密度为经密度的1/2左右，出土的平纹罗纱每平方厘米的经密度为58至64根，纬密度为每平方厘米40至58根。[①]这可以说是乐羊子的妻子之言的最好实证。

而且，据《三国志·魏书·方技传》中裴松之注引《傅子》关于马钧的介绍，结构灵巧、较易操作、效率较高且被长久沿用的织机是到了三国时代经发明家马钧精心改进才有的。即使用这样的织机，想要有较高的织作效率，也还得织工勤奋有加才有可能。北宋文同《织妇怨》有云："掷梭两手倦，踏籋（niè，通"镊"，古代织机上用以提花的部件）

119

双足趼（jiǎn，脚底久受磨压而生的硬皮）。三日不住织，一匹才可剪。"宋代的一尺比汉代的一尺长了约四分之一，换算下来，宋代一匹布的面积约为汉代的一又五分之四，就是说，文同笔下的这位织妇三天所织也还差一点才够汉代的两匹，而这个效率还得是放下一切不休不歇地赶工织作才能实现的目标。那么，在东汉时代，像刘兰芝那样使用未改良的原始织机且只有夜晚可用的情况下，居然能够"三日断五匹"，的确是不大可能的事情。

大约成书于西汉末东汉初的《九章算术》第三章有一道计算织作效率的"衰分（由大渐次而小。衰，cuī，依照一定的标准递减）"题云："今有女子善织，日自倍，五日织五尺。问日织几何？答曰：初日织一寸三十一分寸之十九；次日织三寸三十一分寸之七；次日织六寸三十一分寸之十四；次日织一尺二寸三十一分寸之二十八；次日织二尺五寸三十一分寸之二十五。"这位"善织"的女子，其最高纪录是一天织二尺五寸多。《西京杂记》卷一又载："霍光妻（即下文之霍显）遗（赠送）淳于衍（宫中女医。她被霍显收买，毒死了许皇后。事见《汉书·霍光传》）蒲桃（葡萄）锦二十四匹、散花绫二十五匹。绫出钜鹿（郡名）陈宝光家，宝光妻传其法。霍显召入其第（宅第），使作之。机用一百二十镊，六十日成一匹，匹直（值）万钱。"国宝级的织者用国宝级的织机，也要六十天才能织成一匹高规格、高难度的织物，每天仅织六寸六分多而已。这些，恐怕才是刘兰芝时代比较真实可信的记录。

前面提到的《古艳歌》云："孔雀东飞，苦寒无衣。为君作妻，中心恻悲。夜夜织作，不得下机。三日载匹，尚言吾迟。"歌中的织妇自言其织作效率是"三日载匹"，如果句中的"载"是指"完成，成功"，那就是三日织成一匹，平均每天织一丈三尺多，如果将"载"视作"再"的通假字，那就是三日织两匹，平均每天织二丈六尺多。不管是日织二丈六尺多还是一丈三尺多，都是上举"善织"者无法望其项背的纪录，也属夸张之辞。

汉代诗有一个名篇，后人取其首句，题作《上山采蘼芜》。诗中，那位"故夫"专门对比了他的前妻和现任妻子的织作效率，说是"新人工织缣，故人工织素。织缣日一匹，织素五丈余。将缣来比素，新人不如故"。这里，"新人""织缣日一匹"，就是每天织四丈；"故人"则是每天"织素五丈余"。显然，这同样是一种夸张之辞。

事实上，喜用夸张之辞是诗歌的一大特点。即以《孔雀东南飞》而论，其中的夸张之辞绝不少见。如形容兰芝嫁妆之丰美，有"妾有绣腰襦，葳蕤自生光；红罗复斗帐，四角垂香囊；箱帘六七十，绿碧青丝绳，物物各自异，种种在其中"之语；形容兰芝严妆之不苟，有"著我绣夹裙，事事四五通。足下蹑丝履，头上玳瑁光。腰若流纨素，耳著明月珰"之语；形容兰芝形体之美，有"指如削葱根，口如含朱丹。纤纤作细步，精妙世无双"之语；形容小姑在短短几年中已长高了许多，有"新妇初来时，小姑始扶床；今日被驱遣，小姑如我长"之语；形容太守家准备迎娶兰芝的场面之盛，有"交语速装束，络绎如浮云。青雀白鹄舫，四角龙子幡，婀娜随风转。金车玉作轮，踯躅青骢马，流苏金镂鞍。赍钱三百万，皆用青丝穿。杂彩三百匹，交广市鲑珍。从人四五百，郁郁登郡门"之语；形容兰芝缝衣之快捷，有"朝成绣夹裙，晚成单罗衫"之语。如此，等等，都是夸张之辞，都是不可按字面机械坐实的。

因此，对刘兰芝的"三日断五匹"，我们绝不能当作真实的记录，而只须把它看作是诗歌作者对刘兰芝的织作效率极高的一种强调即可。

注释：

① 参见张家升《汉代丝织业发展的考古学观察》，《东南大学学报哲学》（社会科学版），2009年第11卷增刊。

十七 焦仲卿、刘兰芝悲剧的发生地是庐江郡何处？

《孔雀东南飞》的序文告诉我们，诗中所述，当为真人真事。虽是真人真事，一经入诗，就成为文学故事，其中必有实有虚，剪裁增补在所难免，我们不可机械以对。这是常识，不论。这里要讨论的，是此事的发生地的问题。

今安徽省怀宁县和潜山市交界处的皖河东岸有一个小市镇，原名小吏港，又名小史港、焦吏港、小市港，传说这就是焦仲卿、刘兰芝爱情悲剧的发生地。河西微偏北，有个叫作焦畈（fàn）或焦家畈的地方，传为焦仲卿家所在地；河东微偏南，有个叫作刘家磡（kàn）或刘家山嘴的地方，传为刘兰芝娘家所在地；焦家畈和刘家山嘴之间的皖河东岸有山，名曰花山（即华山），又名乌龟墩，这里有一座被称为孔雀坟的墓冢，传即焦仲卿、刘兰芝的合葬之所；小市镇南头还有一个建于唐末的戏台，专为每年纪念焦仲卿、刘兰芝演出所用，名曰孔雀台，又名万年台。数年前，当地建了一所集中展现焦仲卿、刘兰芝爱情悲剧的孔雀东南飞文化园，现正以中国千年爱情圣地的形象吸引着国内外游客。

前引清康熙年间张楷主修之《安庆府志》卷二十二《列女志·潜山烈妇》，及清乾隆年间李载阳主修之《潜山县志》卷十二《列女志·烈妇》关于焦仲卿、刘兰芝悲剧故事的记载也与当地传说相应，表明在怀宁县与潜山市交界处，旧名为小吏港的小市镇就是焦仲卿、刘兰芝爱情悲剧的发生地。

但是，这里有两个问题不好解释。

一是，有些文献记载是与此不同的。如，北宋太宗太平兴国年间乐史所撰《太平寰宇记》，卷一百二十六《庐州·合肥县》有"小史港"之目，云："即后汉建安中，庐江府小史焦仲卿妻刘氏为姑所出，自誓不嫁。其家逼之，乃投水死，仲卿闻之，亦自缢。时人怜之，后以为名。"据此，焦仲卿、刘兰芝爱情悲剧发生地在合肥县境内。而南宋祝穆撰成于理宗嘉熙年间，其子祝洙增订于度宗咸淳年间的《方舆胜览》卷四十八《庐州·合肥郡·山川》亦有"小史港"之目，它转述了《太平寰宇记》中关于"小史港"的说法，并特别指明："（港）在城东门内。"据此，则焦仲卿、刘兰芝悲剧发生地当在合肥城的东门内。又，清乾隆《大清一统志》卷八十五《庐州府·山川》有认同《太平寰宇记》观点的"小吏港"之目，但悲剧发生地却说是"在合肥县东"。据此，焦仲卿、刘兰芝悲剧发生地又不在合肥城内，而在合肥县境内东边的某个地方。此外，清光绪年间钱鑅主修之《庐江县志》卷十《人物·列女》有云："焦仲卿妻刘氏名兰芝，为姑所遣，誓不嫁，投水死，仲卿亦自缢。时人伤之，为作古诗，曰'孔雀东南飞'云云。"据此，焦仲卿、刘兰芝悲剧发生地又不在合肥县，而在庐江县境内——今庐江县汤池相思林公园有一座"孔雀东南飞纪念祠堂"。

二是，能够和焦仲卿、刘兰芝悲剧发生地传说相印证的文献记载存在漫长的空白期。现在我们所能见到的直接记载这一悲剧及其发生地的文献，最早的就是上引北宋初年的《太平寰宇记》，而此书距《孔雀东南飞》序文所称的汉末建安中，时间间隔竟长达750年有余。再有，就是唐高宗和武则天临朝称制时期，诗人乔知之的《定情篇》。此诗为揭露"人间丈夫易，世路妇难为"的社会现实，举《孔雀东南飞》中刘兰芝的遭遇为其例证之一，道："庐江小吏妇，非关织作迟。"这应该是除《孔雀东南飞》之外，目前可见最早提及焦仲卿、刘兰芝悲剧发生地的文学作品，但此诗距汉末建安中，也有不少于450年的间隔，何况，这诗句也只给出"庐江"这样一个大的地域，至于庐江何处，却不得而知。

至于小市镇的孔雀东南飞文化园特别标举的李白《庐江主人妇》一诗，其意与汉乐府《艳歌行》近似，乃自表清白以消除寓所主人的误会而作。此诗首两句云："孔雀东飞何处栖,庐江小吏仲卿妻。"这是用《孔雀东南飞》相关词句点明诗人"东飞(东游)"到了庐江,其寓所主妇的丈夫也和焦仲卿一样,是庐江府的一个小吏,同时也点明寓所女主人和刘兰芝一样,是一位美丽贤淑的少妇。第三句"为客裁缝君自见"向寓所主人解释误会,点明正如寓所主人亲眼看到的那样,女主人只是好心地帮诗人缝补衣裳而已,彼此之间再无他故。尾句"城乌独宿夜空啼(旧题见周代师旷《禽经》,西晋张华注:乌之失雄雌,则夜啼)"是说即使真有人对女主人抱有什么非分之想,那也绝对不能得逞。句中的一个"空"字,既揶揄了抱非分之想的人,又赞美了女主人的忠贞不贰。这是赞美寓所女主人,当然也是赞美刘兰芝,更准确地说,是赞美寓所女主人具有像刘兰芝一样的美德。但这首诗没有直接触及焦仲卿、刘兰芝令千古同悲的命运遭际问题,诗中提到的地名也只是"庐江"这样一个大的范围,用它来佐证焦仲卿、刘兰芝悲剧就发生在小市镇是没有说服力的。李白另有一首诗,题作《寒女吟》,是专为控诉男子得官即弃其妻而拥新欢的卑劣行径而作,其中有"不是妾无堪,君家妇难作"之句,显然是化用了《孔雀东南飞》开篇中刘兰芝的不平之语,其性质与乔知之的"庐江小吏妇,非关织作迟"相近。文化园若同时也标举这首《寒女吟》,让两首诗相互映发,可证李白对刘兰芝这个人物是持衷心赞赏和同情态度的,而他对《孔雀东南飞》这首诗的喜爱与服膺也就昭然在目。但要以此来证明焦仲卿、刘兰芝的悲剧发生地就在小市镇,那就难了。又由于李白是唐玄宗、唐肃宗时期的人,比乔知之晚了至少50年,若把他这两首诗视为最早的佐证材料,显然不合适。此外,比乔知之早100年上下的南北朝时期南梁简文帝萧纲《中妇织流黄》有"浮云西北起,孔雀东南飞"之句,徐陵《鸳鸯赋》有"忆少妇之生离"之句,陈朝萧诠《赋得婀娜当轩织》有"三日五匹未言迟"之句,这都用的是焦仲卿、刘兰芝的事典,但因根本不涉及焦仲卿、刘兰芝悲剧的发生地问题,此处不论。

既然关于焦仲卿、刘兰芝悲剧到底发生在庐江郡何处的说法并不一致,而涉及这具体发生地的相关记载又很晚才出现,谁能保证,这不是因为《孔雀东南飞》这一文学名篇的存在,人们才附会出这些具体的发生地呢?因此,今天一定要说这悲剧的具体发生地就是某处,其说服力是不强的。也许,比较合理的说法应该是:根据《孔雀东南飞》诗序所说,这悲剧发生在庐江郡,至于具体是庐江郡何处,则有待考定。

《孔雀东南飞》补注和汇评

按：本补注和汇评旨在为读者提供重要信息和不同视角，帮助读者开阔视野和活跃思维。其中，补注随文给出，并以"补注"二字为领。它不重复通行注释的条目和内容，而只涉及以下几个方面：一是纠正通行注释中有错误的地方；二是在应予注释而被通行注释忽略了的地方补出注释；三是对诗歌文本在传播过程中出现的字句差异，择其要者略作介绍。汇评则是摘选古今名家、大家有见地的评点文字供读者参考。涉及诗篇局部把握的汇评均随文给出，涉及诗篇整体把握的评点文字则在诗篇正文之后集中给出。

孔雀东南飞

（补注：明代五云溪馆铜活字本《玉台新咏》及清代纪晓岚之父纪容舒《玉台新咏考异》题作"古诗无名人为焦仲卿妻作"，宋代郭茂倩《乐府诗集》题作"焦仲卿妻"）

汉末建安中，庐江府小吏（补注：庐江郡府中的小职员。汉代州郡主官自行雇请的负责政府具体事务的事务长和事务员，这些受雇者不在国家官员编制之内）焦仲卿妻刘氏，为仲卿母所遣，自誓不嫁。其家逼之，乃投水而死。仲卿闻之，亦自缢于庭树。时人伤之，为诗云尔。[萧涤非《评俞平伯在汉乐府〈羽林郎〉解说中的错误立场》："汉乐府多采自民歌，它的最大特征，就是它的现实性、真实性。这一特征，班固在《汉书·艺文志》里就曾经指出，他说这些作品'皆感于哀乐，缘事而发'。所谓'缘事而发'，也就是从现实出发，从真实出发。它不是'无病呻吟'，而是'有的放矢'。它既是真人真事，同时又是社会典型。（我以为真人真事也可以成为典型，典型并不排斥真人真事。这现象在诗歌中更普遍）余冠英《介绍〈孔雀东南飞〉》："从这篇诗的短序中，知道本诗所叙的故事产生在汉朝末年，而本诗的作者也就是当时的人。

但，《玉台新咏》所载的本诗是否完全合于汉末原作的面目，那是成问题的。本诗里有些词汇是六朝时代才通行的，有些诗句也像六朝人的口吻，这就说明它在后人传唱、传写之中不免有所增添，有所加工，而使这首诗逐渐丰富、完美起来。"]

孔雀东南飞，五里一徘徊。[明代谢榛《四溟诗话》卷二："一句兴起，余皆赋也。"清初陈祚明《采菽堂古诗选》："用《艳歌何尝行》语，兴彼此顾恋之情。"余冠英《介绍〈孔雀东南飞〉》："'孔雀东南飞，五里一徘徊'两句是起兴。起兴就是用来引起下文的开头语。在古今歌谣里起兴有时用比喻和暗示，和下文意义相连，有时意义上没有显著的联系而有情调上的联系，有时两种联系都没有，只在音节上是一环。本诗的起兴属于第一类。汉魏有关夫妇离别的诗常用候鸟起兴，例如乐府古辞《艳歌何尝行》道：'飞来双白鹄，乃从西北来……五里一返顾，六里一徘徊。'伪苏武诗道：'黄鹄一远别，千里顾徘徊。'都属于这一类。本诗采用习惯的起兴法，且显然以《艳歌何尝行》为蓝本。在当时熟悉这种起兴法，或熟悉《艳歌何尝行》歌辞的人，从本诗头两句就可以感到哀感缠绵的气氛，即使不熟悉也可以从字面感到徘徊顾恋的情调，所以能有提摄全篇和引出下文的作用。"周振甫《诗词例话·兴起》："从'孔雀东南飞'使人想起《双白鹄》：'飞来双白鹄，乃从西北来。十十将五五，罗列行不齐。妻卒（猝）疲病，不能飞相随。五里一反顾，六里一徘徊。吾欲衔汝去，口噤不能开。吾欲负汝去，毛羽何摧颓。乐哉新相知，忧来生别离。蹒跎顾群侣，泪落纵横随。'另一首《艳歌何尝行》，上文大体相同，下文还有'念与君离别，气结不能言。各各重自爱，道远归还难。妾当守空房，闭门下重关。若生当相见，亡者会黄泉'。孔雀是大鸟，白鹄也是大鸟。'西北来'同'东南飞'是一致的；'五里一徘徊'同'五里一返顾，六里一徘徊'也一致；下写夫妇的生离，跟兰芝和仲卿的情节也相应。像另一首提到'亡者会黄泉'，更提到死别。因此用'孔雀东南飞'来起兴，就不是同下文全无关系，是引起全篇的夫妇生离死别的悲剧。"]

"十三能织素，十四学裁衣，十五弹箜篌，十六诵诗书。十七为君妇，心中常苦悲。（明代钟惺、谭元春《古诗归》："后来无限情事伏此一语。"）君既为府吏，守节情不移。贱妾留空房，相见常日稀。（补注：郭茂倩《乐府诗集》及元代左克明《古乐府》无此二句，而《玉台新咏》中明代郑玄抚刻本及五云溪馆铜活字本等有此二句。按：从情理和意脉两方面看，应该有此二句）鸡鸣入机织，夜夜不得息。三日断五匹（补注：《汉书·食货志下》："布帛广二尺二寸为幅，长四丈为匹。"），大人故嫌迟。非为织作迟，君家妇难为！（明代钟惺、谭元春《古诗归》："四语可断作一首小诗。"唐代乔知之《定情篇》："庐江小吏妇，非关织作迟。"傅庚生《中国文学欣赏举隅》："'十三能织素'一段，新妇自明己之未尝为憾于夫家也。"张炯、邓绍基、樊骏《中华文学通史》："无限的委屈不能不诉又不愿尽诉，这样含蓄地道来，最为逼真。"）妾不堪驱使，徒留无所施，便可白公姥，及时相遣归。"[陈祚明《采菽堂古诗选》："鸡鸣织何早，夜不息何迟，三日五匹何速，甚言无可出理。""大抵此女性真挚，然亦刚，唯性刚，始能轻生。遣归乃其自请，不堪受丈人凌虐耳。"明代李因笃《汉诗音注》："观下阿母云：'吾意久怀忿，汝岂得自由。'则公姑之遣兰芝，征色发声，非一日矣。兰芝知其势不能挽回，始向府吏言之。诗人叙事，先后互见耳。钟伯敬乃云新妇不合先求去，真强作解事也。"陈祚明《采菽堂古诗选》："此下更不道两人家世，竟入'十三织素'等语，突然而来，章法甚异。盖长篇既极淋漓，最忌拖沓。此处写家世，末后写两家得闻各各懊怅追悔，便是太尽。太尽反无味，故突起突住，留不尽之意方妙。"俞平伯《漫谈〈孔雀东南飞〉古诗的技巧》："读者试观此诗，兰芝是悍然请去吗？大谬不然。以'女请去'一段话开头，省略了多少情事，不仅在两家家世也。她哪里会愿意去，不得不去啊。看下文焦母说：'吾意久怀忿，汝岂得自由。'事势明白，是文家补叙法。他从家庭变故爆发这一点起笔，乃最经济的文学剪裁手段，岂止突兀而已。"傅庚生《中国文学欣赏举隅》："云'妾不堪驱使，及时相遣归'者，原非求去也，求府吏之启阿母耳。"余冠英《介绍〈孔雀东南飞〉》："这一段通过兰芝自述，开门见山地揭出她和焦母的矛盾，手法是非常高妙的。设想如从焦刘两家家世叙起，不但要多费许多笔墨，它吸引读者的力量也要大大减少。陈祚明《采菽堂古诗选》曾引此例来说明本诗'剪裁之妙'，是可以注意的。'非为织作迟，君家妇难为。妾不堪驱使，徒留无所施。便可白公姥，及时相遣归。'自是愤愤不平的口气。有些封建社会的士大夫认为兰芝'悍然求去'，'负气诟谇（gòu suì，辱骂）'，是她的很大缺点。但作者这样写正符合她的性格。兰芝性格的特点是刚强不屈，从这开场第一段读者便得到这个印象，越到后来就越显明。"］

府吏得闻之，堂上启阿母："儿已薄禄相，幸复得此妇，结发同枕席，黄泉共为友。（补注：《说文解字》卷三下《又部》："同志为友。"《国语·晋语四》："同德则同心，同心则同志。"）共事二三年，始尔未为久。女行无偏斜，何意致不厚？"（余冠英《介绍〈孔雀东南飞〉》："从这一段看出仲卿对兰芝的感情。"）

阿母谓府吏："何乃太区区！此妇无礼节，举动自专由。吾意久怀忿，汝岂得自由！东家有贤女，自名（补注：自报名姓。此女显然曾与焦母相见并通姓名，故有此说）秦罗敷。可怜体无比，阿母为汝求。便可速遣之，遣去慎莫留！"（余冠英《介绍〈孔雀东南飞〉》："这一段里有些地方是有补叙作用的。读者读第一段的时候可能认为兰芝如果能多忍耐一些这场悲剧也许不至于发生，等读到'女行无偏斜，何意致不厚'，便觉得兰芝的抱怨并不过分，再读到'吾意久怀忿，汝岂得自由''便可速遣之，遣去慎莫留'，便会了解兰芝无论怎么忍受折磨也是留不住的，直接制造这悲剧的是谁，到此也就完全清楚了。"）

府吏长跪告："伏惟启阿母：今若遣此妇，终老不复取！"［褚斌杰《〈孔雀东南飞〉鉴赏》："焦仲卿……对爱情忠诚专一，在兰芝和焦母的斗争中，始终站在兰芝一边。为了保护兰芝和保护自己的爱情，他也跟自己专制的母亲作了抗争。他母亲曾用为他续娶美女来引诱他屈服，但他严正地拒绝了。'今若遣此妇，终老不复取！'他的态度始终是坚决的。……（他）始终同情兰芝，忠于爱情，最后走向抗母命而殉情的道路，这对悲剧制造者来说，更是一种莫大的打击。这一悲剧性的社会效果，也是刘兰芝形象所不能完全替代的。"]

阿母得闻之，槌床（补注：《释名·释床帐》："人所坐卧曰床。"）便大怒："小子无所畏，何敢助妇语！吾已失恩义，会不相从许！"（钟惺、谭元春《古诗归》："恶母，痴儿，贤妇，厄运。"）

府吏默无声，再拜还入户。举言谓新妇，哽咽不能语（陈祚明《采菽堂古诗选》："'府吏得闻'下写对答语极肖，府吏甚恭敬，阿母甚决绝。'长跪''伏惟'，口吻俨然。'槌床''大怒'，形声如睹。'默无声''不能语'，写府吏状，可怜！"）："我自不驱卿，逼迫有阿母。卿但暂还家，吾今且报府。不久当归还，还必相迎取（补注："取"是"娶"的本字。兰芝被遣，就是与仲卿解除了婚姻关系，要重回焦家，仲卿就得举行正式的复婚之礼，重新娶她）。以此下心意，慎勿违吾语。"

新妇谓府吏："勿复重纷纭（补注：纷纭，联绵词，繁多、杂乱之义，这里指多言，啰唆，说废话）。往昔初阳岁，谢家来贵门。奉事循公姥，进止敢自专？昼夜勤作息，伶俜萦苦辛。谓言无罪过，供养卒大恩；仍更被驱遣，何言复来还！（陈祚明《采菽堂古诗选》："此处言相迎，新妇不信。下文车中言相迎，新妇始信。甚有理。"余冠英《介绍〈孔雀东南飞〉》："'府吏默无声'到'久久莫相忘'三十八句叙仲卿向兰芝传达阿母的意思，希望暂别后再设法团聚，兰芝认为不可能再回来。对于未来的聚会，仲卿抱空洞的希望，拿幻想安慰自己和兰芝。兰芝却敢于正视不幸，承担不幸，'勿复重纷纭。'说得斩钉截铁。这一段对话成为两人性格的鲜明对比。"）妾有绣腰襦，葳蕤自生光；红罗复斗帐，四角垂香囊；箱帘六七十，绿碧青丝绳，物物各自异，种种在其中。人贱物亦鄙，不足迎后人。留待作遗施，于今无会因。（李音笃《汉诗音注》："此四句惋恻，如闻其声。千载下犹不忍读。"）时时为安慰，久久莫相忘！[褚斌杰《〈孔雀东南飞〉鉴赏》："她（指兰芝）在痛苦中唯一的希望，是纵使丈夫再娶以后，也不要忘怀与自己的一段情谊。"清代张玉谷《古诗赏析》：" '妾有'十四句，缀一段琐碎丁宁，非止文章凭空设色，顿觉敷腴（丰满充实）。盖此去原非本怀（本意），而重还（重新回来）势难自主，睹物伤心，情固尔尔（如此，这样）。"]

鸡鸣外欲曙，新妇起严妆。著我绣夹裙，事事四五通。足下蹑丝履，头上玳瑁光。腰若流纨素，耳著明月珰。指如削葱根，口如含朱丹。纤纤作细步，精妙世无双。（李音笃《汉诗音注》：" '事事四五通'句，乃要其终言之。见自初妆以至妆成，每加一衣一饰，皆着后复脱，脱而复着，必四五更之，数数延迟，以捱晷刻也。迟回展转，一句写尽。着毕，则新妇去矣。故事事四五更之，借此稍延数刻也。"游国恩《中国文学史》："由于对丈夫的爱，兰芝内心是有矛盾的，所以作者写兰芝严妆时用'事事四五通'这一异乎寻常的动作来刻画她欲去而又不忍遽去的微妙复杂的心情。"傅庚生《中国文学欣赏举隅》：" '新妇起严妆'一段，肆力写府吏眼中兰芝之艳丽，明府吏之爱而惜别。"余冠英《介绍〈孔雀东南飞〉》："作者详写兰芝严妆，自然是为了表现她的美丽，同时对于表现她的性格也有作用。有人怀疑她这时候何以有心思打扮，却不晓得打扮得齐齐整整才显得从容镇定，才不致在婆婆面前露出狼狈和软弱。正如她不肯在婆婆面前落泪一样，她的伤心要等到背了婆婆和小姑作别时才不加掩饰，她的眼泪要等到出门上车才不加抑制，都见出她的刚强。"）

上堂拜阿母，阿母怒不止。（补注：郭茂倩《乐府诗集》作"母听去不止"，明代郑玄抚刻本及五云溪馆铜活字本《玉台新咏》均作"阿母怒不止"。故不从《乐府诗集》)"昔作女儿时,生小出野里,本自无教训,兼愧贵家子。受母钱帛多,不堪母驱使。今日还家去,念母劳家里。"(褚斌杰《〈孔雀东南飞〉鉴赏》:"她并非没有怨恨,没有痛苦,但她的教养,她的刚强的性格,使她能够自持。在无可挽回的事实面前,她处理得十分得体,表现得十分冷静。她十分痛苦,但她在婆婆面前却不流一滴泪,这是她的自尊,也是她的抗议。") 却与小姑别,泪落连珠子。"新妇初来时,小姑始扶床;今日被驱遣,(补注:郭茂倩《乐府诗集》和左克明《古乐府》无"小姑始扶床""今日被驱遣"二句,但被《四库全书总目提要》赞为"所载皆从原书采掇,不似他类书互相剽窃,辗转传讹"的晏殊《类要》卷二十二《总叙幼年》门"小姑始扶床"条引《焦仲卿》诗却有此二句。这说明原诗实有此二句) 小姑如我长。勤心养公姥,好自相扶将。初七及下九 [补注:通行注释采纳元人伊世珍《琅嬛记》所引《采兰杂志》的说法,以为"下九"即每月十九。但《采兰杂志》的记载不见于元前任何文献,不可靠。或许,"下九"当为"上九",即九月九日。《太平御览》卷九九一引晋周处《风土记》:"俗尚九月九日,谓为上九。"汉代《西京杂记》卷三:"九月九日,佩茱萸,食蓬饵(蓬蒿饼),饮菊华酒,令人长寿。菊华舒时,并采茎叶,杂黍米酿之,至来年九月九日始熟,就饮焉,故谓之菊华酒。"类似记载俯拾即是,非《采兰杂志》无根之谈可比],嬉戏莫相忘。"(明代唐汝谔《古诗解》:"别姑与小姑,词极谦和而情皆谆切,自不见有可弃之道耳。"陈祚明《采菽堂古诗选》:"别小姑一段,悲怆淋漓,人情至极处也。") 出门登车去,涕落百余行。(唐弢《谈故事诗〈孔雀东南飞〉》:"针对焦母指责兰芝的'无礼节''自专由',不满于她出生'野里',诗篇通过对具体行动的描写,渲染了兰芝的聪敏、能干、美丽、善良、爱劳动、进退有节等美好的品德,给予这个出身'野里'的普通女子以最高的歌颂,使所有加于兰芝的责备在读者的眼里落了空,从而衬托出焦母的顽固、专断和虚伪。")

府吏马在前，新妇车在后，隐隐何甸甸，俱会大道口。下马入车中，低头共耳语："誓不相隔卿，且暂还家去；吾今且赴府，不久当还归，誓天不相负！"［陈祚明《采菽堂古诗选》："'不久相迎'，即用前语，正见府吏反复叮咛当不啻（chì，只）十通百通，新妇于此始信。"］

新妇谓府吏："感君区区怀！君既若见录，不久望君来。君当作磐石，妾当作蒲苇，蒲苇纫如丝，磐石无转移。我有亲父兄，性行暴如雷，恐不任我意，逆以煎我怀。"（余冠英《介绍〈孔雀东南飞〉》："兰芝对于将来的生活并不乐观，但仲卿坚定不移的爱情是她所信赖的，是她唯一的安慰。"）举手长劳劳，二情同依依。

入门上家堂，进退无颜仪。（余冠英《介绍〈孔雀东南飞〉》："'进退无颜仪'五个字写出兰芝因伤心、羞惭、委屈而显出的难以描摹的神态。"）阿母大拊掌："不图子自归。十三教汝织，十四能裁衣，十五弹箜篌，十六知礼仪，十七遣汝嫁，谓言无誓违。汝今何罪过，不迎而自归？"兰芝惭阿母："儿实无罪过。"阿母大悲摧。［陈祚明《采菽堂古诗选》："此段述母语，且恨且怜，终有爱女意，此所以不坚逼令改适（改嫁）也。"俞平伯《漫谈〈孔雀东南飞〉古诗的技巧》："千言万语说不尽的痛苦，却迸出一句'儿实无罪过'来，五字即了。至于她母亲的惊疑、愤怒、悲哀种种复合的感伤，又只用五个字'阿母大悲摧'包括了。在这儿，用简是分明的。至于'阿母大拊掌''阿母大悲摧'句法全同，相映成趣，又极其自然，不露章法凑泊的痕迹，所以为佳也。"］

还家十余日，县令遣媒来。云有第三郎，窈窕世无双，年始十八九，便言多令才。

阿母谓阿女："汝可去应之。"（补注：从下文看，此句当为商量口吻。"可"字应为疑问副词，是可否、可不可之义；句末当用问号）

阿女含泪答："兰芝初还时，府吏见丁宁，结誓不别离。今日违情义，恐此事非奇。自可断来信，徐徐更谓之。"

阿母白媒人："贫贱有此女，始适还家门。不堪吏人妇，岂合令郎君？幸可广问讯，不得便相许。"媒人去数日，寻遣丞请还，说有兰家女，承籍有宦官。云有第五郎，娇逸未有婚。遣丞为媒人，主簿通语言。直说太守家，有此令郎君，既欲结大义，故遣来贵门。（陈祚明《采菽堂古诗选》："县令、太守以次益高，写作两次遣媒，见此女志坚。"钟惺、谭元春《古诗归》："此处慎重，张大其事，与后迎婚一段夸饰其盛，不是闲谈，俱是令母兄动色，兰芝伤心。"）

阿母谢媒人："女子先有誓，老姥岂敢言！"（陈祚明《采菽堂古诗选》："两次对答，两次白谢媒人，具见此女志坚，阿母爱深。"）

阿兄得闻之，怅然心中烦，（陈祚明《采菽堂古诗选》："神情毕露，亦因先伏'性行暴如雷'，章法妙，故此处不烦辞费。"）举言谓阿妹："作计何不量！先嫁得府吏，后嫁得郎君。否泰如天地，足以荣汝身。不嫁义郎体，其往欲何云？"[陈祚明《采菽堂古诗选》："写小人慕势语，极肖。……然正以否泰（pǐ tài，《易》的两个卦名。天地交，万物通谓之"泰"；反之则为"否"。后常以指世事的盛衰，命运的顺逆）如天地，而此女不动心，此所以极难得。"余冠英《介绍〈孔雀东南飞〉》："从这两段文字里见出刘母能够体贴兰芝，是一个比较近人情的母亲。这一个人物和焦母对照，也和刘兄对照。更衬托出刘兄的自私、暴横、冷酷无情。'不嫁义郎体，其往欲何云'就是警告兰芝不嫁人生活就没有依靠，也就是表明自己不愿对她的生活负责任。对这样的阿哥，刚强的兰芝不屑于哀求，哀求也不会有效。到这时候她就把心一横不再作存活下去的指望了。她允婚允得那么突然，使读者容易看得出她不是真的改变主意而是别有打算。"]

兰芝仰头答："理实如兄言。谢家事夫婿，中道还兄门。处分适兄意，那得自任专！（陈祚明《采菽堂古诗选》："既在兄家，安得不从兄命？女子依人，不能自主，良可悲！"）虽与府吏要，渠会永无缘。登即相许和，便可作婚姻。"[陈祚明《采菽堂古诗选》："女不特性刚，亦甚明智。见阿兄作此语，情知不可挽回，故更不作谢却语，至下文'移榻''裁衣'，亦更不作不欲状，使人不疑，始得断然引决，勿令觉而防我，即难遂意。此直情事如此，不谓作者能曲曲写出，但览者或反不解耳。"张玉谷《古诗赏析》："此时兰芝竟不与兄一辩，具有深心。盖未仰头答时，其俯首沉思已久，太守上官，属吏势难与抗，阿兄戾性，大义更难与争，胸中判定一死，索性坦然顺之，不露圭角（圭的棱角。此指痕迹、迹象），为后得以偷出，再会府吏地也。兰芝机警，正赖此神到之笔达之。于此不能索解，负兰芝，并负作者矣。"俞平伯《谈故事诗〈孔雀东南飞〉》："兰芝和她哥哥之间的矛盾，主要是因为前者没有独立的经济地位，只能依靠哥哥生活，'不嫁义郎体，其往欲何云？'他问到往后的日子怎么办，明明带着逐客的口吻，这是很伤了兰芝的心的。所以她才'仰头'回答：'谢家事夫婿，中道还兄门，处分适兄意，那得自任专？'听任摆布，正是痛心无地的表示。兰芝有能力自谋生活，然而社会剥夺了她的经济地位，使她失去独立生存的可能。在夫家是弃妇，在娘家是寄生虫，她被安放在这样的位置上，终于不得不以生命来实践自己的誓言。"]

媒人下床去，诺诺复尔尔，还部白府君："下官奉使命，言谈大有缘。"府君得闻之，心中大欢喜。视历复开书，便利此月内，六合正相应。良吉三十日，今已二十七，卿可去成婚。交语速装束，络绎如浮云。青雀白鹄舫，四角龙子幡，婀娜随风转。金车玉作轮，踯躅青骢马，流苏金镂鞍。赍钱三百万，皆用青丝穿。杂彩三百匹，交广市鲑珍。（补注：以当时的交通条件，庐江人三天内是无法完成交州、广州采买之行的，"交""广"不应视为地名。"交"即交付；"广"即广泛，引申为到处。全句意为将钱帛交给办事人员，令其到处采买各种珍奇食材。"广"，一作"用"，亦通。句意则为把钱帛交给办事人员，让他们用这些钱帛采买珍奇食材）从人四五百，郁郁登郡门。（清代沈用济、费锡璜《汉诗说》："'新妇起严妆'一段，不写在初嫁时，而写在被遣后，见新妇容止之姣艳，衣饰之光丽，府吏情何能割？'青雀白鹄舫'一段，不写在府吏定妇时，而写在郎君定妇时，见新妇不以豪华动其心，终与府吏结磐石之誓，为至情也。"陈祚明《采菽堂古诗选》："刻意铺张，使观者眩目夺心。且富丽如此，而此女不为易念，方可见志之坚也。"傅庚生《中国文学欣赏举隅》："'交语速装束'一段，肆力写太守筹措迎娶之煊赫，明兰芝之信而不摇。"）

阿母谓阿女："适得府君书，明日来迎汝。何不作衣裳？莫令事不举！"

阿女默无声，手巾掩口啼，泪落便如泻。移我琉璃（补注：一种有色半透明的玉石。诗文中常以喻晶莹剔透之物）榻，（补注：《释名·释床帐》："人所坐卧曰床……长狭而卑曰榻，言其榻然近地也。"）出置前窗下。左手持刀尺，右手执绫罗。朝成绣夹裙，晚成单罗衫。（钟惺、谭元春《古诗归》："'新妇起严妆'是被遣出门时事，'移我琉璃榻'是再嫁出门时事，此何等景象，何等心情收收拾拾，圆圆整整，详详悉悉，如作好事，一段伤心在此。"李音笃《汉诗音注》："前'著我绣夹裙，事事四五通'，著之迟，见其不欲著。此'朝成绣夹裙，晚成单罗衫'，成之速，见其不欲成。各有其妙。"张玉谷《古诗赏析》："先写阿女悲从中来，欲掩几露，略逗死机。'默无声'又与前'府吏默无声'相应，随写强出裁缝，绝不违拗。总恐家人觉其觅死，加意提防，不得偷出与府吏一别，剖明彼此之心迹也。"）晻晻日欲暝，愁思出门啼。（补注：这里的"出门"当指"出嫁"，是"愁思"的宾语。"愁思出门"即为出嫁而发愁。全句的意思是说随着时间的推移，兰芝要嫁到太守家这件事就越是迫近，这让兰芝愁苦至极而不由得哭了起来。下文有兰芝"蹑履"迎仲卿之句，说明兰芝在仲卿到来之前一直是在室内而并未出门。亦是一证）

府吏闻此变，因求假暂（补注：此与"卿但暂还家"之"暂"不同，其意不是暂且，而是迅疾，疾速）归。未至二三里，摧藏马悲哀。

新妇识马声，蹑履相逢迎。(补注："蹑履"在这里不是穿鞋之义，而是趿拉着鞋的意思。古人家居脱鞋席地而坐，蹑履谓来不及穿鞋，趿拉着鞋子匆忙出迎，是一种迫不及待的表现) 怅然遥相望，知是故人来。(李音笃《汉诗音注》："府吏所乘马，新妇习见之，故识其声。然亦是新妇度府吏闻变必来，侧耳待之久矣。故遥聆其声而识之，父母与兄则不闻也。"张玉谷《古诗赏析》："叙府吏闻变急归，新妇恰已迎上，马亦悲哀。马声亦识，未交一语以前，先写得心心相印。"陈祚明《采菽堂古诗选》："死生契阔，在此际一面，故于未面之先，写两情感通，累累多语。此不觉出门，彼不觉来归，门未至而马先嘶，人未见而声已识，精诚会合，真有金石可通，天地不隔者，神至之笔也。") 举手拍马鞍，嗟叹使心伤："自君别我后，人事不可量。果不如先愿，又非君所详。我有亲父母，逼迫兼弟兄，以我应他人，君还何所望！"

府吏谓新妇："贺卿得高迁！磐石方且厚，可以卒千年；蒲苇一时纫，便作旦夕间。卿当日胜贵，吾独向黄泉！"(陈祚明《采菽堂古诗选》："反诘数语，此时人情必有之论。映前作，章法妙。凡长篇，不可不频频照应，不则散漫。篇中如'十三织素'云云，'吾今赴府'云云，'磐石''蒲苇'云云，及'鸡鸣'之于'牛马嘶'，前后两'默无声'，皆是照应法，然用之浑然，初无形迹，故佳。乃神化于法度者。")

新妇谓府吏："何意出此言！同是被逼迫，君尔妾亦然。(钟惺、谭元春《古诗归》："府吏之死，其母杀之也。其妻之死，妻之母之兄杀之也。二语便是公案。父母俗恶之效，遂能杀其子女，可畏，可畏！") 黄泉下相见，勿违今日言！"执手分道去，各各还家门。生人作死别，恨恨那可论？念与世间辞，千万不复全！

府吏还家去，上堂拜阿母："今日大风寒，寒风摧树木，严霜结庭兰。儿今日冥冥，令母在后单。故作不良计，勿复怨鬼神！命如南山石，四体康且直！"(陈祚明《采菽堂古诗选》："子死母何依？能无白乎？同死者情也，彼此不负。女以死偿，安得不以死报？白母者，性也。使此时母即悔而迎女,犹可两俱无死也。然度母终不肯迎女,死终不可以已。故白母之言亦有异者。'儿今''冥冥'四语,明言之矣,'今日风寒''命如山石',又不甚了了,亦恐母觉而防我矣也。")

阿母得闻之,零泪应声落:"汝是大家子,仕宦于台阁,慎勿为妇死,贵贱情何薄!东家有贤女,窈窕艳城郭,阿母为汝求,便复在旦夕。"

府吏再拜还,长叹空房中,作计乃尔立。转头向户里,渐见愁煎迫。

其日牛马嘶,新妇入青庐。(孙望《从〈孔雀东南飞〉的地理背景谈〈孔雀东南飞〉》:"'其日牛马嘶',显然也就是写的住在乡间的兰芝家的情形。有人认为这是写兰芝已被迫嫁进太守府邸后的情景,那似乎是不很妥当的。这样不仅不合兰芝钟情仲卿的坚贞不屈的性格,即就这句诗来说,也是有抵触的。太守府邸在郡城里,听到马嘶则可,听见牛嘶,怕是不很合情的。")奄奄黄昏后,寂寂人定初。我命绝今日,魂去尸长留!揽裙脱丝履,举身赴清池。(陈祚明《采菽堂古诗选》:"至性激切者,兰芝也。"俞平伯《谈故事诗〈孔雀东南飞〉》:"兰芝……是一个在小康人家成长起来的有主见的女子,美丽、聪敏、能干,虽然作者也极力写她的善良和温顺,但在善良和温顺中别有一种掩盖不住的具有反抗意味的刚性——被压迫者自觉意识的一种原始形态。这种刚性不一定要从焦母所说的'此妇无礼节,举动自专由'上去理解,而是更广泛地散布在兰芝的全部行动细节里。当她明白了焦母的意图以后,不等对方开口,便自请:'妾不堪驱使,徒留无所施。便可白公姥,及时相遣归。'仲卿对着她泣不成声,一筹莫展,她便说:'勿复重纷纭!'劝她暂回娘家,再图后会,她便说:'何言复来还?'她看清问题,明白自己的处境,表现了一个普通人的人格尊严。……儿女深情使她对冷酷的现实仍然不得不抱着一点幻想,仲卿和她告别,她这样叮咛:'君既若见录,不久望君来。'这是在具体条件下必然会产生的她的唯一的希望。县令差人做媒,她这样婉拒:'自可断来信,徐徐更谓之。'最后她哥哥说出了'不嫁义郎体，其往欲何云？'刚性又立刻占据了兰芝的灵魂，被压迫者凛然不可犯的尊严在她心底升华，她决定以生命来表示最后的抗议，所以很快就应允了。离开焦家的时候，拜母别姑，她的态度是十分从容的；再嫁期定的时候，裁衣作裳，她的态度是十分从容的；乃至最后'揽裙脱丝履，举身赴清池'，也不表示一点迟疑和犹豫。她从来没有向环境低头。很难考证有多少人在传唱过程中丰富了刘兰芝的性格，然而这的确是被压迫者光辉人格在当时历史条件下最美的表现。"）

府吏闻此事，心知长别离。徘徊庭树下，自挂东南枝。[陈祚明《采菽堂古诗选》："府吏之死，为报兰芝，必在后。"唐汝谔《古诗解》："妇为夫死，夫为妇亡，生不同衾，死犹同穴，其将合葬华山之侧，而节义并垂千古，其荣名岂有既（尽，尽头）哉？"余冠英《介绍〈孔雀东南飞〉》："她（指兰芝）为了忠于爱情，不肯离开仲卿改嫁（和那些仅仅因为贞操观念的束缚而守节不嫁的女子是大有区别的，这一点必须辩明），对娘婆二家和家庭以外的压迫力量做了不屈的斗争。灵魂的自由和地下的团聚鼓舞着她，她带挈仲卿一同走向了死。在这里，他们的死不是弱者的表现，而是一种反抗，因为在当时的具体情况下，他们不死，就只有屈服，没有第二条路可走。"]

两家求合葬，合葬华山傍。东西植松柏，左右种梧桐。枝枝相覆盖，叶叶相交通。中有双飞鸟，自名为鸳鸯，仰头相向鸣，夜夜达五更。（余冠英《介绍〈孔雀东南飞〉》："桐柏交荫，鸳鸯双飞，象征两人爱情永久不渝，再没有什么力量能把他们拆散。"褚斌杰《〈孔雀东南飞〉鉴赏》："这表明了真正的爱情是永恒不渝的，黑暗不能吞没，死亡不能阻隔，世界上没有任何力量可以把它战胜和拆散。"）行人驻足听，寡妇起彷徨。多谢后世人，戒之慎勿忘！（张玉谷《古诗赏析》："作者之伤感，惟末二语一点，却又在逼之死者一边着笔。戒逼之死者，正所以伤死者也。"）

[北宋魏泰《临汉隐居诗话》："古乐府中,《木兰诗》《焦仲卿诗》皆有高致。"(见元人陶宗仪《说郛》卷八十四)]

(南宋刘克庄《后村诗话》卷一:"《焦仲卿妻诗》,六朝人所作也。《木兰诗》,唐人所作也。《乐府》惟此二篇作叙事体,有始有卒,虽辞多质俚,然有古意。")

(明人王世贞《艺苑卮言》卷二:"《孔雀东南飞》质而不俚,乱而能整,叙事如画,叙情如诉,长篇之圣也。")

(胡应麟《诗薮》内编卷二《古体中·五言》:"古诗短体如《十九首》,长体如《孔雀东南飞》,皆不假雕琢,工极天然。百代而下,当无继者。")

(沈德符《顾曲杂言》:"《拜月亭》之外,予最爱《绣襦记》中鹅毛雪一折,皆乞儿家常口头话,镕铸浑成,不见斧凿痕迹,可与古诗《孔雀东南飞》《唧唧复唧唧》并驱。")

(李因笃《汉诗音注》:"此古今第一大篇,亦第一绝作!如对大羹玄酒,又如临宗庙百官,叙事敷词,俱臻神品。""曲尽人情,而无刻画之痕。")

(清人纳兰性德《渌水亭杂识》卷四:"《焦仲卿妻》又是乐府中之别体,意者如后之《数落山坡羊》,一人弹唱者乎?")

(吴乔《答万季野诗问》:"问:'《焦仲卿妻》在乐府中,又与余篇不同,何也?'答曰:'意者此篇如董解元《西厢》、今之《数落山坡羊》,乃一人弹唱之词,无可考矣。'")

[贺贻孙《诗筏》:"白乐天《长恨歌》《琵琶行》,元微之《连昌宫词》诸作,才调风致,自是才人之冠。其描写情事,如泣如诉,从《焦仲卿》篇得来。所不及《焦仲卿》篇者,政在描写有意耳。拟之于文,则龙门(指《史记》作者司马迁)之有褚先生(指续补《史记》的褚少孙)也。……其必不可朽者,神气生动,字字从肺肠中流出也。"

"《焦仲卿》篇,形容阿母之虐,阿兄之横,亲母之依违(谓模棱两可),太守之强暴,丞吏、主簿、一班媒人张皇趋附,无不绝倒(令人折服),所以入情。若只写府吏、兰芝两人痴态,虽刻画逼肖,决不能引人涕泗纵横至此也。"]

(沈用济、费锡璜《汉诗说》卷七:"此诗乃言情之文,非写义夫节妇也。后人作节烈诗,辄拟其体,更溢以纲常名教等语,遂恶俗不耐。")

[宋征璧《抱真堂诗话》:"《焦仲卿》及《木兰诗》,如看彻一本传奇,使人不敢作传奇。""《仲卿诗》叙事老朴,(颜)延之《秋胡诗》叙事闲雅。"]

(沈德潜《古诗源》:"共一千七百八十五字,古今第一首长诗也。淋淋漓漓,反反覆覆,杂述十数人口中语,而各肖其声音面目,岂非化工之笔?")

[傅庚生《中国文学欣赏举隅》:"佘若诗中人之一言一动,无不熨帖。'何敢助妇语',阿母之暴怒也。'勿复重纷纭',新妇之怨怼也。'本自无教训',新妇之谦词也。'不图子自归',阿母之惊恨也。'作计何不量',阿兄之浅鄙也。'那得自任专',兰芝之激忾也。'言谈大有缘',媒人之诒胁也。'卿当日盛贵',府吏之讽讪也。'君尔妾亦然',兰芝之辩诘也。'今日大风寒',府吏之昏呓也。凡此皆所谓'一言见性'者也。府吏长跪,阿母槌床,车中耳语,举手劳劳,阿母拊掌,兰芝仰头,以至于默无声,拍马鞍,执手分道,凡所施为,无不恰合其情绪。穿插此诗间,咸足以因其真而增其善美,蔑(无,没有)以加矣,叹观止矣,其所以传唱千古者,有其宜矣。"]

[萧涤非《汉魏六朝乐府文学史》:"《艺苑卮言》曰:'《孔雀东南飞》,质而不俚,乱而能整,叙事如画,叙情如诉,长篇之圣也。'陈胤倩曰:'历述十许人口中语,各各肖其声情,神化之笔也。'李子德曰:'叙事敷词,俱臻神品。'实则所谓神,所谓圣,总不外情理二字,无情

则理无所寄，然理失则情亦违！此诗之感人，即在合乎理而得乎情事之真。例如'低头共耳语'数句，与上'举言谓新妇'数句，虽大体相同，然情有深浅，语有缓急，文有繁略，不但不可互易，抑亦各各不能增减。盖前后境地不同，心情自异也。又如'却与小姑别，泪落连珠子'，须知'上堂拜阿母'时，便已有了此泪，然向阿母落，则为不近情理，为不合兰芝个性。又如写兰芝被遣，云'还家十余日，县令遣媒来'，'十余日'三字，便甚有分寸，大有道理，与古所谓'出妇嫁于乡曲者良妇也'（见《史记·张仪列传》）同义。又下文云'阿女含泪答'，含泪得是；曰'兰芝仰头答''登即相许和'，仰头得是，登即得是！盖前答对母，是初次危机，故犹存希冀之心。后答对兄，是再度逼迫，已心知无望，故态度亦转入于决绝倔强。此等处，正所谓'叙事如画'者。……此篇与后来北朝之《木兰诗》，唐韦庄之《秦妇吟》，可称为乐府中之三杰。胡应麟谓：'五言之赡，极于《焦仲卿妻》，杂言之赡，极于《木兰》。'使胡氏而获见《秦妇吟》，吾知其必继之曰：'七言之赡，极于《秦妇吟》。'靳荣藩云：'《庐江小吏》一首，述各人语气，有焦仲卿语，有仲卿妻语，有仲卿母语，有仲卿妻母语，有仲卿妻兄语，有县令语，有主簿语，有府君语，有作诗者自己语，沓杂淋漓或繁或简，或因其繁而更繁之，或因其简而更简之，水复山重，曲折入妙，诗中创格也。'（《吴诗集览·引》）信然。"]

（张炯、邓绍基、樊骏《中华文学通史》："诗里也着重写了兰芝对仲卿的体贴入微，显示兰芝性格里的善良温顺的一面。兰芝在焦家三年中受尽婆婆的折磨，直到非离开不可的时候才对仲卿诉说实况，她不但对仲卿没有丝毫抱怨，即在表示对婆婆不满的时候也说得很有分寸，见出她能谅解仲卿的处境。兰芝对于环境有清醒的认识，对于不幸有承担的勇气，所以对于前途并不抱什么幻想。仲卿向她提到后会时，她一则说'勿复重纷纭'，再则说'何言复来还'，足见她的清醒。但是她对于仲卿所抱的幻想却不忍彻底打破，所以在临别时又对他说：'君既若见录，不久望君来。'当仲卿误解兰芝许婚的真意而加以责难的时候，兰芝在为自己解释的同时还流露了对仲卿的同情，说：'同是被逼迫，君尔妾亦然。'这些地方都见出兰芝对于仲卿的体贴和了解。"）

《孔雀东南飞》历代被用为典故及加以咏叹、改写和仿写的作品选读

一 用为典故类

咏中妇织流黄

南朝 梁 萧纲

翻花满阶砌（台阶），愁人独上机。浮云西北起［此句与南朝萧齐时代谢朓的一首《奉和随王诗》的开篇句相同。那首诗全文如下："浮云西北起，飞来下高堂。合散轻帷表，飘舞桂台（汉未央宫台名，此指随王府邸）阳。遥阶收委羽（高朗的台阶上云气渐渐消散。委，弃，此指掉落。委羽，鸟儿掉落的羽毛，此指丝丝片片的云气），平地如夜光。眷言金玉照，顾惭兰蕙芳。"观其诗，是谢朓以浮云比喻随王萧子隆对自己的眷顾之恩，语气中满是欣幸感激之意，与"愁人独上机"的情感氛围大是不合。因此，这种字面上的相同应该只是一种偶合现象，不可牵强作解。实际上，此句当是从《古诗十九首·西北有高楼》化出。那首诗全文如下："西北有高楼，上与浮云齐。交疏结绮窗，阿阁三重阶。上有弦歌声，音响一何悲！谁能为此曲，无乃杞梁妻（孟姜女原型。刘向《列女传》记其事最详）。清商随风发，中曲正徘徊。一弹再三叹，慷慨有余哀。不惜歌者苦，但伤知音稀。愿为双鸿鹄，奋翅起高飞。"此诗情调正与"愁人独上机"相符］，孔雀东南飞。调丝时绕腕，易镊（变换镊。镊，古代织机上用来夹"提花线束"的附属部件）乍牵衣。鸣梭逐动钏（chuàn，镯子，妇女手腕或手臂上圆环状的饰品，通常为金、银、玉制品），红妆映落晖。

按：此诗首句写出暮春景象，透出伤春气息。次句，乃全诗核心句，其关键是"愁""独"二字。这俩字告诉我们，这位织者愁云满面，情绪低落，正在经受孤独寂寞之苦。三、四两句，则转而写起于西北的浮云和飞向东南的孔雀，这看似离题，其实却是紧扣"愁""独"二字，大有衬托和渲染之功。因为，这两句虽是写织者上机时所见之室外景象，但同时又是用典。"浮云"句暗示织者如《古诗十九首·西北有高楼》中那位歌者一般,缺乏心灵上、精神上知音的抚慰和支持;"孔雀"句暗示织者如《孔雀东南飞》中的刘兰芝一般,正面临爱的权利与人的尊严被粗暴剥夺的命运。在此基础上,全诗后四句则写"愁人"在织机上的工作情形,并刻意强调了织者的动作之美与衣饰之美。这就更显出命运之不公,更在读者的眼中、心中引起深切的关注和同情。

鸳鸯赋

南朝 梁 徐陵

[此赋是徐陵在萧梁任东宫学士时,与太子萧纲(即后来的简文帝)、湘东王萧绎(即后来的元帝)及东宫学士庾信的同题作品]

飞飞兮海滨,去去兮迎春。(此两句写鸳鸯在春天的海滨相伴而飞,写得生机勃勃而又情意绵绵)炎皇之季女(指雨师赤松子追随神农氏时得道成仙的炎帝少女。见刘向《列仙传》),织素之佳人(指汉乐府《上山采蘼芜》中让"故夫"觉得胜过新人的那位"故人"),未若宋王之小史,含情而死(指死后魂灵化为鸳鸯的韩凭夫妇。详见干宝《搜神记》卷十一)。忆少妇之生离(许逸民《徐陵集校笺》:"疑用焦仲卿妻事。"),恨新婚之无子(既是新婚,自然无子。因此,这里真正要强调的是新婚,它补足前句,指的是兰芝成婚不久就被逐出夫家)。既交颈于千年,亦相随于万里。山鸡映水那相得,孤鸾照镜不成双。[《艺文类聚》卷九十一《鸟部中·山鸡》载:"(南朝宋刘敬叔)《异苑》曰:山鸡爱其羽毛,映水则舞。魏武时,南方献之,帝欲其鸣舞而无由。公子苍舒(曹冲字苍舒)令置大镜其前,鸡鉴形而舞,不知止,遂乏死。"《太平御览》卷九百一十六《羽族部·鸾》载:"(南朝宋)范太《鸾鸟诗序》曰:昔罽宾(jì bīn,古西域国名)王结罝(jū,捕鸟兽的网)峻祁(大,盛。峻祁,很高峻的意思)之山,获一鸾鸟。王甚爱之,欲其鸣而不能致也。乃饰以金樊(笼子),飨以珍羞,对之愈戚,三年不鸣。

其夫人曰：'闻鸟见其类而后鸣，可悬镜以映之。'王从言，鸾睹形感契，慨焉悲鸣，哀响中宵，一奋而绝。"］天下真成长合会，无胜比翼两鸳鸯。观其哢吭（lòng háng，引颈鸣叫）浮沉，轻躯瀺灂（chán zhuó，水流声，此指戏水有声），拂荇（xìng，水草）戏而波散，排荷翻而水落。特讶鸳鸯鸟，长情真可念。许（如此，这般。下同）处胜人多，何时肯相厌。闻道鸳鸯一鸟名，教人如有逐春情。不见临邛卓家女，只为琴中作许声。[《艺文类聚》卷四十三《乐部三·歌》："（司马）相如游临邛，富人卓王孙家，有女文君，新寡，窃于壁见之，相如因以琴歌挑之曰：'凤兮凤兮归故乡，游遨四海求其凰，有艳淑女在此房，何缘交接为鸳鸯。'于是文君夜奔相如，同归成都。"］

　　按：徐陵作序的《玉台新咏》一书，将《孔雀东南飞》收录其中，使1700年后的我们得以展卷欣赏此诗，可谓功德无量。从这篇小赋来看，他对焦仲卿、刘兰芝的爱情悲剧有自己独到的观照。此赋先写鸳鸯伴飞，对之投去欣美的目光。接着，便推出一组比较，说成仙的炎帝少女和《上山采蘼芜》中令"故夫"心生愧意的善于织素的佳人，都比不上《搜神记》中韩凭夫妇和《孔雀东南飞》中刘兰芝夫妇魂灵所化的鸳鸯，因为这鸳鸯可以不受时空的局限而永远相爱相守。再接着，又推出照水自怜的山鸡和对镜而舞的鸾鸟，以其孤单无偶的境况进一步反衬鸳鸯的"长合会"和"长情"。最后，更说一闻鸳鸯之名，人即情不能抑，难怪卓文君当年会被司马相如《琴歌》中"交接为鸳鸯"的描述所打动。赋虽短，却着眼于"长合会"和"长情"，写透了韩凭夫妇和刘兰芝夫妇爱情的不朽，写透了鸳鸯的象征意义。唐初"四杰"之一的卢照邻在其《长安古意》中高唱"愿作鸳鸯不羡仙"，大概就是从这里得到了启迪吧？

赋得婀娜当轩织

南朝　陈　萧诠

东南初日照秦楼，西北织妇正娇羞。绮窗（雕刻或绘饰得很精美的窗户）犹垂翡翠幌（翡翠鸟羽毛编织成的窗帷。幌，huǎng，帘幔），珠帘半上珊瑚钩。新妆入机映春牖（yǒu，窗户），弄杼（zhù，与"梭"同义）鸣梭擢（zhuó，出，伸）纤手。何曾织素让新人，不掩流苏（用彩色羽毛或丝线等制成的穗状垂饰物）推中（仲，排行老二）妇。三日五匹未言迟，衫长腕弱绕轻丝。绫中转蹑（古代织机上用来提综的踏板。综是使经线上下交错以便梭子牵着纬线通过的装置）成离鹄（hú，天鹅），锦上回文作别诗。不惜纨素（wán sù，洁白精致的细绢）同霜雪，更伤秋扇箧（qiè，小箱子，藏物之具。大曰箱，小曰箧）中辞（辞别，被抛弃）。

按：此诗写一位美丽能干但心怀隐忧的织妇。首六句写美丽的织妇与其美好的居所相互映发；第六句化用《古诗十九首·迢迢牵牛星》意，暗示此织妇正为相思所苦；第七句化用汉乐府《上山采蘼芜》意，谓此织妇能干且不亚于《上山采蘼芜》中的那位"故人"；第八句化用汉乐府《相逢行》意，谓此织妇善织一如《相逢行》中的那位"中妇"；第九、第十句化用《孔雀东南飞》意，谓辛勤劳作的这位织妇比《孔雀东南飞》中的刘兰芝幸运，没有人在织作效率上故意找她的碴；第十一句化用汉乐府《艳歌何尝行》意，谓此织妇在绫上织出了《艳歌何尝行》中那对被迫分离的天鹅；第十二句化用窦伯玉妻《盘中诗》意，承上句之"离鹄"，点出织妇乃一极富才情的离人；最后两句则紧承上两句，说这位织妇伤怀于班婕妤《怨歌行》中所述合欢扇的命运，揭示这位已成离人的织妇正深怀被弃之忧。此诗让我们看到，在男子主宰一切的社会里，即便是如此美丽能干的女性，其对自己的命运也是时时堪忧的。诗人聚焦其事，可知他对此甚为不平。

杂曲歌辞·定情篇

唐　乔知之

共君结新婚，岁寒心未卜。相与游春园，各随情所逐。君爱菖蒲花，妾感苦寒竹。菖花多艳姿，寒竹有贞叶。此时妾比君，君心不如妾。簪玉步河堤，妖韶（妖娆美好）援（牵拉，牵引）绿荑（ti，茅草的嫩芽，这里泛指草木的叶芽）。凫（fú，野鸭）雁将（带领，携带）子游，莺燕从双栖。君念春光好，妾向春光啼。君时不得意（指对"妾"的心思不理解。得意，领会旨趣），弃妾还金闺（指汉代学士等待授任官职的宦者署，其门旁有铜马，故称金闺，其门则称金马门）。结言（订约，约誓）本同心，悲欢何未齐。怨咽前致辞，愿得申（申述，诉说）所悲。人间丈夫易，世路妇难为。始如经天月，终若流星驰。天月相终始，流星无定期。长信佳丽人（长信，即长信宫，汉代乃太后居所。佳丽人，指班婕妤。《汉书·外戚传》载，班婕妤为赵飞燕所妒，乃自请侍奉太后于长信宫），失意非蛾眉（蚕蛾触须细长而弯曲，因以比喻女子眉毛。这里借指女子美丽的容貌）。庐江小吏妇，非关织作迟。本愿长相对（相伴相守），今已长相思（此指相互分离）。复有游宦子（指春秋时鲁人秋胡），结绶（shòu，系官印的带子。结绶，绑扎绶带，指佩上官印，即当官）从梁陈（梁，虚指，无义，凑足音节。陈，指春秋时代的陈国）。燕居（闲居，此指夫妻生活）崇（通"终"，终止，满共）三朝（三天），去来历九春。誓心妾终始，蚕桑奉所亲。归愿未克（能）从，黄金赠路人。洁妇怀明义，从泛（漂浮，此指投水自杀）河之津（渡口）。于今千万年，谁当问水滨。更忆娼（本字为"倡"，歌舞女艺人之称）家楼，夫婿事封侯。去时恩灼灼，去罢心悠悠。不怜妾岁晏（一年将尽之时。晏，晚。不怜妾岁晏，即岁晏不怜妾，谓纵使年终岁尾也不惦念妻室），十载陇西头。以兹常惕惕，百虑恒（常，一直）盈积（满满堆集）。由来共结缡（指结婚。古代妇女结婚时，其母为其系结佩巾并叮嘱为人之妻应遵循的事项谓之结缡。缡，lí，妇女佩巾），几人同匪（通"非"）石。故岁雕梁燕，双去今来只。今日玉庭梅，朝红暮成碧（碧，指绿叶）。碧（叶）荣（花）始芬敷（芬芳招展），黄叶已渐沥（像落叶之声）。何用念芳春，芳春有流易（流失和变化）。何用

152

《孔雀东南飞》历代被用为典故及加以咏叹、改写和仿写的作品选读

重欢娱,欢娱俄(短时间,一会儿)戚戚。家本巫山阳(南),归去路何长。叙言情未尽,采菉(lù,一种药草,古时也用其汁液作颜料)已盈筐。桑榆日及景(yǐng,影。日及景,即被日光照到而生出的影子),物色(景色)盈高冈。下有碧流水,上有丹桂香。桂花不须折,碧流清且洁。赠君比芳菲,爱惠常不歇。赠君比潺湲(chán yuán,流水),相思无断绝。妾有秦家镜,宝匣装珠玑(珍珠。玑,不圆的珠)。鉴来年二八,不记易阴晖(即阴晴,易阴晖即阴晴变化,时光推移)。妾无光寂寂(倒装句,即寂寂妾无光。寂寂,孤单,冷落。无光,没有光彩,指容颜暗淡,形色憔悴),委照(不照镜子。委,弃)影依依(隐约,模糊)。今日持为赠,相识(zhì,通"志",记住)莫相违。

按:此诗围绕"人间丈夫易,世路妇难为"十字,写透了女子的痴情与男子的不可靠。开头的"游春园"与"步河堤"两组场景,写女子与男子关注点大异,导致男子心生腻烦而去。由此,乃引出女子"人间丈夫易,世路妇难为"的大段致辞。其中,"长信"两句,用汉成帝时班婕妤自请去长信宫侍奉王太后以避赵飞燕姐妹迫害之事,表明班婕妤的失宠不是因为年老色衰,而是有人使奸。"庐江"两句,用《孔雀东南飞》中刘兰芝之事,谓兰芝被遣并不是因为织作慢了,而是因为遇到了一位恶婆婆。"复有"十二句,用刘向《列女传·节义传·鲁秋洁妇》所载春秋时代秋胡戏妻之事,谓妻子忠贞而丈夫无行,致使人格受辱的妻子愤而投河。"更忆"八句,用《古诗十九首·青青河畔草》中之事,谓丈夫外出不归,致妻子独守空房而老;"由来"十二句,用《诗·邶风·柏舟》中"我心匪石,不可转也"意,谓人间多变故,天下夫妻没有多少人能够纯洁牢固地坚守婚姻;"家本"十四句,以家乡物象作喻,希望丈夫永不变心。"妾有"至末尾,用东汉秦嘉送妻子铜镜之事,希望夫妻情义永存。全诗以女子口吻,多角度、多细节地反复申说,絮絮叨叨,委委婉婉,淋漓尽致,确为椎心泣血之作。

庐江主人妇

唐 李白

孔雀东飞何处栖,庐江小吏仲卿妻。为客裁缝君自见,城乌独宿夜空啼。(旧题周代师旷《禽经》张华注:"乌之失雌雄,则夜啼。")

按:汉乐府有《艳歌行》一首,写游子在外,得到寓所女主人的同情并为之缝补破衣,女主人的丈夫归来,见此情景而心生疑窦,游子遂向其说明真相。词曰:"翩翩堂前燕,冬藏夏来见。兄弟两三人,流宕在他县。故衣谁当补,新衣谁当绽(缝制)。赖得贤主人,揽取为吾绽。夫婿从门来,斜柯(像斜出的树枝一样倾侧而立)西北(此当是其妻所在方位)眄(miàn,斜着眼睛看)。语卿且勿眄,水清石自见(xiàn,现)。石见何累累,远行不如归。"李白这首《庐江主人妇》与之近似,也是向寓所主人解释误会之作。首二句是说诗人东游到了庐江,寓所男主人和《孔雀东南飞》中的焦仲卿一样是庐江郡的一名府吏,寓所女主人则是像焦仲卿的妻子刘兰芝一样美丽贤淑的少妇。以下,"为客"句点出事件真相,同时也赞美了女主人的友善温厚。"城乌"句是说即使真有人对女主人抱有什么非分之想,那也绝对不会得逞——句中的一个"空"字既揶揄了抱非分之想的人,更赞美了女主人像刘兰芝一样忠贞不贰。

寒女吟

唐 李白

昔君布衣(布制的衣服,借指平民。古时平民不能衣锦绣,故以布衣称之)时,与妾同辛苦。一拜五官郎(汉时五官中郎将署下的属官有五官中郎、五官侍郎、五官郎中,泛称"五官郎"。此泛指为官),便索邯郸女。妾欲辞君去,君心便相许。妾读蘼芜书(指汉乐府《上山采蘼芜》,其主旨是抨击抛弃"故人"迎"新人"的行径),悲歌泪如雨。忆昔嫁君时,曾无一夜乐。不是妾无堪,君家妇难作。起来强歌舞,纵好君嫌恶。下堂辞君去,去后悔遮莫(一作"遮末",这里作什么讲)。

按:此诗以寒女口吻,两度今昔穿插,控诉男子对发妻一贯冷漠,现在做官了,更立即觅美女而弃发妻。控诉毕,发妻便态度决绝且无所顾惜地离那男子而去。诗中"不是妾无堪,君家妇难作"两句明显是从《孔雀东南飞》里刘兰芝的"非为织作迟,君家妇难为"中脱出。不同之处是,刘兰芝是针对婆婆而发,而这位寒女则是针对丈夫而发。

野人献菊,碧色,每丛作双鸟并立,名鸳鸯菊。为之赋诗

明　王鏊(ào)

其一

开与黄花不并时,翛然(xiāo rán,无拘无束貌)天与碧鲜姿。多应紫玉同韩重(《搜神记》卷十六载,吴王小女紫玉与书生韩重相爱,吴王反对,紫玉气结而死。韩重坟前哭祭,紫玉魂灵邀韩重入墓,尽夫妻之礼,并以明珠相送。后来,吴王认定韩重为盗墓贼,紫玉魂灵又现身为韩重洗清冤情),化作人间连理枝。

其二

枝头两两立东西,知是鸳鸯不独栖。一种贞心谁得似,庐江小吏仲卿妻。

其三

不向东篱嗅落英,相呼相唤本同声。不知草木缘何事,也作人间儿女情。

按:王鏊是明代名臣、文学家,唐伯虎称其为"海内文章第一,山中宰相无双",王阳明更视之为"完人"。他咏鸳鸯菊的三首诗,将菊的其他特征加以淡化,而着重围绕其"每丛作双鸟并立,名鸳鸯菊"这一点来加以生发。第一首以《搜神记》中吴王小女紫玉和书生韩重的生死恋为例,第二首又以焦仲卿、刘兰芝的生死恋为例,第三首则叹赏"人间儿女情"竟会化及草木。诗人完全不受理学的束缚,毫无保留地咏赞

一个情字,真可称之为焦仲卿、刘兰芝遥远的知音。

长干行

(长干,古建康里巷名,故址在今南京市南。行,乐府诗之一体。明代胡震亨《唐音癸签·体凡》:"题或名歌,亦或名行,或兼名歌行。歌,曲之总名。衍其事而歌之曰行。歌最古;行与歌行皆始于汉。")

明　王世贞

上客酒莫倾,请听长干行。长干十二高楼,夭矫(屈伸有力的样子)若飞虹。回飙(旋转的狂风)却(却于,被阻挡,使退却)檐楣(méi,屋檐口椽端的横板),赤日眩(眼昏发花,这里是使动用法)雕甍(méng,屋脊。雕甍即刻有花纹或图案的屋脊)。楼中何所有,娇女字倾城。五尺明珊瑚,睹者无不惊。姊妹不得骄,父母不敢高声。流盼灼朝霞,缓齿(柔齿。缓,柔也。牙齿细密,给人以柔弱感,故称)兰芳生。头上金雀钗,一一衔珠珰。腰间琼瑶佩,行步中宫商。(行走时脚步有节奏。中,与……相合,相应。宫商,中国旧有五声音调中的两个名称,这里代指音乐节奏)鸳鸯生不识,绣出便成双。十五嫁小吏,小吏焦仲卿。三朝上府牒(奏章、公文),四夕践府更(gēng,轮直,轮班)。府公(王府僚属称其主为府公)拮据(劳苦,辛劳)不得宁。十五休浣(huàn,洗涤,洗沐,指休假)期,中厨剌剌(屠宰猪羊时进刀之声)宰猪羊。不见小吏还,乃过(拜访,此指幽会)邯郸倡(歌舞女艺人)。邯郸倡,善为蛊(gǔ,本义为毒虫,此指诱惑,迷乱),不可方(比拟,比喻)。长干女,守空房。峨峨凤凰桥,焉见飞且鸣(谓桥有凤凰之名,却无凤凰之实。下文,谓天河非河)。森森天河水,指影竟无形。女身既已非,为妇空得名。恒恐容华变,薄命委秋霜。温衾不甘暖,涕泪沾衣裳。

按:王世贞在这首诗中以焦仲卿比长干女之夫,但这位焦仲卿却平时忙于公务,休息日又去倡家厮混而始终不回家,似乎忘了他是有妻子

《孔雀东南飞》历代被用为典故及加以咏叹、改写和仿写的作品选读

的人。奇怪,这是我们所读到的《孔雀东南飞》诗中的焦仲卿吗?王世贞还有一首题为《吴明卿以再调至京,值余方事家难,不数数见也。于其行,聊以拟古歌二章赠之。南冠楚音,相对嘘唏,无复易水慷慨之致,觑才气都尽耳(其二)》的诗,其中有云:"失身为君君不愉,空房迢迢清夜徂。东邻弃娃仲卿妻,生少不谐常独栖。"看来,王世贞手中的《孔雀东南飞》的版本还真与我们所读到的《孔雀东南飞》不同。

书怀寄夫子

清　潘孟齐

[潘孟齐,清初广东番禺女诗人,明遗民王邦畿之子王隼之妻。王隼是很有才华的一位诗人和儒者,他本来陪着父亲过着隐居避世的儒士生活,但父亲刚一去世,二十五岁的王隼却突然抛弃妻子和家庭,入丹霞山做了和尚。潘孟齐对此毫无心理准备,不禁又惊又痛,就写了这首诗寄给王隼。同时,她也开始了在家奉佛的生涯。于是,王隼有了《客中答孟齐内子见寄》一诗:"喜汝能偕隐,惭余久未还。悲欢贫贱里,形影别离间。乞巧怜新月,逢秋忆旧山。如何牛女夕,霜点客衣斑。"六七年后,在屈大均等诗人的劝说下,王隼回家,重为儒士,继续其隐居避世的生活,潘孟齐与之共筑漎(zòng,水边高地)庐,共同隐居山林。王隼对此颇为享受,其《漎庐杂咏》七首的第一首有云:"赖有同心人,于焉成小筑。柴门不在广,取容枔与轴;方池不在深,取濯缨与足。儿童解我意,绕砌栽黄菊;老妻适我情,瓮中酒长熟。芰荷制吾衣,薇蕨充吾腹。荒居无四邻,空山静耳目。草草百年身,聊以全吾璞。"]

惭愧兰芝女,还家恨解携(指王隼突然弃家出走做了和尚。解携,分手,这里是抛弃的意思)。如何伯鸾妇(王隼作为明王朝的二代遗民,入清后坚持隐居避世,潘孟齐是支持的,她甘为隐士之妻。伯鸾,东汉隐士梁鸿的字),翻作仲卿妻。星月原同影,鸳鸯不独栖。烛花随泪尽,愁听夜乌啼。(旧题周代师旷《禽经》张华注:"乌之失雌雄,则

夜啼。")

按：潘孟齐这首诗是说，自己本意是做一个像东汉梁鸿之妻孟光那样与丈夫共隐山林的人，却像焦仲卿之妻刘兰芝一样被无端抛弃。与丈夫同沐星月辉光的恩爱鸳鸯生涯已成往事，如今只能陪着蜡烛流泪，怀着无边的哀愁听那失偶的乌鸦在夜幕中声声悲啼。此诗以刘兰芝无端被逐来类比自己无端被抛弃的遭际，很真切地表现了这一事件对她造成的伤害之深。但她在诗中却没有深责丈夫，只是流着泪讲述自己的震惊、困惑与伤心，颇有怨而不怒之风。

秋胡曲

清　王采薇

[秋胡，春秋时鲁国人。婚后五日，游宦于陈，五年乃归。见路旁美妇采桑，赠金以戏之，妇不受。及还家，母呼其妇出，即采桑者。妇斥其好色无行，愤而投河死。参见刘向《列女传·节义传》。王采薇，清中期武进（今常州）人，诗书画兼擅，著名学者孙星衍之妻]

珂声珰珰踏春疾（踏春，竟纵马疾驰，此写秋胡的轻佻。珂，似玉的石头，此指马笼头上的饰物），立处兰风下林末（立于桑下，一派幽兰风致，此写秋胡妻之贞静娴雅。林末，林稍）。柔桑落臂弱不收（"弱"与"柔桑"相扣，指细弱不成熟不丰腴的嫩桑叶。偶有细弱桑叶落于臂上，因其不成熟不丰腴而不予收揽，此写秋胡妻谙熟采桑之道），花颊流红射朝日（花颊流红，美丽如花的脸颊泛着红晕。射，映。此写秋胡妻容颜之美）。冰缣夜断不愿金 [此写秋胡妻绝不愿面对一个轻薄无行的丈夫。冰缣（jiān），光滑润洁的浅黄色双丝细绢。全句用《后汉书·列女传》中乐羊子妻劝谏丈夫勿贪路遗之利、勿废积学之功的典故]，妾泪自堕因蓍簪（此写秋胡妻因秋胡不珍惜夫妻情义而伤怀落泪。蓍簪，shī zān，以蓍草做的簪子。《韩诗外传》卷九载，孔子出游，遇一妇人哀哭。孔子派弟子去问她为什么哀哭，妇人说，为在打柴草时弄

《孔雀东南飞》历代被用为典故及加以咏叹、改写和仿写的作品选读

丢了她用蓍草做成的簪子而哀哭。孔子的弟子感到奇怪,那样一个簪子弄丢了值得哀哭吗?妇人回答说,她不是为丢失了簪子而哀哭,而是为丢失了旧物而哀哭。以后,人们就常用蓍簪来比喻故旧,这里则是指夫妻情义)。仓庚少妇能销妒(意指秋胡妻不原谅丈夫不是出于嫉妒。《诗·豳风·东山》写征夫怀想妻子:"仓庚于飞,熠耀其羽。之子于归,皇驳其马。亲结其缡,九十其仪。其新孔嘉,其旧如之何!"仓庚,即黄鹂鸟。仓庚少妇,《东山》诗中征夫的妻子,这里指秋胡妻),磐石男儿不镇心(此言男子往往言不由衷,不能守誓。《孔雀东南飞》:"君当作磐石,妾当作蒲苇,蒲苇韧如丝,磐石无转移。"镇,坚守,控制)。

按:题为《秋胡曲》,当为乐府诗体。乐府诗首先要求造语自然,意思晓畅。以此来衡量,王采薇的这首诗难称佳构——它的语言组织不够自然,不能明白晓畅地传情达意。但是,此诗结尾两句是值得关注的:她首先指出秋胡妻的激烈反应并非出于女子的妒忌天性,而是出于无法面对秋胡人品的卑劣低下。在这里,她还把《孔雀东南飞》中刘兰芝与焦仲卿的约誓作为典故来反向使用,再说什么约誓也管不住男子那失去道德底线的心。这显然是一种典故活用的体现。

 咏叹类

焦仲卿妻
元 杨维桢

生为仲卿妻,死与仲卿齐。庐江同树鸟,不过别枝啼。

按:杨维桢这首诗并非在歌颂焦仲卿、刘兰芝忠贞不渝的爱情,而是赞美刘兰芝的行为符合后世极端看重的从一而终的妇德要求。不过,读者如果把它解读为歌颂忠贞爱情之作,那也无妨。杨维桢还有一首《焦仲妇》,是对《孔雀东南飞》的缩写加改写之作。那首诗有宣扬愚

孝，维护男可续娶而女不可再嫁的不合理礼制的内容，可取之处甚少，就不向读者推荐了。

小姑贤祠

元　宋裘（jiǒng）

旧时民家有姑恶（wù，厌恶，憎恶）新妇，欲织罗（即罗织，搜寻和编造罪名来构陷人）而去之者。其小姑悉自揽取为己过，冀以悟母。母悔而止，乡人祠之。

离鸾别鹄（又作"离鸾别鹤"，比喻夫妻离散）两沉冥（沉入昏暗之中而不留痕迹，即消失，死亡），肠断庐江焦仲卿。不见虎丘南畔月，至今尝为小姑明。

按：《孔雀东南飞》的读者中，认为小姑进谗是导致兰芝婆媳不和的因素之一的可谓代不乏人，但这种看法没有文本依据，完全是一种主观臆断，不可取。《小姑贤祠》这首诗则叹息小姑未能在母亲与嫂子之间巧加斡旋以化解矛盾，这却是有文本依据的，因为《孔雀东南飞》中确乎不见小姑在这方面有所作为。

论诗

清　管世铭

引声（曼延其声。此指诗歌从容不迫的叙述节奏）天籁岂人为，杂沓无文致益奇。前世村讴今绝唱，庐江小吏木兰诗。

按：管世铭是清乾隆后期进士，这首绝句载于其《韫山（yùn，蕴藏，是"石蕴玉而山辉"之意）堂诗集》卷十六。管氏推崇《孔雀东南飞》和《木兰诗》这两篇作品，毫不掩饰地惊叹民间诗人的创造力，这两篇作品看似没什么文采，却有着纷繁多样的人物和场景，从而更显出非同一般的奇特风致。他指出，这两首诗纯是一片天籁之声，是当时乡村闾巷的民间歌赋，不是谁为了作诗而作出的诗，这样的作品在今天当

然是无可企及的诗坛绝唱。管氏的这个看法很有道理,与明代"前七子"领袖李梦阳晚年《诗集自序》中"诗者,天地自然之音也"及"真诗乃在民间"的说法可谓异曲同工。

仿元遗山论诗绝句六十首第九

清　张晋

拉杂长篇激楚(激愤悲痛)声,东南孔雀善言情。若非绝代文人笔,谁识兰芝与仲卿?

按:张晋略晚于管世铭,是清代中期著名布衣诗人、诗论家、史论家,其《仿元遗山论诗绝句六十首》在当时引起很大轰动。他这首评论《孔雀东南飞》的绝句着重推崇《孔雀东南飞》善于言情。中国文人曾长期瞧不起叙事诗,以为诗是用来言志抒情的,而不是用来叙事写史的。张晋却从《孔雀东南飞》这首叙事诗中发现了它极强的抒情性,这就看出他不为旧论所囿且眼光独到。"若非绝代文人笔,谁识兰芝与仲卿"两句既是对《孔雀东南飞》叙事抒情之造诣的衷心礼赞,同时也有给予诗作者以崇高地位的意思,我们必须明白他这种用心。但我们也要指出,他似乎没有意识到,这绝代文人不是存在于某一时段的单一个体,而应是很多年代里很多绝代文人的一个历时性群体。

兰苕馆论诗之六

清　许奉恩

连理交柯墓草肥,千秋赢得穴同归。眼中泪点心头血,迸作东南孔雀飞。

按:许奉恩是清代晚期桐城布衣,著名的笔记小说《里乘》的作者。他这首论诗前两句赞叹焦仲卿、刘兰芝忠于爱情,终于千秋同穴,再没人能把他们分开;后两句赞叹《孔雀东南飞》的悲剧美,他认为诗篇是诗人用眼中泪和心头血浸泡出来的杰作。他肯定了《孔雀东南飞》

的崇高价值,更揭示了一个文学创作的真谛:真正不朽的作品,必是作者用眼中泪和心头血浸泡出来的。

 改写类

庐江小吏妻

南宋 刘克庄

尊嫜(亦作"尊章",舅姑。对丈夫父母或对公婆的敬称。这里指焦母)有严命,妾不获从夫。去去犹回首,谆谆(忠谨诚恳)别小姑。

按:刘克庄《后村诗话续集》卷一评《孔雀东南飞》和《木兰诗》道:"木兰始代父征戍,终洁身来归,仲卿妻死不事二夫,二篇庶几发乎情性,止乎礼义。"他把兰芝的殉情定性为"死不事二夫",这显然是一种理学的偏见。因为,在兰芝所处的时代,虽有"不事二夫"之说,但实际生活中不受此说约束的现象却在社会各阶层屡有发生,人们显然并不认为这是什么大逆不道的事情;而从《孔雀东南飞》的文本来看,兰芝也明显不是受"不事二夫"之信念的驱使而死,而是为了捍卫自己的爱情、婚姻和尊严而死。为强调"发乎情性,止乎礼义"这一儒家礼教观念而作。诗中,刘克庄先以"尊嫜有严命,妾不获从夫"两句点出兰芝因焦母"严命"所逼而不得不放弃"从夫"之志,揭示了焦母之专横和兰芝之不幸。然后,他便将《孔雀东南飞》的其他情节全部抛开,单单强调兰芝离开焦家时的表现。这里,"去去犹回首"一句足见兰芝对仲卿和仲卿这个家的难以割舍之情,"谆谆别小姑"的"谆谆"二字则突出了兰芝的孝悌之情。由于此诗是以《孔雀东南飞》原诗为本,这里虽未写出兰芝与小姑作别时的具体话语,但那些话语却已在读者心中被唤起,同时被唤起的,还有兰芝那虽遭驱逐却仍对公婆的奉养和照顾问题挂怀不已的善良形象。所谓"发乎情性,止于礼义",即一切言行都出于真情和本性而又无不合于礼义要求,兰芝之行事,正是这八个字

的最好注脚。

焦仲卿妇辞
元末明初　胡奎

黄鹄上青天，雌雄相颉颃（xié háng，鸟上下飞）。妾年十四五，学绣金鸳鸯。父母养妾在洞房，寸步何曾出中堂。嫁作庐江焦氏妇，低眉不离老姑旁。春月浴吴蚕（浴蚕，浸洗蚕子。古代育蚕选种的方法），秋风织流黄（淡黄色的绢）。烹鱼朝具馔（备膳，准备或陈设食物。馔，zhuàn，食物，菜肴），秉（bǐng，持，执）烛夜缝裳。不知姑何意，命妾别庐江。梧桐不复生，凤凰不得双。郎心如石不可转，妾如蒲苇不可断。妾家有暴兄，一旦来相迎。玉骢（即玉花骢。这里泛指骏马。骢，cōng，青白色相杂的马）金络（黄金打造的笼头。络，络头，笼头）马，轧轧（yà yà，象声词）车轮声。遣妾移所天（命我换一个丈夫。所天，所拥有的天。礼教教义规定，丈夫是妻子的天，不可移易），出门无少停。暴兄安能知妾情，妾今无故来归宁（已嫁女回娘家看望父母叫归宁）。女子足不践（踩踏，接触）二庭（此指嫁给第二个丈夫），庐江之水清泠泠（líng líng，清白、洁白貌）。吁嗟乎，焦仲卿。

按：胡奎的这首缩写加改写之作，以刘兰芝自述的口吻着重突出了她在焦家严守妇道，恭谨侍奉婆婆，日夜辛勤劳作的情形，从而比《孔雀东南飞》更确切也更有力地表明，焦母驱逐兰芝是毫无道理的。后面，又写暴兄相迎，逼兰芝另嫁，不依不饶。整个叙述十分简括，却使焦母和刘兄的恶行暴露无遗。但是，此诗在肯定夫妻情义之后，又强调"天"不可移及"女子足不践二庭"等在汉代社会并未严格奉行的准则，其思想价值便大为减损。

孔雀东南飞
明末清初　彭孙贻

孔雀南飞，集于桂林。公子令德，不如故人。（这两句是说那两位公子虽好，但谁也比不上我的仲卿，我是不会改嫁的。公子，本是诸侯庶子之称，后亦称所有权贵或富家子弟，此则特指县令和郡守的儿子。令，美好。故人，前妻、前夫或旧日的朋友或情人，此指前夫）。雷何填填，其阴其雨。（雷声隆隆，或阴或雨，老天说变就变。填填，形容声音大。何，句中助词，无义。其，连词，表选择。这两句是说孔雀遭遇恶劣天气）灌木高栖，惜其毛羽。五步一啄，十步一息。（孔雀面对恶劣天气，总是在灌木高处栖息，以免弄脏了美丽的羽毛。它们走五步啄点食，走十步歇一歇，活得自由而有尊严。这四句是通过兰芝的眼睛来观察孔雀，同时也透露出兰芝渴望自由而有尊严的生活。《庄子·养生主》："泽雉十步一啄，百步一饮。"）令子非匹，不饮下食。（意思是在兰芝看来，县令和郡守的儿子与她地位悬殊，彼此不适合做夫妻。令子，犹言佳儿、贤郎。饮，受，享受。下食，下等人的食物，劣食。这两句是兰芝换了个角度再次强调她决不改嫁他人）。疾风聒聒，哕矣姑恶。（像狂风在乱刮乱叫，恶婆婆的做派令人作呕。聒聒，guō guō，喧闹，声大而嘈杂。哕，yuě，作呕）。姑恶姑恶，妾罪斯作。（正因为婆婆凶恶，所以我这当媳妇的就有了罪——我本无罪，我的罪名都是她强加的。斯，尽，皆）。介鸟（大鸟）群处，不移匹双（配偶不乱）。母也天只（天啦。只，楚方言语气词），我心盡（xì，悲伤痛苦）伤。霍丘（天柱山）有隤（tuí，崩塌），庐（庐江）竭则亏（则，句中助词，无义。亏，消歇，消失）。鸣悲孔雀，鉴形莫回。[回，改变。鉴形，观察形迹，判断是非得失。唐吴兢《贞观政要·求谏》："贞观十六年，太宗谓房玄龄曰：'一日万机，一人听断，虽复忧劳，安能尽善？常念魏征随事谏正，多中朕失，如明镜鉴形，美恶必见。'"结尾四句是说即使天柱山崩塌了，即使庐江水枯竭了，哀哀悲鸣的孔雀啊，愿你们也能（像我一样）认清大义所在，绝不动摇和退缩]。

按：彭孙贻是被陈子龙视为"不愧子瞻（苏轼）"的人。他这首四言诗不重叙事重抒情，既借兰芝的眼睛观察和赞美孔雀，又让兰芝直接

《孔雀东南飞》历代被用为典故及加以咏叹、改写和仿写的作品选读

向孔雀展开倾诉,写法很新颖。诗中的兰芝认为谁也没有她的仲卿好,强调自己和县令郡守的儿子不是可以同在一个屋檐下的人,这就把她的忠于爱情、不慕富贵,都非常朴实而又具体鲜明地表现出来了,可谓发《孔雀东南飞》之所未发。而"母也天只"两句则使《诗·鄘风·柏舟》中"之死矢靡它!母也天只,不谅人只"等语转化为兰芝的宣告和抗议之声,有力地传达了兰芝维护爱情和尊严的坚定意志;结尾四句又以汉乐府《上邪》式的呼告,进一步凸显出兰芝的专一、执着和贞烈,有撼人心魄的感染力。

戏作焦仲卿妻诗补并序

清初　陈祚明

古人作诗叙事,实(事实上,实际上)意有所专(专一,不游移),辞不无或详或略,良得其理矣。藉第令(假使)详其所略,略其所详,庸渠[同"庸讵(jù)",岂,难道]不能成章?余读《古诗为焦仲卿妻作》,悟其工,故反其意,连类成篇。验(证实,证明)为文何常?思心(思虑)所之(及,至),蹈虚入冥(抓住原作中的空隙和隐微之处下功夫。蹈,踩,乘。虚,虚空,空隙。入,陷进,沉浸。冥,幽深,幽隐),言人所不言,亦各有取用也。

潜霍(潜水边上的霍山。即今安徽省潜山市境内的天柱山)上干(冲,冲上)霄,江水流其旁。郁郁庐江郡,滔滔介(间隔,隔开)南邦。皇汉建安中,下邑(小县,小地方)龙舒乡。何(当为"向",从前也)有郡功曹,姓焦名仲卿。十三诵诗书,十五娴(xián,熟悉)律章(律令,典章)。十七辟(bì,征召,录用)公府,羔雁(用以征召、婚聘、晋谒的礼物,此代指官员)列两厢。盈盈(仪态美好貌)府中步,宛宛(迟疑徘徊貌)行循墙[谓避开道路中央,靠墙而行。表示恭谨或畏惧。《左传·昭公七年》:"故其鼎铭云:'一命(任命)而偻(lǚ,弯曲),再命而伛(yǔ,驼背),三命而俯(弯腰屈身),循墙而

《孔雀东南飞》探析十七题

走,亦莫余敢侮。'"杜预注:"言不敢安行也。"]。府吏家何有?有母坐高堂。白发被(披)两肩,目如震电光。独居理中馈(家中饮食之事),门户有周防(周密的防护)。

春气动山阿(山的曲折处),草木吹杂香。府吏休沐(休息洗沐,官员休假之称)归,白马紫丝缰。青郊大堤道,红杏间垂杨。以手挽缰立,荫树自彷徨。不知谁家女,提筐行采桑。肌肤洁白晰,窈窕世无双。鬓发耀青云,阿那(婀娜)蛾眉长。含睇(hán dì,含情而视)却回身,轻躯何洋洋(同"扬扬",飘逸貌)。紫绮(qǐ,有花纹或图案的丝织品)为上衣,素绮为下裳。袅袅行迟迟,动步摇珠珰。府吏见此喜,即复到门看。朱丹涂中门,白垩(bái è,石灰岩的一种,主要成分是碳酸钙,是由古生物的残骸积聚形成的。白色,质软,分布很广,用作粉刷材料等)饰东墙。墙东有老姥,开门踞胡床(一种可以折叠的轻便坐具,又称交床)。下马向姥揖,问君来何方。辞让善温文,有此马上郎。十指凝脂膏,双颊琢圭璋(两种贵重的玉质礼器,上圆下方为圭,半圭为璋)。从容前致辞,吹气如兰芳。直说西家女,美丽媲(pì,匹敌,比得上)姬姜(周王朝姬姓和姜姓两大贵族的妇女,泛指有贵族血统和贵族教养的美女)。为许(何,什么)贵高门,伉俪(kàng lì,伉,抗也;俪,偶也。指夫妻。此谓女子嫁人为妻)谁所当?兰芝刘氏妹,年始十五强。深谨守礼仪,重关(此指层层的屋门。关,本义为门闩,引申为门)日夜藏。讵(jù,表否定,无,非)有令郎君,六礼(指纳采、问名、纳吉、纳征、请期、亲迎等从议婚至完婚过程中的六种礼节)亦未将(施行)。春风扇蛱蝶,渌水浮鸳鸯。乍可(只可)宜君子,携手入兰房(犹香闺,指妇女的居室)。便当遣媒妁,缱绻(qiǎn quǎn,情意缠绵,此指缠绵的情意)为君通。

挥鞭返家巷,低头笑不已。系马挂玉鞭,再拜白阿母:"何意郭门(外城门)刘,梧桐双井里。有女颜如荼(tú,茅草的白花),美德工(巧,这里是使美好的意思)容止(仪容举止)。求得作儿妇,阿母亦欢

《孔雀东南飞》历代被用为典故及加以咏叹、改写和仿写的作品选读

喜?"阿母掉头答:"且当相讯问,恐是小家子。大家闺阁深,沉沉养贵嫔(pín,皇帝的妃子,此指身份高贵而有修养的女子)。少习列女训(专门讲妇女行为规范的各种《女训》著作),婉婉(wǎn wǎn,仪容美好,性格柔顺)无尤愆(yóu qiān,过失,罪过)。举动依保姆(当作"保姆",古代宫廷或贵族之家负责抚养管护子女的女妾),不得自由专。春秋习礼度,宗室陈豆笾(dòu biān,盛放祭品的容器。木制的叫豆,竹制的叫笾)。秩秩(聪明多智貌)复雍雍(从容大方貌),娈(luán,美好)彼硕女身[硕女,硕德之女,贤德之女。见《诗·小雅·车舝(xiá,即辖,车轴端头插键)》]。佻佻(tíao tíao,翩翩美好貌)小家女,未可论亲姻。外艳里怀薄(心地不厚道,不庄重。里怀,心地),何用(即"用何",用什么,怎么)知女心。"

却略(退身,表谦恭)再拜跪:"一言儿当陈(陈述)。皆言此女良,邻里同声贤(以之为贤)。美丽媲姬姜,为人幽且闲(安静而有规矩。闲,法度)。夫妇如天地,所欲中心欢。贵姓(指大家世族)不足令(美好,此指称道,看重),且复爱婵娟(况且我又很喜欢这个美丽的姑娘。且,况且。复,又。"且复"在这里不是一个词,而是两个词)。念当(连词,倘,倘若)失此女,惆怅空房单。""阿母贯汝恣!"(贯,连续,一贯。恣,放纵,放肆。贯汝恣,一贯由着你的心意行事)即复愍(怜悯,同情)可之。譊譊(náo náo,争辩)何(多么)喧喧(xuān xuān,喧闹),遣媒前致辞。元纁(xuán xūn,元,即"玄",黑色。纁,浅绛色。玄纁,即黑色和浅绛色的布帛)实筐篚[装满了各种竹器。实,装满。筐篚(fěi),盛物竹器,方曰筐,圆曰篚],簪组(zān zǔ,冠簪和冠带)纷陆离(色彩绚丽纷杂)。白璧耀日光,黄金十二钗。盛以碧玉箱,载用沙棠(木名)车。盘螭(chī,无角的龙)织成幄(wò,帐幕),四角流苏垂。乘雁(shèng yàn,用作聘礼的两对大雁)鸣雍雍(yōng yōng,鸟类和鸣之声),担羊(担酒牵羊)后头随。车轮班班(络绎不绝貌)转,驻路(同"辂",大车)入女门。交

· 167 ·

钱一百万,杂彩五色丝。蜃[shèn,贝类有介壳的软体动物,即大蛤(gé)]贝错(交错陈列)珠盘(珠玉为饰的精美的盘),陈我东西墀(chí,台阶上面的空地)。纳采(古婚礼六礼之第一礼。男方向女方送求婚礼物)旋(不久,紧接着)问名(古婚礼六礼之第二礼。在纳采之后,由男方派人到女家询问该女的姓名及生年月日,用来占卜吉凶、合八字),九十其文仪(《诗·豳风·东山》:"之子于归,皇驳其马,亲结其缡,九十其仪。"本指母亲送女儿出嫁时,亲手为其系好佩巾,并叮嘱为人之妻所要遵循的各种礼仪,这里指女子出嫁前修习为人之妻的种种礼仪)。

开书视吉日,府吏御轮归。(打开历书,选定吉日,府吏驾车将新娘接到家中。此指两人正式成婚)同心有比翼,连理无分枝。一岁眉未舒(羞怯不适貌),二岁情和谐。荏苒三载余,幸甚无嫌猜。府吏赴郡直(当值,执行公务),惨惨衷肠摧。三月一休沐,并坐吹参差(cēn cī,排箫)。奈何阿母严,奉养义匪(非,不)亏。晨朝起问安,鼎鼎趋中间。(早晨起来,郑重恭谨地去向婆母请安。鼎鼎,盛大,这里是郑重恭谨的意思。趋,疾行。间,这里指门。中间,中门,内、外室之间的门,此指焦母卧室之门)纫针(穿针引线)请补缀,羹汤手自治。织作分(fèn,职责范围)所当,永夜亦不辞。顾见(看见)但(就,即)詈(lì,骂)骂,瞋目(chēn mù,瞪视)颜不怡。欲退复不敢,欲进行次且(zī jū,同"趑趄",脚步不稳,想前进又不敢前进的样子)。

阿母见府吏,欸欸(ǎi ǎi,叹息关切之声)多仁慈。即复呼小姑,布席同餔糜(bū mí,吃粥,此指用餐)。但当乐朝夕,不宜见兰芝。为菹(zū,腌菜)常苦(怨,嫌,下同)咸,和梅常苦酸。烹鱼憝(苦于,嫌)羹热,沛(jǐ,过滤)醴(lǐ,甜酒)嫌浆寒。掺掺(纤纤,《诗·魏风·葛屦》:"掺掺女手,可以缝裳。"毛传:"掺掺,犹纤纤也。")出素手,缝为文锦裙。襞积(bì jī,衣服上作装饰用的皱褶)称腰身,十幅相骈连。中度(合乎规格,符合身体尺寸)但言狭,不堪奉

《孔雀东南飞》历代被用为典故及加以咏叹、改写和仿写的作品选读

高尊。

"大家习女训,婉娩无尤怨。举动依保姆,不得自由专。婟婠(wò chuò,当为齷齪或婠婠。齷齪,器量局促,狭小。婠婠,矜持拘谨貌)小家女,何当论亲姻。外艳里怀薄,有此不肖心。叱嗟(chì jiē,怒斥声)遣之去,小吏(本该称"小子",此以"小吏"称之,有戏谑味)勿为烦。不喜见此女,令可事他人(使之可以改嫁他人。即解除与焦仲卿的婚姻关系)。"府吏泣无言,踯躅(zhí zhú,徘徊不进貌)送妇去:"他日会相迎,今我不得顾。"

连理枝离分,鸳鸯两相慕。府吏赴郡直,踽踽(jǔ jǔ,单身独行)公府步。白日照衣裳,荏苒(渐渐)视景(yǐng,日影)度。夜中明月来,廨宇(xiè yǔ,官舍)澄空素(透明,空阔,到处光洁如白绢)。银箭递金壶(计时的漏壶里表示时刻的浮箭渐次抬升。意思是睡不着,无可奈何地计算着时刻。递,递升),匡床(安适的床)悲独寤。揽衣束衿带(jīn dài,衣带),徘徊立中露。两地隔相思,昭昭共蟾兔(传说月中有蟾蜍和玉兔,故以蟾兔指月)。兰芝母家宿,清泪落如注(倾泻)。欢爱誓妩他,可怜(可惜)丈人(大人,指焦母)怒。女子既有行,受命天所赋。以身事君子,绸缪大义固。不言(不料,没想到)当还归,弃捐在中路。雨降不为云,叶落亦辞树。虽有亲母兄,此室非我处。日暮心烦冤,默然行复卧。梦中见府吏,执手一相诉:"薄劣(顽劣)忤丈人,情知多谬误。被驱无怨言,君应谅诚素(素亦作愫,真情实意)。廓独(空寂,孤独)抱寒衾(qīn,大被),悲君因我故。今当并载还,与子同翱翔。调丝理清瑟,为乐未渠央['渠'通'遽'。遽(jù)央,匆匆停歇]。"府吏默不言,奄忽(yǎn hū,忽然)去(离开)我旁。啼声一以悲,起视天茫茫。郁郁何昏昏,魂魄四飞扬。登车遵往路,入门还上堂。再拜因小姑,俯首谢(道歉,认错)尊章(亦作"尊嫜"。舅姑。对丈夫父母或对人公婆的敬称)。丈人顾我笑:"此事实寻常。唾井(向井中吐唾沫,表示不再饮此井水。比喻休妻)非大瑕,且解知忡惶

(chōng huáng，忧虑不安貌)。小复(犹略微再，稍稍再)相敕教(chì jiào，帝王的命令。此指施以教训)，故遣来相迎。"开我东阁门，启我嫁时箱。玲珑玉搔头，双爵(通"雀")金钗黄。吴罗(吴地出产的稀薄丝织品)襦(rú，短衣)中单(汗衫)，华袿结香囊。兰熏合欢被，迷迭(香草名)艾(香草名)都梁(香草名)。觿(xī，解绳结的角锥，此指磨砺玉器的工具)砺珠珊瑚，琼瑀(yǔ，像玉的石头)交琳琅(玉石相触碰，发出清脆美妙的声音。琳琅，玉石相击声)。众诸(许多，各种)试佩带，左右触铿锵。崔嵬(高耸貌)博山炉(炉盖造型为群山状的香炉。博山，即群山)，百兽刻文章(博山炉上镌刻着各种各样的走兽。文章，纹饰，图案)。葡萄穿海燕(海燕在葡萄架下翻飞。此指镜子背面图案)，明镜颎(jiǒng，光明)青铜。炯炯照我颜，峨峨(盛美貌)理红妆。玉簪忽复折，坠地声琅琅。本谓平生居，忽觉(从梦中醒来)天一方。悲风吹薄帷，喔喔闻鸡鸣。历乱(纷乱，杂乱)想畴昔(chóu xī，往昔，过去)，颠倒著衣裳。蹑履之(往，到)寝门，下气(屏息，小心貌)瞻审详。出汲办晨餐，辘轳冻银床(井栏)。溉(洗涤)釜燃以萁，慊慊(qiè qiè，诚敬貌)炊黄粱。三晨而不归(指焦仲卿久久不来)，具膳谁当尝。辛苦谢小姑，趋走侍中唐(大门至厅堂的路，这里代指焦母)。尸(承担)饔(yōng，熟食，此指操办饮食之事)使母劳，不得相扶将。五内坐(因此)煎迫，中情如沸汤。(此六句是兰芝在心里向小姑的表白)

阿兄顾我笑，阿母大叹息。以昔(夕)复至明，从朝日中昃(zè，太阳偏西)。嗫嚅当何道(说什么)，耳语不可识。(这几句是说母亲与兄长背着兰芝把她许嫁了)譀譀何喧喧，百礼充庭实(所有的礼品都是可以陈列于朝堂的贡献之物，指礼品多而且珍贵。充，尽。庭实，陈列于朝堂的贡献物品)。微闻太守字，知复横相逼。天令府吏归，出门逢路侧。执手刻(通"克"，限定，此指态度坚决地约定)密期(指隐秘不让人知的殉情时间)，长寝(死亡)万事毕。烈女无二夫，义不背君

《孔雀东南飞》历代被用为典故及加以咏叹、改写和仿写的作品选读

德。昏黄群动静（各种动静都停息了），池水漂碧色。弱躯浮中央，哀怨赴冥墨（昏暗，指阴间）。府吏得闻之，勿复更凄恻。举身挂树枝，四体僵且直。

晨朝门洞开，阿母心自疑。呼女不闻声，阴风飒（sà，吹动）虚帷。阿兄共觅取，越陌望清池。号哭负女归："作计何愚痴！"便报府吏闻，寻闻遣人来："同心有比翼，连理无分枝。已已（已，休止，连用表加重语气，犹算了吧，算了吧）复何云，请从心所私（依从他俩的心愿。私，私心，素来的心愿）。"两家各送殡，送殡霍山畿（jī，地界）。輴（chūn，灵车）车画白鹄（白天鹅），素绋（fú，牵引灵柩的大绳）四旁施。金铃（菊花名，乃黄色而圆者）拖赤幢（chuáng，垂筒形、饰有羽毛、锦绣的旗帜），丹旐（zhào，俗称魂幡。出丧时，在灵柩前引路的旗幡）从风飞。哀笳夹毂吹（悲凉的胡笳在灵车两旁吹奏着），相和《薤露（xiè lù，丧歌）》诗。俱会大道口，马为仰天嘶。阿母哭女来，涕下如縆縻（gěng mí，绳状的粥，比喻脸上的泪行）。小姑哭嫂来，呜咽清且悲。丈人哭妇来，悔不相提携。直云"烈性女，守义谅不回。负汝黄泉下，报以娇小儿"。阿兄伏地哭，面赤汗流漓。两家互相吊，哀音薄（迫近，贴近，此指传布到……）云霓。为抚府吏棺，文（指现出纹理）椴（jiǎ，楸木）柏为题［即"题凑"。古代天子的椁（guǒ，棺材外面的大棺）制，也赐用于大臣。椁室用大木累砌而成，大木端头皆内向，谓之"题凑"。这里是说合葬墓的椁室很讲究］。旌以郡功曹（墓主的头衔被标记为郡功曹。旌，jīng，旌表，标识。郡功曹，郡功曹史，简称郡功曹或功曹，除掌人事外，还参预一郡的政务。但焦仲卿只是一个小吏，郡功曹之称显然是出于一种虚荣），年是二十余。寿命何短短，夜台（坟墓，阴间）同所归。两家各相谢："同是自生患，虽悔不可追！"吊者盈路旁，观者夹路隅（路边）。万人咸叹息，千人助悲哀。车马到山冈，松柏郁离离（繁盛多貌）。税（释，放）马下双棺，并列班（有序放置）东西。刍灵（chú líng，用茅草扎成的人马，送葬之物）但填委（堆积），百瓮醓（tǎn，多汁的肉酱，祭品）醢（hǎi，肉酱，祭品）醯（xī，醋，祭品）。哭汝汝不闻，葬汝汝不知。湛湛江水清，翠巘（yǎn，大山上的小山）流（飘动）阴翳（yì，暗影，此指云雾）。月出魂归来，携手步迟迟。兰芝自有夫，府吏亦有妻。生存异室怨，死得同穴居。

按：邓之诚《清诗纪事初编》卷二称陈祚明"才大如海"，所举代表作就有这首《戏作焦仲卿诗补》。这首诗针对《孔雀东南飞》的详略布置，采取"详其所略，略其所详"的办法对原诗加以"补"写，做得相当成功。其最成功之处有三：一是详写了刘兰芝怎么嫁到焦家的。这一大段，当是以《孔雀东南飞》原诗中焦仲卿的一句"幸复得此妇"为据想象得之，包括路遇、问邻、拜母、求亲诸环节，着重突出了焦仲卿对兰芝的爱慕，突出了这种爱慕不是盲目的，而是建立在对兰芝品貌的充分了解的基础上的。其间，还穿插了焦母对兰芝出身"小家"的疑虑，从而为后文埋下伏笔。二是详写了兰芝嫁到焦家后遭到焦母虐害的情形。这一大段，当是以原诗中刘兰芝的"三日断五匹，大人故嫌迟。非为织作迟，君家妇难为""奉事循公姥，进止敢自专？昼夜勤作息，伶俜萦苦辛。谓言无罪过，供养卒大恩。仍更被驱遣，何言复来还"等语和焦母的"此妇无礼节，举动自专由，吾意久怀忿，汝岂得自由……便可速遣之，遣去慎莫留"等语为据想象得之，着重列举焦母"顾见但詈骂""中度但言狭"等许多恶劣行径，突出兰芝勤勉恭谨、恪尽妇职却永远不能得到焦母的欢心，被折磨得"欲退复不敢，欲进行次且"，战战兢兢、处处为难的痛苦光景，充分显示出兰芝被遣之无辜。三是详写了兰芝被遣后与焦仲卿互相思念的情形。这一大段，当是以原诗中焦仲卿的"誓不相隔卿。且暂还家去，吾今且赴府。不久当还归，誓天不相负"等语和刘兰芝的"君既若见录，不久望君来。君当作磐石，妾当作蒲苇。蒲苇纫如丝，磐石无转移"等语为据想象得之，兰芝的梦和她对仲卿的盼望写得尤其生动感人。在梦中，兰芝顾念仲卿孤单，认为是

《孔雀东南飞》历代被用为典故及加以咏叹、改写和仿写的作品选读

自己连累了仲卿；恍惚中，她竟回到了焦家，在自己的卧室里梳洗起居了。然而，簪折了，梦醒了，一切皆空。但她还是继续痴痴地等着她的仲卿，继续在心里惦记小姑，惦记婆母。通过这些描写，兰芝的善良，兰芝对仲卿的爱以及她时刻盼望着与仲卿复合的心情就得到非常真切的体现，这与前面已经两次写到仲卿对兰芝的爱相呼应，为后文的拒婚与殉情奠定了充分的情理逻辑。整体看，此作想象飞腾，描写生动，提供了《孔雀东南飞》原诗未曾提供的诸多生活场景和矛盾细节，确乎是一种活泼泼的新创。它在艺术上绝不输于《孔雀东南飞》原诗，而又与原诗相互辉映和生发，自有其独特的价值。但要指出的是，陈祚明在其《采菽堂古诗选》中曾指责刘兰芝"礼义未至"，指责焦仲卿"刑于之化"（指以礼义引导感化其妻。《诗·大雅·思齐》："刑于寡妻，至于兄弟，以御于家邦。"郑玄笺："文王以礼法接待其妻。"）的工作不到位，他说："以理论之，此女情深矣，而礼义未至。妇之于姑，义无可绝，不以相遇之厚薄动也。观此母非不爱子，岂故嫌妇？承顺之间，必有未当者。织作之勤乃粗迹耳。先意承志，事姑自有方，何可便以劳苦为足？母不先遣，而悍然请去，过矣。吾甚悲女之贞烈，有此至情而未闻孝道也。曰'生小出野里'，曰'汝是大家子'，详女归十余日而便许他人，则其家为小家可知。哀哉！此女不生于大家而不闻孝道之微也。府吏良谨愿（谨慎诚实），然不能谕妇以事姑，而但求母以留妇；不能慰母之心，而但知徇（xùn，顺从，依从）妇之爱，至于彼以死偿则此不得不以死报，后此之死，死于此女既亡之后，诚无可如何也。抑前此刑于之化犹有未尽乎？论诗本不宜言理，然此有系于风化，故偶及之。作者但言女自请遣，直笔自见矣。"这些指责显然是站在宋明理学的立场上说的，既与焦仲卿、刘兰芝所处的时代不符，也缺乏原诗文本的支持，逻辑上亦颇有漏洞，是根本不能让人信服的。他的《戏作焦仲卿诗补》受这种立场的影响，不仅在诗篇中反复强调兰芝的"小家"背景，甚至还无视《孔雀东南飞》原诗中兰芝"儿实无罪过"和焦母"吾已失恩义，会不相从许"这等明确坚定的立场态度,写兰芝先是梦中对焦仲卿忏悔,说"薄劣忤丈人,情知多谬误",接着又对焦母忏悔,竟然还得到了焦母的谅解,这对《孔雀东南飞》原诗的精神旨趣实在是一种偏离和歪曲。

兰芝曲

清　王采薇

啼鬟垂云粉黄(粉,脂粉。黄,额黄,妇女施于额上的黄色涂饰)落,夜半严妆起幽阁。已分(fèn,意料,料想)单栖似伯劳[伯劳,鸟名。南朝梁武帝萧衍《东飞伯劳歌》:"东飞伯劳西飞燕,黄姑(又名河鼓,牵牛星)织女时相见。"后借指离别的亲人或朋友],剧(极,甚)怜薄命逢姑(指焦母)恶。红桐掩坟秋骨灰,阿母(指刘母)泪落心当回。莫随怨魄填波去,合化幽魂促织来。(末两句是说,阿母您不要也像我一样放弃生命,我会化作促织来看望和陪伴你的。促织,蟋蟀。早于王采薇近四十年的蒲松龄,其《聊斋志异》中有一篇《促织》,写小儿魂化促织而帮父亲摆脱困境)

按:王采薇这首《兰芝曲》的最大特点是"无中生有"。开头两句写被遣的兰芝夜半严妆,突出了一个"啼"字,而且是泪水把脂粉都冲掉了。这是《孔雀东南飞》之所无,但与人物性格并无冲突。因为,此刻兰芝身边只有丈夫仲卿,焦母并不在场,她不需要掩饰自己的悲伤和不愿离去的心情。次两句写兰芝内心不平,说自己与心爱的仲卿劳燕分飞的结局已然注定,这都是因为自己命薄命苦,摊上了焦母这样一位恶婆婆。这个描写也是《孔雀东南飞》之所无,但绝对是有根据的。因为,在《孔雀东南飞》中,兰芝有"君家妇难为"之类的抱怨,焦仲卿更有"女行无偏斜,何意致不厚"的质疑,兰芝内心的不平是可想而知的。后四句,诗人集中写兰芝挂怀自己的母亲,说随着时间的推移,希望母亲能够从悲痛中走出来,不要做追随女儿的傻事,而自己则会化作

《孔雀东南飞》历代被用为典故及加以咏叹、改写和仿写的作品选读

促织来看望和陪伴母亲。这四句也是《孔雀东南飞》之所无,同时又完全符合《孔雀东南飞》所揭示的母女关系,符合兰芝的性格和心理。《孔雀东南飞》写兰芝回到娘家,"兰芝惭阿母:'儿实无罪过'"中一个"惭"字,表明她深知自己的遭遇极大地伤害了母亲,而在县令、郡守派人来提亲时,兰芝和母亲能结成统一战线,也说明母女俩的心本来是相通的。母亲后来虽然在阿兄的逼迫下放弃了对自己的支持,但她的本心还是为自己好,是为了给焦母一个教训。所以,兰芝虽然把母亲也归在了逼嫁行列里,说"我有亲父母,逼迫兼弟兄",但实际上她是体谅母亲的。孝顺的兰芝更知道,自己为捍卫爱情而死,这对母亲的打击太大,完全不能排除她因承受不住这一打击而追随女儿而去的可能性。于是,她对母亲的劝谏和恳求也就是必然之事。总之,王采薇所写看似是《孔雀东南飞》之所无,实则都是有根据的、合理的,因而也是成功的。

四 仿写类

袁江流钤山冈当《庐江小吏行》

(当,抵充,当作,引申为模仿,仿拟。《庐江小吏行》,即《孔雀东南飞》)

明 王世贞

汤汤(shāng shāng,水势浩大貌)袁江流,巀嶭(jié niè,高峻貌)钤山(在江西省分宜县南二里袁江南岸,亦名钤岗。右为新泽水,左为长寿水,夹于山末,故名钤。明代严嵩曾在钤山读书十年,有《钤山堂集》四十卷。因以"钤山"指严嵩。钤,音qián,这里是夹持之意)冈,钤山自言高,袁江自言长。(这两句中的"言"字皆为助词,无义)不知何星宿,独火或贪狼(独火、贪狼,都是凶星名称),降生小家子,为灾复为祥(祥,吉凶先兆的统称,这里指凶兆)。瘦苦鹳雀立（站立时像一只瘦骨伶仃的鹤，苦，很，甚，程度副词），步则鹤昂藏（走动时像一只自命不凡的鹤。昂藏，áng cáng，气宇轩昂貌）。朱蛇（当是红色丝带一类）戢（jí，这里是约束的意思）其冠，光彩烂（明亮绚丽）纵横。

孔雀虽有毒，不能掩文章。（这两句是说严嵩人品不好，但天资和学问是很不错的。孔雀有毒，这是一种无根据的传说）十五齿邑校（成为县学学生。齿，这里是进入……行列的意思。邑，指县城），二十荐乡书（获得乡大夫书信荐举，此指乡试合格，中举），三十拜太史（《明史·严嵩传》载，严嵩"二十六进士高第，改翰林院庶吉士，授编修"），矻矻（kū kū，辛勤劳作貌）事编摩（指编写和研究史书）。五十天官（武则天曾改吏部为天官，这里即用以称吏部）卿，藻镜（即"藻鉴"，品评和鉴别人才）在留都（明代原都南京，迁都北京后，南京仍按中央朝廷规格置官留守，称为留都）。六十登亚辅（副宰相），少保秩三孤（品级列于三孤之中。秩，品级。三孤，少师、少傅、少保之合称，地位低于三公而高于九卿）。七十进师臣（指以太子太保、礼部尚书兼武英殿大学士头衔入内阁，成为执政大臣。师臣，对居师保之位或加有太师官号的执政大臣的尊称），独秉密勿谟（谓独掌朝政。密勿，机密，机要。谟，mó，策略，谋划）。八十加殊礼，内殿敕肩舆（皇帝发布命令，允其在内殿以轿子代步。敕，皇帝的命令。肩舆，轿子）。任子（子以父荫得官称任子，此指严嵩儿子严世蕃因父荫得官）左司空（严世蕃被任命为工部左侍郎，为工部尚书的副手，职务相当于先秦两汉时代的左司空），孽孙（庶子旁支谓之孽，此指严嵩孙子们）执金吾（成为执金吾。执金吾是西汉保卫京城的官员，这里指锦衣卫），诸儿胜（胜任。这里是能够的意思）拜跪，一一赐银绯（赐给银印红绶。绶，shòu，系印的丝带）。甲第（大宅）连青云，冠盖（冠服和车乘，代指前来拜望的官员）罗（排列）道途。儤直（bào zhí，亦作"儤值"。官吏在官府连日值宿）不复下（中止），中禁（禁中。皇帝所居之处，非

《孔雀东南飞》历代被用为典故及加以咏叹、改写和仿写的作品选读

侍御者禁止入内，故有是称）起周庐（皇宫周围所建警卫庐舍），凉堂（建于水畔的楼阁）及便房（此指休息之所），事事皆相宜。文丝织隐囊（供人倚凭的软囊。犹今之靠枕、靠褥之类），细锦为床帷。尚方铸精镠，胡碗杯笇篱（这两句是说杯碗等所有餐厨器具都由尚方官府用精金制成。尚方，负责为帝王制作器物的官署。镠，liú，纯美的黄金）。雕盘盛玉膳（用刻有美丽花纹图案的盘子盛放美食。玉，美好之意），黄票封大禧（大禧亦称太禧，乃明代宫廷所酿名酒，此酒送内阁用黄票作标识，送学士用红票作标识）。五尺凤头尖，时时遣问遗（不停地派遣穿着尖头绣鞋的宫女前来问候和送东西。五尺，五尺之僮的省称，此指皇帝身边的宫女。凤头尖，指鞋尖翘起如凤头。遗，wèi，赠送）。黄绒团蟒纱，织作自留司（由留司织成。留司，指南京织造局）。匹匹压纱银，百两颇有余。（每一匹纱价值都在百两银子以上。压纱银，犹言护纱银，是纱价的委婉说法）煎作百和香，染为混元衣。温凉四时药，手自剂刀圭。(此四句是说严嵩自制熏香，自染道服，按四季变化而和药养生，俨然一副笃信道教的样子。百和香，很多种香料合成的香。混元衣，一种道服的名称。剂，这里指和药。刀圭，一种形如剃刀的中药量具)。日月报薄蚀，朝贺当暑祁，但卧不必出，（遇到日食或月食，或酷暑严寒时节应当参与的重要朝政活动，皇上都只管卧床休息而不必上朝。薄，迫，欺凌。祁，大，盛，这里是奇寒之省）。称敕撰直词（根据皇帝的命令撰写直词。称，chèn，符合，引申为根据，依据。直词，在当值办公的直庐中代皇帝撰写而成的制诰等文书。）御史噤莫声（御史闭口不敢作声。御史，朝廷执掌监察的官员。噤莫声，这里指不敢行使监察职责），缇骑勿何谁（锦衣卫不加盘查。缇骑，穿红色军服的骑士，此指锦衣卫。何谁，干什么的？是谁？呵问之词，这里指盘查）。相公有密启，为复未开封，九重不斯须，婕好贴当胸。（严嵩的机密奏折送到皇帝那里不一会儿，或许还未拆封，就到了皇帝妃子手中。意指皇帝处置后宫之事有时也依靠严嵩。相公，对宰相的尊称，此指严嵩。为复，抑或，或许。九重，天，此指皇帝。斯须，片刻，一会儿。婕妤，jié yú，地位仅次于皇后或昭仪的嫔妃）密诏下相公，但称严少师，或字呼惟中（皇帝本应直呼臣子的姓名，但对严嵩却不呼姓名而叫他的职衔"少师"或他的字"惟中"，这是一种破格的礼遇）。

县官（古时天子的别称）与相公，两心共一心。相公别有心，县官不可寻。相公与司空（指严嵩的儿子严世蕃），两心同一心。司空别有心，相公不得寻。昔逐诸城翟，黄冠归田里。（早先曾诬告宰相翟銮，促使皇帝将其削职，成为归田务农之人。翟，指祖籍诸城的翟銮。黄冠，农夫所戴笠，色黄，以此代指农夫）后诒贵溪夏，朝衣向东市。[后又攻讦宰相夏言收复河套之举，并诬陷夏言交结内侍，促使皇帝夺其官，杀其头。诒，通"绐（dài）"，欺骗。夏，指贵溪人夏言。朝衣向东市，指穿着上朝礼服的夏言在东市被杀头示众]戈矛生謦咳，齑粉成睚眦。（戈矛生于謦咳，齑粉成于睚眦。谓谈笑之间，忽动杀机；小怨小忿，便凶狠报复，不惜使人粉身碎骨。謦，qǐng，轻咳。謦咳，此指日常谈笑。齑粉，jī fěn，粉末。睚眦，yá zì，怒视，此指小怨小忿）朝疏论相公，棰榜（棰，鞭，鞭打。榜，杖，杖击）夕以至。宁忤县官生，不忤相公死。相公犹自可，司空立杀尔（尔，第二人称代词：汝，你）。凌晨直门开，九卿前白事。不复问诏书，但取相公旨。相公前报言："但当语儿子，儿子大智慧，能识天下体。"九卿不能答，次且（趑趄，脚步不稳。此指畏畏缩缩）出门去，不敢归其曹（曹，负责某类职事的官署），共过城西邸。司空令传语，偶醉未可起。去者归其曹，留者当至未（未时，下午一点至三点）。九卿面如土，九卿足如枳（脚下像是扎了刺。枳zhǐ，落叶灌木或小乔木，茎上有刺）。为复且忍饥，以次前白事。司空有得色，相公直庐喜；司空稍嗫嚅，相公直庐恚。（此四句是说严嵩完全以儿子严世蕃的喜怒为喜怒。嗫嚅，niè rú，欲言又止貌。恚，huì，怒）。不复问相公，但取司空旨。县官有密诏，急取相公对。相公不能对，急复呼儿子。儿子大智慧，能识天下体。一疏天怒回，再

《孔雀东南飞》历代被用为典故及加以咏叹、改写和仿写的作品选读

疏天颜喜。(此数句言严嵩虽能揣摩皇帝的意思,但有时也捉摸不透皇帝的诏书是何意思,唯严世蕃能准确理解诏书,对答无误,故严嵩甚是依赖严世蕃) 九边十二镇,诸王三十国,中外美达官,大小员数百,各各黄金铸,一一千金直。(此数句言诸王袭爵,百官授禄,无一不以重金向严嵩行贿。中外,朝廷和地方。美达官,肥美差事和重要官职) 南海明月珠,于阗夜光玉。猫精鸦鹘石,酒黄祖母绿,红紫青韎鞨,大者如拳蕨。(这里所列都是严嵩受贿的稀世珍宝名。于阗,yú tián,地名,在今新疆南部。鹘,hú。韎鞨,wà hé。拳蕨,蕨菜嫩苞如小儿举拳,故称) 蔷薇古剌水,伽南及阿速,瑞脑真龙涎,十里为芬馥。(这里所列皆严嵩受贿的稀世香水名。剌,là。伽,gā。涎,xián,口水。馥,fù,香,香气) 古法书名画,何止千百轴,玉躞标金题,煌煌照箱簏。(此数句是说严嵩受贿的书画名作极多。躞,xiè,书画卷的轴。金题,用金粉题写的文字。簏,lù,竹箱)。妖姬回鹘队,队队皆殊色。(此两句言其歌舞队由美丽的维吾尔族姑娘组成。回鹘即回纥,维吾尔族) 银床金丝帐,玉枕象牙席。杏衫平头奴,丝縢双蹴鞠,酒阑呼不见,潜入他房宿。(两个穿黄衫、打裹腿的踢球家奴在酒筵将尽时偷偷跑到别的房中睡了。杏衫,杏黄衫。平头奴,不戴冠巾的奴仆。縢,téng,绑腿布。蹴鞠,cù jū,踢球。阑,lán,将尽) 生埋冯子都,烂煮秦宫肉:生者百丛花,殁者一丛棘。(此数句是说严嵩家中秽乱,没被发觉时则如花丛之蝶,放肆享乐,一旦事泄,则活埋烂煮,葬身荆棘丛中。冯子都,西汉权臣霍光所宠幸的总管家务的奴隶,后与霍光之妻私通。秦宫,东汉权臣梁冀总管家务的奴隶,后与梁冀之妻私通) 近即龙床底,远至阴山后,凡我民膏脂,无非相公有。义儿数百人,监司迨卿寺,以至大节镇,侯家并戚里。(此四句是说从监察官员到朝廷九卿,从军队将领到地方诸侯和皇亲国戚,等等,有数百人拜严嵩为义父,形成一股庞大的邪恶势力。迨,dài,及,到。寺,官署。节镇,本义为节度使驻地,引申指军事重地,这里代指军队将领。戚里,外戚聚居之地,这里代指皇亲国咸）逶迤洙泗步，粲粲西京手，老者相公儿，少者司空子。谓当操钧柄，天地俱长久。（此数句是说那些像当年跟随孔夫子徜徉在弯弯曲曲的洙水、泗水岸边的贤人和光彩夺目的西汉大赋作者的儒家传人们以为严嵩父子将永远把持朝政，年老的便认严嵩为干爹，年轻的便认严世蕃为干爹。洙、泗，是古鲁国的两条河名。西京，指建都长安的西汉政权。钧柄，指朝政大权）

御史上弹章，天眼忽一开。诏捕少司空，究覈诸赃罪。三木囊赭衣，炎方御魑魅。金吾一孙戍，余者许归侍，意犹念相公，续廪存晚计。（此数句是说御史邹应龙上章弹劾严嵩父子，皇帝有所醒悟，下诏将严世蕃逮捕治罪，让他戴上刑具，穿着罪人的衣服，充军到南方，而让严嵩退休回老家；严嵩的一个任职锦衣卫的孙子被充军，另一个孙子则削职为民留在严嵩身边服侍他。覈，hé，查证核实。三木，套在颈、手、足上的木制枷锁。囊，口袋，这里是穿、裹之意。赪，chēng，赤色。赪衣，罪人的衣服。炎方，南方炎热之地。魑魅，chī mèi，鬼怪，此指骚扰边境的外族。金吾，执金吾之省，此指锦衣卫。戍，这里指充军。廪，粮仓，此指国库。续廪存晚计，继续由国库承担其晚年生活用度，指让其退休）舳舻三十艘，满载金珠行，相公船头坐，谁敢问讥征。（此四句是说严嵩回老家时，满载着金银珠宝的几十艘船首尾相接而行，无人敢过问盘查。舳，zhú，船尾；舻，lú，船头；舳舻，船头与船尾相接。讥，稽查。征，收税）啸傲郿坞间，足夸富家翁。（此两句是说严嵩回乡后建起了大庄园，其奢豪程度远超一般富翁。啸傲，放歌长啸，傲然自得。郿坞，汉末权豪董卓建于眉县的私人城堡，此指严嵩所建庄园）司空不之戍，还复称司空。广征诸山村，起第象紫宫。募卒为家卫，日夜声汹汹。从奴蹋邑门，子弟郡国雄。不论有反状，讹言所流腾，宗社万不忧，黔首或震惊。（此数句是说严世蕃没到充军之地就回了家，并且依然自称是工部侍郎。他在当地大肆征占土地财产，仿照皇宫建立自己的居所，又组建家庭卫队，日夜声势汹汹。他家的奴才都不把官府

《孔雀东南飞》历代被用为典故及加以咏叹、改写和仿写的作品选读

放在眼里,他的子弟都像诸侯一样称霸一方。不管他有无谋反的实际情形,流言早已涌浪似的流传开来。官府虽全然不以为忧,老百姓中有人却很是惊恐。紫宫,指皇宫。从,听任。蹋,踩踏。不论,不管。宗社,宗庙社稷,此指官方)御史再发之,天威不为恒。御史乘飞置,捕司空至京。(此四句是说御史再次发起弹劾,皇帝于是下诏,将严世蕃逮捕到京城。天威不为恒,天威无常,此指皇帝不再开恩。飞置,疾驰的驿车)司空辞相公,再拜泣且絮(絮叨):"今当长相别,儿不负阿父。"相公心自言:"阿父宁(难道)负汝?不识一丁字,束发辟三府(少年时就以父荫得官。束发,是成童的标志,此指少年。辟,召也。辟三府,就是辟于三公,被三公征召为官),月请尚书奉(官为侍郎,却高靠一级,月月都拿的是尚书的俸禄。奉,通"俸"),冠服亚(比……次一等)汝父。汝父身不保,安能相救取!"重恳监行客,少(稍,短时间)入别诸姬。"归者吾而配,不归而鬼妻。(如果能活着回来,我们就还是夫妻,不能活着回来,你们就成了寡妇。而,通"尔",你,你们。配,配偶,夫妻)"诸姬心自言:"司空何太痴!归者吾而配,不归人人妻(你不回来,我就另嫁他人,不会为你守寡)。"还抚诸儿郎:"阿爷生别离。金银空饶(富裕,多)积,高与钤山齐,不得铸(此指换得一种万全无忧的保护)爷身,及身(灾难降临身上)身始知。"儿郎心自言:"阿爷何太痴!有金(指贪贿之财。下同)儿当死,无金儿自支(自我支持,意思是还能活)。"监行两指挥,各携铁锒铛,程程视溲寝(一路上解便和睡觉都受到监视),步步相扶将(这里是挟持的意思)。有酒强为歌,无酒夜傍徨。秋官(指刑部)爰书(罪犯供词的记录)上,顷刻飞骑传,一依叛臣法,矺(借作磔,zhé,车裂,这里是杀的意思)死大道边。有尸不得收,纵施群乌鸢(任凭成群的乌鸢啄食。纵,任意,随便。施,给予,施舍)。家资巨(大于,超过)千万,少府司农钱(成了朝廷的钱。少府,是汉代天子私人的钱粮机构,司农,是汉代朝廷掌管钱粮的官名,两者在这里合指朝廷)。上宝(上等宝物)入尚方

（此指皇宫），中宝发助边（资助边防）。不得称相公（指被废为庶民），没入（没收）优老田。片瓦不盖头，一丝不著肩。诸孙呼践更（孙子们被人雇为践更。呼，呼唤，使唤，此指被作为……使唤。践更，受雇替人服徭役的人），夕受亭长鞭。僮奴半充戍，余者他州县。夜半一启门，诸姬鸟兽窜。里中轻薄子，媒妁在两腕（两只手就是媒人，意即抢到手就是自己的女人）。

相公逼饥寒，时一仰天叹："我死不负国，奈何坐（因为，由于）儿叛？"傍人为大笑："嗟（jiē，叹息声）汝一何愚！汝云不负国，国负汝老奴？谁令汝生儿？谁令汝纵臾（怂恿）？谁纳庶（众）僚贿？谁朘（juān，剥削，引申为贪污）诸边储（用于边防的物资储备）？谁戮（通"戮"，杀）直谏臣（指叶经、沈錬、杨继盛等弹劾严嵩父子的正直官员）？谁为开佞谀？（是谁开启了奉承讨好皇帝以谋取私利的邪恶之门？佞谀，nìng yú，以美言讨好）谁仆（倒，推倒，此指害死）国梁柱（指宰相夏言）？谁翦（jiǎn，除去）国爪牙（指将帅曾铣、张经、李天宠、王忬等）？土木求神仙，谁独称先驱？（是谁率先主动迎合皇帝对道教的狂热信仰，支持大兴土木建祭坛以为皇帝祈寿）六十登亚辅，少保秩三孤；七十进师臣，独秉廊庙（殿下屋和太庙，指朝廷）谟；八十加殊礼，内殿敕肩舆。任子左司空，孽孙执金吾，诸儿胜拜跪，一一赐金绯。甲第连青云，冠盖罗道途。以此称无负，不如一娄猪（母猪），食君圈（猪栏）中料，为君充庖厨。以此称无负，不如一羖（gǔ，黑色公羊）羝（lì，一种勇悍的羊），食君田中草，为君御霜雪。以此称无负，不如鞲中鹘，虽饱则掣去，毛羽前啮决。〔这四句是说严嵩还不如一只能为主人扑杀走兽飞禽的猎鹰。鞲，gōu，兽皮做的臂套。鹘，隼，此指猎鹰。虽，让步连词，尽管。则，转折连词，却。掣，chè，迅疾而过，这里是疾飞之义。毛羽，毛指兽，羽指禽。啮，niè，咬，嚼。决，断，咬断。（后两句讲了一条常识：鹰隼本性是饥饿时才去捕杀猎物，但训练为猎鹰后，不饿时也去捕杀猎物）〕以此称无负，不如鼠在厕，虽有小

《孔雀东南飞》历代被用为典故及加以咏叹、改写和仿写的作品选读

损伤,所共多污秽。"相公寂无言,次且复傍徨,颊老不能赤,泪老不能眶(动词,盈眶)。生当长掩面,何以见穹苍?死当长掩面,何以见高皇?殓用六尺席,殡用七尺棺,黄肠(黄心柏木。此指黄肠题凑礼葬规格——以黄心柏木为死者垒砌出一个椁室)安在哉?珠襦(用珍珠串成的短衣)久(终究)还官。狐兔未称尊,一丘不得安。(这两句是说严嵩父子专权、弄权,虽没有篡权称帝,却已经搅得朝政大乱,罪不可恕。狐兔,坏人、小人,这里指严嵩父子。称尊,即称帝。丘,山包,此指国家)为子能负父,为臣能负君,遗臭污金石,所得皆浮云。

按:严嵩(1480—1567),字惟中,一字介溪,嘉靖二十一年入阁拜相,以揣摩谄媚得到明世宗朱厚熜的宠信,独掌朝政二十年,与其子严世蕃以及赵文华等操纵国事,招权纳贿,结党营私,诬陷忠良。先后杀害主张收复河套的宰相夏言、谏官杨继盛、将领曾铣,以及抗倭有功的总督张经、李天宠等。王世贞的父亲王忬,曾赴浙闽提督军务,任蓟辽总督,亦被严嵩父子构陷致死。严嵩晚年渐为朱厚熜疏远。御史邹应龙、林润相继弹劾严世蕃。世蕃被诛,严嵩被革职,家财被没收,不久即病死。王世贞这首诗写的就是严嵩的发家史和败亡史。诗篇充分揭露了严嵩父子的种种罪恶行径,对其给予了入骨的讽刺、嘲骂和抨击。诗人娴熟自然地运用了《孔雀东南飞》的一些艺术手法,比如岁序的叙事法,夸张性铺排法,某些句组在不同背景下略有差异地重复出现的呼应式强调法,等等。更重要的是,他还有自己的创新,比如用原生态的草根语言展开叙述、描写和表达最朴实而又最深刻的公众判断,用戏剧舞台上才用的背白式自语来暴露人物的真实内心,用句式相近的连续诘问来增强揭露与抨击的力度和深度,用一连串的比喻加比较的句式来揭示人物的本质,等等。当然,按照诗题中的那个"当"字来衡量,他也有不足之处,其最突出的是两点,一是他主要用叙述,而没能像《孔雀东南飞》那样主要用对话来推进情节和刻画人物,二是语言风格不够统一:虽有一些原生态的草根语言,但主体还是士大夫的儒雅但晦涩的语言。

邯郸才人嫁为厮养卒妇

（才人，帝王嫔妃位号，从六品。厮养卒，是古代军队里担任炊事杂役的兵卒，也称养卒）

明　杨慎

予观乐府，有《邯郸才人嫁为厮养卒妇》，特（只，只是）亡其辞，亦失其解（乐曲的章节，此指章节划分的具体提示）。及考《史记·张耳传》洎（jì，到，及）《楚汉春秋》并云：赵王武臣（陈胜反秦义军将领，奉命打下河北后称赵王，后为叛将李良所杀）为燕军（武臣称赵王之后不执行陈胜向西击秦的命令，却派部将韩广向北抢占地盘，而韩广随即也脱离武臣的辖制而在燕地称王，这里的燕军即韩广的燕国军队）所获，囚于燕狱。先后使者往请，辄为燕所杀。赵有厮养卒谢（辞别）其舍中曰："吾将载赵王归。"舍中人笑之。乃走（往，前往）燕壁（军队营垒），以利害说燕将，燕以为然，乃归赵王，厮养卒御（为……驾车）王以归。武臣归赵，以美人妻养卒以报之。是其事也。予观养卒，有战国策士之风，太史公书其事，文既奇；乐府歌其事，亦奇矣。六朝及唐人拟作者，皆似眯目（犹言闭着眼）道黑白，虽吾乡太白亦迷其原（"迷其原"，迷失了本原，此指不涉及故事本身。杨慎是四川新都人，李白是四川江油人，两人是四川乡党。李白有同题乐府诗，却不是咏厮养卒的，而是借邯郸才人进宫出宫的感受来写照自家失意的心情，所以杨慎不满意）。昔吾亡友何仲默（指明代前七子之一的何景明，何氏字仲默），一日读《焦仲卿妻》乐府，谓予曰："古今惟此一篇，更无第二篇也。凡歌辞简则古，此篇愈繁愈古。子庶几焉可作一篇与此相对。"予谢未遑（我推辞说暂时还顾不上这事。遑，huáng，闲暇，余裕），然亦未有兹（此，这，这样的）奇事宜当之也。去今二十年，屏居滇云（谢客独居于云南。屏，bǐng，使退避，不与交结。嘉靖三年七月，杨慎因反对嘉靖帝朱厚熜"继统不继嗣"的原则而被贬谪到云南永昌卫守边

《孔雀东南飞》历代被用为典故及加以咏叹、改写和仿写的作品选读

并终老于斯),平昼无事,散帙(散放的书。帙,zhì,书套,此指书)见此事,思与仲卿事适类(恰好类似),复忆仲默言,乃操觚(执简,谓写作。觚,gū,木简)试为之以成此篇。惜不使仲默见之,永昌张愈光亦仲默文字友也,遂往(送,送给)一通以寄愈光云。

团团桂花树,生在邯郸宫。翩翩翡翠鸟,结巢丹桂丛。花红何灼灼,翡翠何雍雍〔(鸟鸣声)和谐融洽〕。宫中有才人,颜色如花红。青云为双髻,明月为双瞳。十三阿母侧,十四深宫中。真心比筼竹(斑竹。这种竹子泪斑点点,传说是娥皇、女英二妃哭祭舜帝时洒上去的。李贺《湘妃》诗:"筼竹千年老不死,长伴秦娥盖湘水。"这里借指才人多情。筼,yún,本指竹的青皮,亦泛指竹),荣华(草木茂盛,鲜花盛开。以此比喻美好的容颜和年华)如茂松。左手抱齐瑟,右手挥吴桐。〔这两句是说才人擅长弹奏琴瑟。齐瑟,齐地的瑟。瑟,弦乐器,古有五十弦,后为二十五弦或十六弦。李白《古风》第五十五首:"齐瑟弹东吟,秦弦弄西音。慷慨动颜魄,使人成荒淫。"吴桐,吴地的琴,琴身为桐木制成,故名。琴,弦乐器,上古作五弦,至周代增为七弦。《后汉书·蔡邕传》:"吴人有烧桐以爨(cuàn,烧火做饭)者,邕闻火烈之声,知其良木,因请而裁为琴,果有美音。"〕紫绮为绸缪,纨素为裁缝。(这两句是说才人的琴瑟护套是用上等的绢帛做成。绮,qi,有花纹的丝织品。绸缪,chóu móu,缠裹,包裹。纨素,wán sù,洁白精致的细绢)獭髓明点黟,龙涎薰褶襡。(这两句是说才人脸上有用獭髓点出的黑子,她的衣物则都散发着龙涎香味。獭髓,tǎ suǐ,獭的骨髓。相传与玉屑、琥珀和合,可作灭疤痕的贵重药物。黟,dí,痣一般的黑色肉粒,是妇女脸上的一种点状妆饰。龙涎,香名,古人认为是龙的口水凝化所成,实际是抹香鲸病胃的分泌物,类似结石,从鲸体内排出,漂浮在海面上或冲上海岸,为黄、灰乃至黑色的蜡状物质,香气持久,是极名贵的香料。褶襡,xí zhōng,褶是齐膝的袜子,襡是合裆的内裤,两者在这里代指所有衣物)楚蕡华跰荐,燕支唇朱融。(这两句是说才人的席垫很美,上

185

面绣着南方的带蕖荷花；才人芳唇红艳，涂的是北地的唇膏。楚，代指南方。蕖，qú，荷花。华，即花。跗，fū，通"柎"，花萼。荐，垫，此指席垫。燕支，北地，边地。朱，此指口红一类的膏体。融，明亮）扬子江心镜，百炼照胆铜。〔这两句是说才人的梳妆镜是神奇之物。扬子江心镜，在扬子江心的船上反复炼铸而成的铜镜。唐代李肇《唐国史补》卷下："扬州旧贡江心镜，五月五日扬子江中所铸也。或言无有百炼者，或至六七十炼则已，易破难成，往往有自鸣者。"照胆铜，能照见肝胆的铜镜，即传说中的秦镜。汉代刘歆《西京杂记》卷三："（秦）咸阳宫……有方镜，广四尺，高五尺九寸，表里有明。人直来照之，影则倒见；以手扪心而来，则见肠胃五脏，历然无碍。人有疾病在内，则掩心而照之，则知病之所在。又，女子有邪心则胆张心动，秦始皇常以照宫人，胆张心动者则杀之。"〕复帷镇文犀，列钱衔璧釭。〔这两句是说才人的床帷是双层的，帷底用有纹理的犀角压着；所居宫室的壁带（墙壁间横木露出如带者之称）上装饰着金玉连环。复帷，即重帷，双层帷。镇，压。文犀，有纹理的犀角。列钱，用镶嵌着玉石的金环排列在一条横木上，像连贯成串的钱，故称。釭，同"钢（gāng）"，指金釭，金环，宫室壁带上的环形金属饰物〕被绣共命鸟，席坐同心狨。〔被子上绣着共命鸟，坐褥是用金丝猴脊皮连缀而成。共命鸟，佛经中的雪山神鸟，一身两头，人面鸟身。狨，róng，即金丝猴，此指用金丝猴脊皮连缀而成的坐褥（金丝猴脊毛最长，色如黄金。取而缝之，数十片始成一坐褥，很珍贵）。同心狨，几十片金丝猴脊皮连缀时都围绕着一个中心〕蜻蛉唼凤子，鸡翘濯凫翁。〔（闲看）蜻蜓逐食，野鸭戏水。蜻蛉，qīng líng，蜻蜓的别名。唼，shà，水鸟或鱼类吃食，此指吃。凤子，大蛱蝶。鸡翘，色彩名。凫翁，野鸭〕春禖燕乙乙，晓寝虫薨薨。（春天在燕子呢喃声中祭祀求子，清晨在飞虫嗡嗡声中睡觉。禖，méi，求子的祭祀活动。乙乙，象声词，燕子的鸣叫声。薨薨，hōng hōng，象声词，蚊虫飞舞声）芳池七十二，宝帐三千重。名用琬琰（wán yǎn，

《孔雀东南飞》历代被用为典故及加以咏叹、改写和仿写的作品选读

美玉名）刻，臂用绛纱封（遮掩）。昔似河中鸯，今从云中龙。云龙不可系（系联，绾住，抓住），河鸯那得从（跟从，相随，指被宠幸）。

君王好游猎，将军射飞鸿。青楼临大道，层城俯雕甍。（这四句是说赵王外出游玩打猎，既在原野上和将军们一起射雁，也登上高高的城墙观赏美女及其居所。青楼，青漆涂饰的豪华精致的楼房，此指美女。曹植《美女篇》："美女妖且闲，采桑歧路间。……顾盼遗光彩，长啸气若兰。行徒用息驾，休者以忘餐。借问女安居，乃在城南端。青楼临大路，高门结重关。容华耀朝日，谁不希令颜。"俯，俯瞰，俯观。层城，重城，高城。甍，méng，屋脊。雕甍，雕有花纹图案的屋脊，此指华丽气派的美女居所）燕兵北方来，阵马如蠛蠓（miè měng，一种小飞虫）。恶氛起广陌，襄国迷旌幢。（这两句是说随赵王外出的臣子们跟丢了赵王，亦即赵王被俘。恶氛，指大队燕国兵马践踏而起的铺天盖地的烟尘。广陌，大路。襄，辅佐。襄国，辅国之臣，此指跟随赵王出行的臣子们。旌，jīng，饰以旄牛尾或五彩羽毛的旗帜。幢，chuáng，饰有羽毛的垂筒形旗帜。旌幢，此以这种标志性旗帜指代赵王）悠悠俄转毂，去去成飘蓬。（这两句是说时间像转动的车轮一样不停地逝去，搭救赵王的事情则像飘飞的蓬草一样没有着落。俄，短暂的时间，引申为快速。毂，gǔ，车轮圆心处穿轴包轴的装置，借指车轮或车）暮看月出西，朝看日出东。君王不可见，日月光瞳昽（tóng lóng，微明貌）。湛卢（古代宝剑名）失吴剑，乌号（古代良弓名）亡楚弓。左将名飞虎，右将名飞熊。前军千人俊（前军由千里挑一的俊杰组成），后军万人雄（后军由万里挑一的英雄组成）。（此六句是说赵王帐下的将士们都是很了不起的杰出人物，此刻却连兵器都拿不住，慌乱不知所措）中军张与陈，耳心馀腹同。（指赵王的右丞相张耳和大将军陈馀，两人心思相同。腹，此指内心，心思）前使叩燕壁（营帐），后使蹑前踪。去节（前往燕国的持节使者。节，使者所持的符节，此以指使者）何扬扬，归魂杳茕茕（qióng qióng，孤零悒惶貌）。后军戒前覆（前车之覆，指一些军将未能救回赵王而命丧燕国），咫尺不敢通（通白，陈述，此指请令）。（这两句字面上是说后军英雄鉴于前军俊杰营救赵王失败被杀而没了勇气，不敢再向右丞相张耳和大将军陈馀请令去营救赵王，实际是说无论右将还是左将，也无论前军还是后军，将士们全都束手无策）

王宫悬赏格，赏格厚且隆。侯印方斗大，金帛嵩丘崇（用作奖赏的黄金和绢帛堆起来有嵩山那么高）。"不爱印悬斗，不爱金堆嵩。宫中有才人，颜色如花红。青云头上髻，明月眼中瞳。十三阿母侧，十四深宫中。逝（通"誓"）将脱薪槱（脱离与灶火打交道的生涯，即不再当厮养卒。槱，yǒu，木柴），归来取华容（即花容，指才人）。"将军问："何人？""灶下厮养童。"军中骇且异，骇异交讥讽："尔斯一何蚩（chī，无知），尔养一何蠢。尔去何当还，无吉只有凶。左将名飞虎，右将名飞熊。前军千人俊，后军万人雄。往往不生还，累累形影空。龂龂（龂龂，yín yín，露齿貌）虎狼吻（嘴），嗟嗟幺么（微细貌）虫。"养卒含笑言："君岂知我衷。君亦勿贱贱（以贱为贱，轻视地位低下者），君亦勿庸庸（以庸为庸，看轻了庸常之人）。君亦勿少少（以少为少，认定年少的都是不可靠的），君亦勿穷穷（以穷为穷，认定不通达的人永不通达）。勿以江海流，弃捐沟与潨（cōng，水流汇合的地方，此指小水流）。勿以芝兰芳，弃捐菲（萝卜类）与葑（蔓菁类）。勿以椒樘（dǎng，食菜茇）贵，弃捐薤（xiè，即俗间说的红葱或野葱）与葱。君道（言，说，认为。下同）如践棘，我道如折葼（zōng，一种野草）。君道如探汤，我道如拨鳢（féng，煮熟的麦粒）。"

我去车摇摇，我来鼓咚咚。朝发赵北际，暮望燕南冲（要道。此指国界）。沐露转磨笄（冒着露水绕过磨笄山，指清晨露水未干时就早早出发上路。磨笄山，即今河北省张家口市东南鸡鸣山。磨笄山之得名见后"铜斗……谈朋"句注），戴斗徂崆峒（顶着星斗向崆峒山进发。指连夜赶路到燕国去。徂，cù，往。崆峒，kōng tóng，当指天津市蓟州区北之崆峒山，此山明以后称府君山）。行行日已夕，停舟易水阴（易水，

《孔雀东南飞》历代被用为典故及加以咏叹、改写和仿写的作品选读

在今河北省西部,源出易县境,入南拒马河。阴,山北水南)。当门报燕将,言有赵使临。使者问燕将,试言探臣胸。燕将语赵使:"尔欲得尔王?"赵使笑不止:"尔语聩(kuì,聩,耳聋)且霿(méng,天色昏暗,此指目昏)。燕为唇齿国,赵为辅车(辅,脸颊。车,牙床。比喻互相依存的利害关系)邦。张耳与陈馀,饥鹰待劲风。交游如父子,遁秦(逃避秦王朝的迫害)联翼骔(zōng,扇动翅膀上下飞)。一朝仗马棰(chuí,鞭子),下赵数十城。各有南面志(称王之志。帝王座位坐北朝南,故以南面指称帝称王),机会不巧逢。势屈武臣下,立王持赵心(笼络赵国的民心)。赵地今已定,赵王为燕擒。耳、馀握赵柄(权柄,权力),武臣受燕笼(牢笼,指被关押)。王归二人臣,王囚二人公。(这两句是说赵王回到赵国,张耳和陈馀只有继续做赵王的臣子,赵王被囚禁在燕国不放,张耳、陈馀就会自己称王。)肯迎生王辇(niǎn,帝王所乘的车)?惟逆(迎接)死王輁(gǒng,运灵柩的车)。死王良实愿,求王但虚名。王魂化燕氛,(赵王的魂灵化为燕国的一片云气,指赵王被燕国杀害。)二人喜无忡(chōng,忧虑不安)。内举全赵势,外折弱燕锋。(这两句是说张耳、陈馀两人打着为赵王报仇的旗号,对内可以保全赵国的国势,对外可以对弱小的燕国给予巨大打击。折……锋,挫其锐气)问罪始有名,仗义不待攻。王今兵(兵器,刀剑之类)在颈,行(将要)见雉(zhì,野鸡)离罿(进入罗网。离,通"罹",lí,遭遇。罿,chōng,捕鸟或鱼的网)。臣来吊燕祸,不求归赵功。"燕将色如土,燕王胸如舂(chōng,在容器里捣。此指心里慌乱):"乞(qì,给予,引申为释放)尔赵王归,急归在匆匆。"出门不复顾,仰天荷高穹(仰头感谢上天。荷,hè,承受恩德,引申为感谢。高穹,天,天恩)。养卒御王归,喜气如渴虹。前歌扬金镳(biāo,马嚼子),后舞踏锦幪(méng,帷幕)。荆卿羞督亢,陈驰惭迁共。[这两句是说荆轲将羞于向厮养卒夸耀他假意向秦王敬献督亢之地以行刺的事情(荆轲刺秦,事见《战国策·燕策三》),陈驰羞于向厮养卒夸耀他诱骗齐王田建降秦而致其在共地饿死的事情（陈驰诱骗齐王田建事见《战国策·齐策六》）］惠公返曲沃，勾践复吴淞。[这两句是说赵王顺利回到赵国，就好比晋惠公夷吾被秦穆公俘虏后又被放回晋国（事见《左传·僖公九年》），以及越王勾践被吴王夫差困在会稽山上不得不屈辱投降而勉强保住越国，却在二十年后反将夫差困在姑苏山上而灭掉吴国（事见《国语·越语》）一样不可思议。曲沃，晋国都城，这里代指晋国。吴淞，江名，这里代指吴国。复，报复，报仇］山川再清朗，天地重昭明。智靡（mí，倒下，这里是压倒、胜过的意思）秦樗里（chū lǐ，樗里疾的省称，战国时秦惠文王同父异母的弟弟。居于樗里，号樗里子。善言辞，多智慧，秦人号为"智囊"），勇冠夏逢门（即后羿的徒弟逢蒙。逢，通"逄"，páng）。铜斗笑刺客，玳簪恶谈朋。[铜斗，亦作铜枓，铜制的方形有柄的器具，用以盛酒食。玳簪，玳瑁簪，簪就是笄。恧，nǜ，惭愧。谈朋，说客，此指厮养卒。《史记·赵世家》：赵襄子为了夺占其姐夫代王之地而宴请代王，"使厨人操铜枓以食代王及从者，行斟，阴令宰人各（名字叫各的屠夫）以枓击杀代王及从官，遂兴兵平代地。其姊闻之，泣而呼天，摩（磨）笄自杀。代人怜之，所死地名之为摩笄之山"。此事最早见于《吕氏春秋·孝行览·长攻》］三军咸喷喷，众口交喁喁（yóng yóng，低语之声）。升为堂上宾，永脱灶下烘。

张筵列樽俎（zūn zǔ，都是盛酒食的器皿：樽以盛酒，俎以盛肉），烹羔宰肥豵（zōng，小猪）。累累系印绶，瑟瑟穿玲珑。阳阿七盘舞（阳阿，yáng ē，古代著名舞蹈家，此指赵王宫中舞女。七盘舞，古代一种舞蹈，舞时以若干盘或鼓置于地面，舞蹈动作主要在盘或鼓上施展），中山酒[中山人酿造的千日酒，能使人一醉千日。（见张华《博物志》卷十《杂说下》和干宝《搜神记》卷十九）此指名酒]千钟。厚赏陈前墀（chí，台阶），养卒辞未终（推辞说这不是我想要的结果。指厮养卒所求不是荣华富贵之类。终，结局，结果）："宫中有才人，颜色如花红。可怜桃李子，降作糟糠供。[这两句是说才人本是少有的美女，却被困在宫中虚度青春。桃李子,桃李之果,这里用来比喻才人之美丽可爱。糟覈,zāo hé,"覈"通"核",糟覈即酒糟与果核,比喻才人在宫中被荒废)始笑周尾生,抱柱流寒淙。[这两句是说厮养卒嘲笑周代的尾生守信重情,却未能等来他心仪的姑娘,死得委屈。《庄子·盗跖》:"尾生与女子期于梁(桥)下,女子不来,水至不去,抱梁柱而死。"淙,cóng,瀑布,此指暴涨的河水]复笑苏季子,愚妇不下缦。[这两句是说厮养卒嘲笑苏秦的妻子不懂得苏秦的价值,这样的女人他是瞧不起的。苏季子,苏秦,字季子,据《战国策·秦策一》,苏秦游说秦惠王失败,身无分文地回到家里时,"妻不下纴(停止纺织。纴,rèn,此指纺织),嫂不为炊,父母不与言",情形狼狈。缦,zōng,古代织物的经纬密度单位,布帛在二尺二寸的幅度之内以八十根经线为一缦,这里代指女红之事]陈馀娶公乘,张耳婚外黄。持将比才人,才人姣无双。[张耳的妻子是当时外黄县人,陈馀的妻子是当时苦陉县公乘氏之女,(见《史记·张耳陈馀列传》)两女都很美,但厮养卒认为她们都比不上自己心仪的这位才人。公乘,gōng shèng,复姓]宫妆扬嫭都(一身宫中女子的妆束,拥有掩藏不住的美丽。扬,显露。嫭都,hù dū,艳丽。嫭,又作"嫮",与"都"同义,美好貌),野态减妖秾(一派自然而不拘束的神情态度,毫无妖艳鄙俗之气。减,灭没,去除。秾,nóng,艳丽)。"

殷勤语才人:"才人莫心忪(zhōng,心跳,惊恐)。好去偕新郎,新郎非蚩氓(chī méng,痴愚的人)。繁华少佳实(花太繁盛的果树结不出多少好果子。华,即花),丽色几欢愫(美丽的女子有几个过得舒心?丽色,指美女。愫,cóng,欢乐)?请看古美人,命薄恨常浓。骊姬死晋市(骊姬是春秋时骊戎国美女,晋献公夫人,犯有乱晋大罪。《史记集解·晋世家第九》注引《列女传》:"鞭杀骊姬于市。"),西施沉吴江[据后汉赵晔《吴越春秋》卷九《勾践阴谋外传》,西施是春秋时越国美女,被越王勾践作为礼物送给吴王夫差。据《墨子·亲士》:

"比干（殷纣王叔父，因屡谏纣王而遭杀害）之殪（yì，死，杀死），其抗（正直）也；孟贲（bēn，战国时著名勇士）之杀，其勇也；西施之沈（沉），其美也；吴起（战国初期杰出军事家、政治家、改革家，一生历仕鲁、魏、楚三国，最后被楚肃王车裂而死）之裂，其事（才能）也。"西施最后应是沉江而死]。黄鹄悲陶婴〔陶婴是春秋时鲁国寡妇，她不愿再嫁，遂作《黄鹄歌》以明志。（事见刘向《列女传·贞顺传》）]，蝴蝶怨韩冯（韩冯即韩凭。据东晋干宝《搜神记》卷十一载，春秋时宋康王强夺舍人韩凭之妻，韩凭自杀，韩凭妻亦坠台殉情，夫妻俩的魂灵化作了双飞的蝴蝶）。沩汭两皇（娥皇）英（女英），南望九疑峰。斑竹泪点点，潇湘波汹汹。（据《尚书·尧典》和《史记·五帝本纪》，尧以二女嫁舜。又据西晋张华《博物志》卷八和梁任昉《述异记》卷上，此二女名娥皇、女英。舜巡视南方，死于苍梧，娥皇和女英寻至湘江边九巍山上舜之墓地哭祭，泪尽而死；泪洒竹上，形成斑痕，故称斑竹，又称湘妃竹。沩汭，wéi ruì，舜的居住地，此指舜）章华贮巧笑，细腰如黄蜂。（章华，即章华台。据《左传·昭公七年》和后汉边让《章华台赋》，章华台是楚灵王以举国之力建起的一座离宫。贮，收藏，这里是集中、聚合之义。巧笑，美好的笑貌，这里代指楚王嫔妃。细腰，指腰肢纤细的美女。据《战国策·楚策一·威王问于莫敖子华》和《墨子·兼爱》，楚王好细腰，宫中多饿死）峡梦啼阴猿，江眺伤青枫。（这两句将宋玉《高唐赋》、屈原《九歌·山鬼》和《招魂》杂糅为用，意思是说巫山神女进入楚怀王梦中并自荐枕席，此后两人就再不曾相会；美丽的山鬼等不来心上人，阴雨中唯闻哀猿声声。神女也罢，山鬼也罢，"湛湛江水兮上有枫，目极千里兮伤春心"，她们都空自多情）阿房三十六，烈焰惊丰茸。（阿房三十六宫中的六国美女，被项羽的一把火烧得魂飞魄散。丰茸，fēng róng，茂密繁盛的草木，这里指六国美女）娥娥总薄命，呜呜歌懊憹。（美女们往往命运不好，懊恼无穷，呜咽哭泣是常态。娥娥，美貌，指美女。懊憹，ào nǎo，即懊恼。歌懊憹，唱《懊

儂歌》,南朝乐府有《懊儂歌》)相逢恨(憾,悔)蘼芜(汉乐府《上山采蘼芜》载,女子在采蘼芜的途中遇见了将她休弃的男子,两人一番谈话后,男子似有憾悔之意),相思苓(通"零",零落,凋零)芙蓉(金代大诗人元好问有《西楼曲》写女子思念亡夫,中有"去年与郎西入关,春风浩荡随金鞍。今年匹马妾东还,零落芙蓉秋水寒"之句,此以为典)。尔名播乐府,尔芳辉管彤(管彤即彤管,古代女史用以记事的杆身漆成朱红的笔。这里指文字。彤,tóng,赤色)。"

寄谢东邻子(指序中提到的张愈光),学步休言工。

按:此诗不贱贱,不少少,热情礼赞了有胆有识的厮养卒,肯定了厮养卒不爱权钱爱美人的人生选择,肯定了他向往美、渴求美的合理性与正当性,是一曲唱给大智大勇的卑贱者的颂歌。全诗十分注重铺陈和夸饰,几处对话也与人物胸襟及性格相合,颇为传神。但与《孔雀东南飞》比,首先是诗人在序里说厮养卒的故事"与仲卿事适类",但这显然是个误会,因为两者明显不类似——厮养卒与才人之间是没有爱情可言的,才人其实不过是毫无独立人格而任人摆布的一朵美丽的珠花,她曾经非自主地属于赵王,后来又非自主地属于厮养卒,如此而已。其次,是此诗叙述成分过重,且大量用典,语言不够朴实,加以用韵不灵活,常常不得不以别扭的句法和生僻的语词来就韵,而《孔雀东南飞》却没有这个问题,它通篇都是生活化的语言。作者在诗序中曾借何景明之口,声称要作一首可以与《孔雀东南飞》相比肩的诗,可惜,这一目标未能达成。

双鸩篇

(鸩,zhèn,古代传说中的毒鸟,喝了用它的羽毛泡的酒可以毒死人)

清 姚燮

郎心爱妾千黄金,妾身事郎无二心。郎年十七妾十六,圆转朱轮得华毂(圆圆的红色车轮得以和有花纹装饰的车毂相结合。华,花,此指花纹。毂,gǔ,车轮中心穿轴护轴的部件)。与郎生小阊门(苏州西门名)里,与郎结缡在燕市(与郎君在京城结婚。缡,lí,女子佩巾。结缡,古时婚嫁礼仪之一,即由母亲为出嫁女儿系结佩巾并给予妇道方面的教诫,后即以结缡指结婚。燕市,本指燕国都城的贸易场所,引申指燕国都城,此指北京城)。阿耶(爷,父亲)爱妾娘爱郎,但看郎欢为妾喜。与郎为水同一池,与郎为木同一枝。与郎为带同一结,与郎为茧同一丝。郎命妾所依,妾命郎所与(动词,给予)。不愿与郎分,但愿与郎聚。郎为飞雁妾作云,郎作垂杨妾为雨。妾身金缕衣,比(匹配,相称。下同)郎光与辉。妾腕玉条脱(玉做的弹簧状臂饰),比郎颜与色。妾佩明月珰(dāng,耳饰。明月珰,镶有明珠的耳饰),比郎不断宛转肠(情意缠绵的心肠。宛转,缠绵多情)。妾妆郎共肩,芙蓉出渌摇晚妍。(我梳妆时,郎君总站在身边,欣赏我出水芙蓉般焕着霞彩的容颜。渌,lù,清澈,这里指清澈的水。摇,晃动,浮动。晚妍,晚霞般的丽色)妾眠郎共枕,鸳鸯回波落春影。(我睡觉时,郎君总是和我共枕而眠,我们就像栖息在美好树荫之中的鸳鸯一般情意缠绵。回波,水波回荡,此指眼波荡漾的情意缠绵貌。落,掉入,引申为停留,此指止息,栖息。春影,春日景物的影子,此指美好的树荫)东邻窈窕女,对郎盈盈眉欲语。西邻轻薄儿,对妾依依神为驰。郎但知有妾,妾但知有郎。明镜不掩帏灯光,牡丹不夺兰草香。(此两句是说两人很般配,谁也不输谁)郎心与妾相始终,妾心与郎相终始。不必同日生,但愿同日死。不必同日死,但愿郎生妾先死,不愿郎死遗妾生。妾为影,郎为形。妾如珠,郎手擎。妾为郎妇身分明。妾为郎妇天鉴之,为郎之妇千人知。郎饱妾共饱,郎饥妾共饥。一饥一饱与郎共,山崩川竭无更移。

阿耶日久嫌郎贫,日日要郎离妾门。阿娘恨郎不赚钱,要郎远客三城边(三城指川西的松、维、保三州,即今四川松潘至理县一带。此地历来为边贸重地,也是中原朝廷与藏、羌、回等少数民族相争夺的军事

要地,唐朝就开始在这一带置州筑城戍守。杜甫《野望》:"西山白雪三城戍,南浦清江万里桥。"诗中的"三城"即指此处)。三城何嶇崒(qiú zú,高峻貌),三城何岧峣(tiáo yáo,意与"嶇崒"同)。三城溪水深,水毒溪无桥。三城黑沙黑,黑沙同鸣髇。[此地有大小黑水河,山高水深,视之,水似黑色,故名。(藏语称"措曲",意为生铁之水)外地人顾名思义,故有此地"水毒""黑沙黑"及黑沙在大风中飞舞鸣叫如响箭的想象。髇,xiāo,响箭]三城多劫贼,劫贼凶咆哮。劫贼杀人如杀獒(áo,高大凶猛的狗。这里泛指狗),白骨堆积城门高。三城多白杨,白杨风萧萧。萧萧飒飒啼怪鸮(xiāo,猫头鹰,因其叫声诡异,古人视为恶鸟、祸鸟),其下有穴狐狸嗥(háo,嚎)。老客停马不敢过,年轻出门郎奈何!摘妾胸前玑(不圆的珠),为郎换棉衣。脱妾足下履,为郎易食米。典妾金缠臂(金手镯),为郎市鞍辔(买马鞍马缰绳。辔,pèi,马缰绳)。卖妾珊瑚翘(用珊瑚做成的一种妇女首饰),为郎置宝刀。思郎光与辉,妾身尚有金缕衣。念郎颜与色,妾腕尚有玉条脱。忆郎不断宛转肠,妾佩尚有明月珰。出门七月期,初六是良吉。置得一杯酒,与郎作离别。杯中一滴酒,心中一滴血。不饮愁郎饥,饮之恐郎咽(哽咽)。秋烟在镜芙蓉雕(diāo,凋),秋风在衾鸳鸯嫖(piāo,飞散)。秋云不行雁影独,秋雨不雨杨枝憔。阿耶向郎訾(zǐ,责骂),不得千金弗还里(故乡)。阿娘从郎嗤(chī,讥笑),千金不得毋来归。妾手掩面啼声低,妾手不敢牵郎衣。向郎不语心依依,欲语又恐耶娘疑。见郎屈一指,似郎为妾经年期。(看见夫君屈伸一指,似是与我约定一年为期。经年,经过一年或若干年,此指一年)十月开梅花,二月开桃李。六月菱荷香,青青出蒲苇。但愿郎得千金归,先向耶娘买欢喜。卸妾玉条脱,何有颜色强。何有辉与光,解妾明月珰。脱妾金缕衣,为郎折叠空竹箱。譬如生小(自小,从来)不嫁郎,见之徒令心悲伤。视妾双眉蛾,归来记取青不多(除眉毛的本色外没有增加青黑之色,谓不画眉)。记妾领中扣,归来与郎验肥瘦。为郎不下堂,为郎不出房。为郎安慰耶,为郎安慰娘。为郎日焚香,焚香祝告天苍苍。正月梅花残,三月桃李红。七月落菱荷,蒲苇青茸茸(róng róng,柔细浓密貌)。日高听铃马(系有铃铛的马匹),铃马辚辚过楼下。日落闻行车,行车却向东南驰。半年得一信,一年不得郎边书。有客三城来,闻之欲语还嗫嚅(niè rú,欲言又止貌)。三城多白杨,三城多劫贼。三城溪水深,三城黑沙黑。老客停马不敢过,年轻出门那(哪)归得?

阿耶从(介词,向)妾言:"负汝青春年。"阿娘向妾语:"是汝命生苦。怜汝命生苦,为汝重剪红罗襦,紫为绣凤青天吴。(为你重新缝制红色短袄,短袄上绣出紫色的凤鸟和青色的天吴。襦,rú,短衣、短袄。天吴,古代神话中一种水神,人面虎身,八首八足八尾)复帐六尺八,菡萏(hàn dàn,荷花)四角垂流苏。画簟(diàn,竹席)六尺三,缘以鸾锦(有凤凰图案的织锦。鸾,luán,传说中凤凰一类的鸟)椒泥涂。(这几句是娘要女儿改嫁,表示要给她重新缝制嫁衣,置备嫁妆)东家郎,好光辉,劝汝弗爱金缕衣。劝汝弗爱玉条脱,西家郎,好颜色。东家西家郎,手中累累千金黄。心中不断宛转肠,汝还弗爱明月珰。"(这一组句子是说,东家男和西家男都是光彩照人而又钟情于你的富家青年,都胜过了被你视作金缕衣、玉条脱和明月珰一般的丈夫,你不应该再爱恋顾惜他,而应该改嫁给东家男和西家男中的一个。还,hái,连词,表选择,相当于还是)稽首[qǐ shǒu,跪下,拱手叩头至地并停留片刻,为九拜礼中最隆重的一种。稽,停留]耶娘前:"耶娘听妾语。耶娘之爱何敢逾(意思是爱夫君不能超过爱父母。逾,yú,超越),妾心区区(犹拳拳,情义诚挚。下同)当鉴取。妾心区区天可盟(盟誓,引申为作证),妾为郎妇身分明。不能郎生妾先死,忍(怎忍)因郎死妾偷生。与郎不终始,妾身尚何俟(sì,等待)。不得郎骨归,妾心犹狐疑。"沈沈(沉沉,形容寂静无声的样子)白日鸺鹠(xiū liú,猫头鹰的别名)啼,黯黯夜色蝙蝠飞。梦郎向妾笑,如郎同居时。梦郎向妾哭,如忧出门无还期。梦郎三城归,黄金百笏(hù,古时官员上朝时所持的

《孔雀东南飞》历代被用为典故及加以咏叹、改写和仿写的作品选读

长条形记事板,这里用作量词,条,块)青(年轻)騧(guā,黑嘴的黄马)骊(lí,纯黑色的马)。梦郎流落不得归,面目黧(lí,黑色)黑无完衣。阿耶逼妾嫁,朝呵暮骂相摧靡(折磨)。阿娘逼妾嫁,长荆短棘来鞭笞(chì,用鞭、杖或竹板打人)。耶呵骂,岂不恫(dòng,恐惧)。娘鞭笞,岂不痛。思郎生死犹未明,妾不轻生为郎重。

前门鸣乌鸦,后门鹊声喜。乌鸦何悲鹊何喜?十月开梅花,二月开桃李,今年六月无荷菱,蒲苇凋残北风起。见郎入门来,见郎如梦里。视囊不得米,视衣衣无襟。马死弃鞍辔,茧(通"趼",手掌或脚掌等部位因摩擦而生成的硬皮)足徒步如炮烋(pào xún,烧炙。此指脚上磨出了血泡)。顾彼腰下刀,靅(duì,云黑貌)无光彩生愁阴。郎归不止黄金千,那愿郎得千黄金。记妾领中扣,与郎量肥瘦。记妾双眉蛾,为郎憔悴青不多。为郎憔悴青不多,郎真死矣还如何。望(看见,见到。下同)郎减光辉,光辉不如金缕衣。望郎苦颜色,颜色不如玉条脱。幸郎不断宛转肠,佩之还似明月珰。耶娘怨郎身手穷,囚妾不使郎衾同。生不同衾死同穴,妾虽无言妾已决。含笑语耶娘:"妾有玉条脱,亦有明月珰。簇新金缕衣,折叠空竹箱。为郎市卖赎郎罪,抵郎归有千金装。"阿耶笑语妾:"还尔鸳鸯飞。"阿娘笑语妾:"看尔连理芙蓉枝。"鸳鸯遭网罗,安能到头白?芙蓉经狂飙,狂飙摧之易狼籍(散乱堆集貌)。朱绳三尺垂,不得高挂梧桐枝。下有千丈池,可惜池水多污泥。为郎置鸩酒,鸩酒甘如饴(yí,糖)。但得生死常追随,此酒不减同心杯(指交杯酒)。妾饮琉璃杯,郎饮白玉盏。以斧斧木木不离(见吴刚伐桂故事),以刀断水水不断(见李白《宣州谢朓楼饯别校书叔云》)。同茧之丝不可剪,同结之带两头绾(wǎn,系,结)。稽首谢阿耶:"阿耶不必悲咨嗟。"稽首辞阿娘:"阿娘不必中心伤。有婿常贫贱,有女不遂耶娘愿,但愿耶娘寿考同百年。郎死不值千黄金,妾死不值黄金千。"(此两句乃怨愤之辞,意思是郎君挣不来钱,所以我俩的命也不值钱)

西邻来看妾,密纫条条罗裤褶。东邻来看郎,仪容皎皎明月光。(这两句是说，邻居闻讯来看我们，看到的是我衣裙整洁，我的郎君仪容如月——我们正安详等死）东邻西邻长叹息，虾蟆抱桂光彩蚀，朽绠龙渊黝谁测？（这几句是说，毒性发作，我们容光渐失，正在走向死亡，邻居们不由得伤感叹息。桂，指月。传说月中有桂，故以桂指月。蛤蟆抱桂，即蛤蟆遮住了月亮，即发生了月食。这里则是以月食比喻我和郎君的容颜失去光泽，生命正在凋谢。绠，gěng，汲水用的绳子。龙渊，深渊，这里指人死后的归属之地。黝，yǒu，暗黑色。朽绠龙渊黝谁测，朽败的井绳怎能测量那幽邃漆黑的深渊？这是邻居们忧心我们即将坠入不可知的另一世界）东邻西邻语我前，要我制作双鸩篇。（这两句是说邻居们要我讲讲我们到底遭遇了什么，为何要双双饮下毒酒）天缺不得女娲补，海缺不得精卫填，闻我歌者当涕涟。［这几句是说，我们面对的是无可改变、无人解救的绝境，谁听了我的述说都会悲伤流泪。女娲，神话中女神名，相传曾炼五色石补天。见《淮南子·览冥训》。精卫，神话中的鸟名，相传为炎帝的女儿，因游东海淹死，遂化为精卫鸟，衔西山木石填东海。（见《山海经·北山经》）］郎年二十妾十九，郎姓黄，妾姓柳。郎捐畚，妾箕帚。双夫蓉，何懰懰。双鸳鸯，地下守。（这几句是说，我和郎君是非常相配的一对如芙蓉、如鸳鸯一般的美好夫妻，即使魂归地下，也绝不分开。捐畚，jū běn，都是装土运土的工具，这里代指农田劳动。箕帚，都是扫除垃圾的用具，这里代指家务劳动。懰懰，liú liú，美好貌。地下守，指殉情而死）朝打孔雀夜逐狗，孔雀雌雄狗牝牡。天上所无陌路有，陌路何能避桯杻。（这几句是说我们的魂灵见到只知雌雄交配而不知情为何物的东西就会追打驱赶，而不管他身份高贵还是卑微。像我们这样的重情之人，天上没有，人间就该有，然而，人间却偏偏不准有。朝、夜，表不定的时间。陌路，人间道路，此指人世间。牝牡，pìn mǔ，即雌雄。这里，雌雄牝牡均指交配。桯杻，tīng niǔ，刑具。桯，杖；杻，手铐）闻我歌者泪一斗，不谱吴筝谱燕缶。（这两句是说，邻居们听了我的讲述，都泪落不止，伤感不已，他

《孔雀东南飞》历代被用为典故及加以咏叹、改写和仿写的作品选读

们将会把我的讲述谱成具有北方慷慨悲凉之气的歌曲,以让更多的人去传唱。吴筝,指南方风格的音乐。吴,古吴国,在今江浙安徽一带,这里代指南方。筝,扁长箱形木制拨弦乐器,初为五弦,现已增至二十五弦。燕缶,指北方风格的音乐。燕,古燕国,在今河北北部、辽宁西部一带,这里代指北方。缶,fǒu,盆罐形瓦质打击乐器)

按:此诗作于1836年(道光十六年),当时作者姚燮32岁,因会试居京。诗用殉情女子口吻讲述,写京城一对青年男女为反抗嫌贫爱富的家长而双双殉情的悲剧。诗篇不再限于五言,而是三、五、七言兼用,语言节奏与情感节奏高度和谐。叙事则该略处一笔带过,惜墨如金,该详处浓墨渲染,不吝铺张。多用符合人物特点的通俗化乃至生活化、个性化的语言,多用长河涌浪般滚滚而来的排句,多用细节描写和心灵告白,多用有变化的重复和照应。全诗汩汩滔滔,跌宕起伏,读来回肠荡气,感人至深。无论思想上还是艺术上,都完全可以与《孔雀东南飞》遥遥并峙。